Musée Balzac

château de Saché

Honoré de Balzac

Louis Lambert
Les Proscrits
Jésus-Christ en Flandre

*Préface
de Raymond Abellio
Édition établie
et annotée
par Samuel S. de Sacy*

Gallimard

PRÉFACE

Nous ne nous attacherons pas spécialement ici à justifier le rapprochement, dans un même volume, de trois textes de Balzac : Louis Lambert, Jésus-Christ en Flandre *et* Les Proscrits, *qui furent composés à des époques différentes et qui appartiennent surtout à des genres littéraires divers : roman autobiographique, conte fantastique, récit historique. Mais, indépendamment des questions de chronologie qui, dans une œuvre aussi homogène que celle de Balzac, sont de faible importance, il demeure que ces textes font partie tous les trois des* Études philosophiques *et obéissent à une seule et même inspiration « mystique ». On sait que Balzac fait de ce dernier mot un usage abondant, tout en lui donnant un sens particulier. D'une part, il n'hésite pas à lui faire recouvrir tout un système d'idées que nous appellerions plus volontiers aujourd'hui ésotériques et même occultistes. D'autre part, et surtout, il y rattache l'exercice plus ou moins systématique, mais toujours mystérieux, de ces pouvoirs exceptionnels de l'esprit dont l'exploration le passionna d'autant plus qu'il voulait y trouver la source secrète de son propre génie : facultés visionnaires, intuition* prophétique, *capacité d'action métapsychique ou extrasensorielle, dont il pousse l'effet dans le sens du réalisme fantastique, nous serions presque tentés de dire de la science-fiction.*

La question qu'il faut poser est la suivante : Que vaut cette inspiration « mystique »? Que vaut-elle non seulement quant à la force et à l'éclat de son expression littéraire, mais aussi du point de vue philosophique et scientifique, car Balzac ne se cache pas de vouloir faire œuvre de philosophie et de science? A ce dernier titre, Louis Lambert, *en tant que roman autobiographique et témoignage vécu, est un document d'importance capitale, sans doute le meilleur révélateur de Balzac lui-même, car on y assiste non seulement à l'éveil, à la formation, à l'éducation progressive de ces facultés visionnaires qui vont expliquer et éclairer du dedans la puissance, la démesure mythique des personnages clefs des autres romans de l'auteur, mais également à l'élaboration et l'exposé d'une doctrine. Que cette juxtaposition de parties disparates, les unes proprement romanesques, les autres pesamment didactiques, n'aille pas sans artifice, c'est un fait, et* Louis Lambert *est en effet un roman de composition plutôt maladroite. Techniquement, on le dira « mal ficelé ». Curieux document en tout cas, où se mêlent les ingrédients d'une personnalité insolite : les dons prodigieux de Balzac, ses expériences désordonnées à partir de ces dons, ses réflexions, l'impact de la mode romantique et scientiste du moment, et aussi toutes les influences livresques résultant de lectures abondantes et hâtives, mais le tout remarquablement orienté, commandé, sinon maîtrisé, par la prescience des grandes directions de recherche qui seront celles de l'avenir. Il faut savoir que ce roman où Balzac s'est si bien dépeint sous les traits de son jeune héros connut de 1832 à 1842 sept éditions, ce qui signifiait à l'époque autant de refontes, de rédactions nouvelles, des retouches, des rajouts qui, par exemple, dès 1835, vinrent tripler le volume du texte primitif. Ces remaniements montrent l'importance que le romancier attachait à cet ouvrage, et aussi l'incertitude de sa doctrine, ou la lenteur de son élaboration. Un nom domine, on le sait, sur toutes les influences reconnues par Balzac, celui de Swedenborg, le « prophète du Nord », le célèbre théologien et voyant suédois de la fin du XVIIIᵉ siècle, dont le romancier commença l'étude très tôt, dès 1825, alors qu'il fréquentait certaines sectes marténistes restées obscures. Cette circonstance vient à l'appui de la « réalité » des dons de Louis Lambert. Ces dons, Balzac ne les a pas inventés à partir de Swedenborg, mais seulement interprétés, expliqués grâce aux théories de ce dernier. Bien entendu, la plupart des philosophes et des savants modernes considèrent comme simplistes les affirmations doctrinales de Balzac. Quant à Swedenborg, d'où procède cette doctrine, il est en général ignoré ou méconnu chez nous. Ce qu'on sait communément de lui se ramène à quelques anecdotes qui firent déjà, à l'époque, le tour de l'Europe, sa vision à distance, en 1759, de l'incendie de Stockholm, vision qui passionna Emmanuel Kant, puis celle de l'assassinat de l'empereur Pierre III de Russie, l'histoire de la quittance perdue de Mᵐᵉ de Marteville, ses révélations à la reine Louise Ulrique de Suède, diverses prédictions enfin sur la mort de certaines personnes, notamment sa propre mort. Ces faits bien attestés, auxquels il n'attachait lui-même qu'une faible importance, cachent l'essentiel, une œuvre considérable qui ne comprend pas moins d'une soixantaine de volumes de théologie et d'une trentaine d'ouvrages philosophiques ou scientifiques, fortement pensés, fortement déduits. Il est sans doute le plus grand voyant jamais connu, mais on aurait tort de ne considérer en lui que l'illuminé. Emerson, philosophe américain du siècle dernier, voit en lui « un esprit colossal qui devance de loin son siècle, et dont la présence majestueuse ferait craquer les robes de l'université. » Jusqu'à l'âge de cinquante-cinq ans, son activité scientifique est prodigieuse : naturaliste, biologiste, physicien, chimiste, psychologue, géologue, cosmologiste, sa théorie des vibrations est célèbre et reste actuelle. Il l'applique aux phénomènes naturels comme aux phénomènes psychologiques. Mais surtout, lorsque, dans la dernière partie de sa vie, il se consacre exclusivement aux problèmes spirituels, c'est dans un même esprit d'observation, d'expérimentation et de rigueur, en sorte qu'on le voit dénoncer et décourager paradoxalement l'illuminisme, le spiritisme et toutes les folies du prophétisme subjectiviste, au profit de l'objectivité et de l'universalité de ses propres visions, ramenées à des lois certaines. Ce grand raisonneur, ce grand bâtisseur de systèmes fut, à la fin du XVIIIᵉ siècle, un peu comme René Guénon en notre temps, le pourfendeur de l'illusion spirite, un bon épurateur du monde invisible. Reste à savoir si la partie positive de son œuvre, sur laquelle s'appuya Balzac, ne contient pas encore aujourd'hui plus de parties vivantes que de parties mortes. Je le crois, et profondément. Je vais même jusqu'à dire que cette œuvre, sur bien des points, n'a pas encore livré toutes ses richesses, et j'y reviendrai. Tout cela pour indiquer qu'à mon avis les aphorismes balzaciens inspirés de Swedenborg et dont la fin de* Louis Lambert *est encombrée, ne sont pas si simplistes et dépassés qu'il paraît. Sans doute procèdent-ils d'un certain syncrétisme. Lorsque Balzac, par exemple, considère la volonté et la pensée comme des fluides matériels, des « éthers » qui se dégagent à partir d'organes appropriés, il faut faire la part des théories métapsychiques de Swedenborg, mais aussi de la science de l'époque, encore entichée du magnétisme animal de Mesmer. Aussi pourquoi n'y pas regarder de plus près : qu'est-ce qui est vivant et qu'est-ce qui est mort dans cette science, cette philosophie balzaciennes? Et pourquoi est-ce vivant, pourquoi mort? On a tout dit sur Balzac génie littéraire et créateur de grands mythes sociaux. N'y revenons pas. Voyons plutôt du côté de Balzac swédenborgien.*

Louis Lambert est d'abord un enfant prodige, puis un adolescent malheureux, ensuite un amoureux passionné et idéaliste, et il sombre enfin dans la folie. Quatre phases distinctes, entre lesquelles le romancier Balzac ne s'embarrasse pas de transitions et court la poste. Mais, déjà, dans cette simple énumération, deux thèmes romantiques par excellence, l'amour angélique de Louis Lambert pour Mlle de Villenoix (« un ange-femme ») et la connaissance « supérieure » débouchant dans la folie, une folie, il est vrai, très ambiguë. Cette idéalisation de l'amour, qui dégage ce dernier de toute ambivalence, de toute obscurité, est constante chez Balzac. Je ne crois pas spécialement que les anges aient *un sexe, ni surtout qu'ils en aient deux, comme Séraphîtus-Séraphîta. Et Mlle de Villenoix nous paraît sans doute fort irréelle. Que chaque époque ait ainsi sa conception de l'amour et de la femme n'est d'ailleurs pas seulement l'effet d'une mode, mais de raisons profondes, qui engagent tout le procès de la connaissance à ladite époque. Aussi bien faut-il en venir au second point : qu'est-ce pour Balzac que la connaissance, et surtout la connaissance « supérieure »? Il ne s'en approche pas sans tremblement, et ce tremblement n'est pas feint, il n'y cherche pas seulement un effet romanesque. Chez lui, la thèse qui dénonce la conscience comme destructrice de la vie et qui fait de la connaissance, poussée « trop loin », l'antichambre du cabanon, cette thèse n'est pas abstraite, on la sent vécue dans une large mesure. Il a sûrement frôlé le bord de certains abîmes et reculé devant eux, son génie était trop impérieux et trop emporté pour ne pas s'effrayer lui-même et ne pas frémir devant sa propre puissance. Acceptons, à ce sujet, de partir d'une observation banale : à première vue, il y a opposition entre la vie et la conscience. La vie se régénère durant le sommeil, quand la conscience s'éloigne ; elle s'use au contraire durant l'état de veille. Certaines doctrines ésotériques imputent la minéralisation, la sclérose de l'organisme à l'activité cérébrale. Mais de quelle vie parle-t-on là, sinon de la vie simplement végétative ou animale? Et qui voudrait se contenter du degré de conscience de l'animal? En d'autres termes, la dualité entre la vie et la conscience claire n'est pas de simple opposition linéaire et d'annihilation, elle est un couple dialectique, une complémentarité, et c'est au contraire par elle que la* *vie s'enrichit, s'intensifie, se dépasse elle-même. Le romantisme français, il faut bien le constater, était peu dialecticien. On reconnaîtra toutefois que Balzac pose le problème à son niveau le plus élevé et qu'il nous parle d'une conscience arrivée à son degré supérieur de puissance, en train de brasser, de pénétrer, de sublimer la matière à la fois la plus subtile et la plus explosive. Ce commerce est évidemment dangereux, et la plupart des religions et des Églises élèvent devant lui les parapets du doute, de la suspicion, de l'hostilité, de l'interdit. Swedenborg l'a dit lui-même : « Prenez garde, c'est un chemin qui conduit à l'hôpital des fous. » Certes, il parlait du commerce avec les esprits là où Balzac parle du commerce avec les anges. La différence est mince, simplement les esprits sont moins purs. Il reste que Swedenborg, qui savait, dit-on, convoquer les esprits à volonté, demeura toute sa vie sain d'esprit, et qu'il bénéficia donc d'une protection dont Louis Lambert, il faut l'admettre, se trouva un jour dépourvu. Laquelle ?*

Il est assez aisé de répondre à cette question, même sans faire d'hypothèse sur la nature ou l'essence de la folie. Notons d'abord que les pouvoirs, les dons de Louis Lambert, comme ceux de Balzac lui-même, s'attachent surtout à la pénétration des mystères du langage et se manifestent par de longs exercices de méditation en forme de rêverie sur tel ou tel mot, qui relèvent de la sorcellerie évocatoire. « Par leur seule physionomie, dit Louis Lambert, les mots raniment dans notre cerveau les créatures auxquelles ils servent de vêtement. » Peu importe ici que ces méditations, ces évocations procèdent en quelque mesure des idées que

Balzac trouva chez un autre de ses inspirateurs, Court de Gébelin. L'accent ne trompe pas, il s'agit bien d'expériences réellement faites par Balzac, et avec un succès que toute son œuvre confirme. Pouvoir des mots, et surtout pouvoir des noms, *même des noms propres. Aucun personnage ne peut naître si son nom n'est pas trouvé d'abord. Nommez, et vous connaissez. Nommez, et vous possédez. Dans l'ancienne Chine, les sages disaient : La science des justes désignations est la science suprême. Mais comment ne pas voir qu'il s'agit ici, au moins pour Louis Lambert, de la descente dans la multiplicité la plus multiple, la moins reliée, la plus vertigineuse, la plus fascinante, celle qui vous possède au lieu de se laisser posséder par vous ? Cette multiplicité des mots est diabolique. On ne s'y trouve pas, on s'y perd. On y est la proie d'une sorte de poésie délirante. C'est qu'il y a une dialectique des états de conscience, qui fait graviter ceux-ci entre les deux pôles extrêmes de la fascination et de la communion, et le plus grand péché contre l'esprit est bien de confondre ces deux pôles, de ne pas avoir la force de sortir de la fascination. Dans la poésie qui naît de la fascination, on n'a que l'illusion du pouvoir, non le pouvoir lui-même ; d'où une sorte de malédiction, de tromperie qui sont en effet diaboliques : ce n'est pas pour rien qu'il faut alors parler de poètes « maudits ». Ce n'est donc pas la seule méditation sur les mots et leur magie qui fait grandir la connaissance et confirme l'être dans son unité et sa relative autonomie, c'est la méditation sur leurs rapports, c'est-à-dire sur les idées, et encore à condition de savoir fermer sur elle-même la chaîne sans fin des rapports, de les enfermer et retenir eux-mêmes dans cette dialectique ascendante dont parlait Platon et qui seule est complètement maîtrisante. Nous connaissons tous des poètes que la seule contemplation des mots considérés comme des fleurs coupées conduit à des dépressions nerveuses périodiques, à une lente désagrégation vitale, qui parfois brusquement s'accélère. C'est ici que la triomphante santé de Swedenborg prend tout son sens. Jamais système de pensées ne fut plus fortement charpenté et ne constitua meilleur parapet contre le vertige. Jamais système ne fut plus logique, plus rationnel et ne se refusa davantage aux prestiges et aux contraintes du surnaturel. Il dénonce les « miracles » comme contraignants pour la raison. Il refuse même le piétisme. Quand son âme est le siège d'une vision, d'une présence « externe », il ne l'accepte que s'il peut en déduire le sens de principes sûrs et universels. « Il est incontestable, écrit-il, que nous avons le droit de nous livrer, d'après les sens, à des déductions concernant l'âme ; que nous sommes autorisés, d'après les vibrations grossières, à conclure par déduction au sujet des vibrations plus subtiles, car la nature est toujours semblable à elle-même... ». Le principal apport de Swedenborg à Balzac est peut-être cette théorie des correspondances, qui est une sorte de mise en forme rationnelle des principes du symbolisme ou de l'analogie, par quoi déjà des mots en apparence étrangers les uns aux autres se rapprochent, se relient, fournissent à l'esprit des possibilités d'ancrage. C'est par le jeu du symbolisme et de ses correspondances que la capacité de vision de Balzac se trouva enrichie mais aussi soutenue, protégée contre elle-même. Balzac ici se sépare de Louis Lambert. Ce dernier avait bien, pourtant, quelque pressentiment de ces lois. Très jeune, il sent la nécessité de se protéger par un système et écrit son* Traité de la Volonté, *qu'un surveillant de collège, dans sa bêtise, vient détruire. Cette destruction est de grande portée symbolique, elle désarme Louis Lambert, elle le livre à des agressions bien plus graves que celles d'un pion ignare. Je ne sais pas si Balzac a compris la pleine portée de cet épisode. Sa conception de la théorie swédenborgienne des correspondances n'engage qu'une pratique poétique plus assurée, une maîtrise verbale, un jeu d'images éclatantes, rien cependant qui, dans la théorie qu'il peut tenter d'en faire, atteigne à une profonde connaissance des sommets réels de Swedenborg. Car ce dernier culmine bien plus haut. Si l'on veut comprendre la théorie des correspondances du voyant suédois, il faut aller au-delà de la simple pratique des analogies ou des métaphores, qui est celle d'une poésie ignorante de ses ressorts, il faut monter jusqu'à cette admirable* doc-trine des degrés discrets, discontinus, de hauteur ou d'ascension *qu'il oppose aux degrés continus de largeur ou d'extension, et où l'on peut voir la première annonce de la dialectique contemporaine. Nous sommes ici au cœur de la pensée toujours vivante de Sweden-borg. Le structuralisme moderne y est en gestation. Ses formes usuelles y sont même dépassées, en ce sens que la doctrine de Swedenborg est génétique, ce que notre structuralisme, en cours d'élaboration, n'est pas encore. Sous cet éclairage, que faut-il alors penser de la folie de Louis Lambert? Balzac semble suggérer que ce n'est pas une vraie folie, que Louis Lambert est parvenu bien au-delà du monde terrestre, à un sommet d'entendement, à une connaissance incommunicable où seule peut le suivre et le comprendre Mlle de Villenoix en tant qu'ange-femme. Je ne trouve pas cette ambiguïté très convaincante.*

Je m'explique. En tant que romancier, Balzac a parfaitement le droit de pousser Louis Lambert jusqu'à la folie. Il ne fait ainsi qu'extrapoler des risques qu'il a pu courir lui-même en poussant ses propres expériences jusqu'à ce point où l'on sent les puissances du cerveau tourner à vide et s'affoler devant ce vide. Où je ne peux le suivre, c'est d'abord lorsqu'il suggère que Lambert est devenu fou par l'effet d'un excès et non d'un manque de connaissance. La folie n'est pas l'effet d'un excès de plein mais, si l'on peut dire, d'un excès de vide, et ce n'est pas du tout pareil, malgré la contiguïté des extrêmes. Je suis persuadé que Sweden-borg ressentait parfois l'excès de plein de son esprit comme une souffrance, il n'en est pas devenu fou. Comme tout créateur, Balzac lui aussi souffrait d'un excès de plein, celui de sa création romanesque, qui faisait sans cesse surgir en lui des personnages gigantesques, foisonnants, paroxystiques, qui surpeuplaient sa vie. Heureusement pour lui : c'était cette création qui constituait son garde-fou contre le dévergondage possible de son imagination, son aventurisme. Il s'établit ici un équilibre subtil, une tension exactement dosée, assez forte sans l'être trop, entre les puissances de l'inspiration, de la vision, d'une part, qui poussent à l'expansion, à l'incohérence, et les forces compressives de l'œuvre, d'autre part, qui sont normatives et exigent le filtrage patient, la mesure, le contrôle du sens. Une œuvre d'art achevée s'obtient en coupant dans un excès de matière, Balzac le savait mieux que quiconque, lui qui fit parfois recomposer à près de dix reprises ses épreuves d'imprimerie. Ce double mouvement est la sauvegarde du créateur. Toute connaissance communicable est à ce prix. Sinon, il faut parler de mystique obscure, plus ou moins délirante ou hallucinée. Que cette tension du créateur soit souffrance, que cet affrontement aux règles de l'œuvre soit sacrifice, c'est la loi même de l'intensification de la conscience, qui ne grandit que par l'obstacle qu'elle rencontre et ce qu'elle abandonne de soi pour le franchir. Un autre voyant, Jacob Boehme, peut parler dans le même sens de la souffrance et du sacrifice qui marquent la première création, celle de Dieu tirant de soi le monde dans « la terrible souffrance de l'Indéterminé ». Peut-on hasarder une hypothèse sur la folie de Louis Lambert? Certes, Louis Lambert devient fou, quoi qu'il en soit, parce que Balzac le veut ainsi. Mais tous ceux qui, dans le monde, ressemblent à Louis Lambert courent le risque de devenir fous comme lui si aucune création ne leur impose sa discipline ou bien s'ils ne disposent pas des parapets intellectuels d'une doctrine forte. La folie de Louis Lambert ne saurait venir, selon nous, d'une excessive concentration de ses puissances mais au contraire de leur expansion indéfinie, de leur dissolution. Tous les détails que nous donne Balzac nous montrent un Louis Lambert coupé de tout ou plutôt dépourvu de tout centre, éloigné de tout et d'abord de lui-même, de sa propre réflexion claire. A son sujet, nous parlerions aujourd'hui d'autisme, de schizophrénie. Si l'on veut nous faire croire que cette schizophrénie cache un génie incompréhensible aux êtres normaux de son entourage, aucune preuve n'en sera jamais apportée, faute des instruments de communication nécessaires avec ce génie, qui ne communique pas par des voies « normales ». Il faut être Mlle de Villenoix, c'est-à-dire un « ange », pour que cette communication s'établisse. J'ajoute deux choses qui, sans être elles non plus conclusives, permettent peut-être de cerner un peu mieux le problème. La première, c'est que Balzac se laisse toujours entraîner trop loin par son goût du pittoresque, de l'extraordinaire. Il est comme ces scénaristes de cinéma qui écrivent un peu gros et en « remettent » toujours un peu : décrivant Louis Lambert dans son mutisme, son insensibilité, et aussi sa désincarnation, sa maigreur, il nous le montre frottant sans cesse ses jambes l'une contre l'autre dans une sorte de tic, et les os de ses jambes font, dit-il, « un bruit affreux ». Ce détail surajouté et invraisemblable me gâte le tableau d'une folie considérée comme le refuge du génie. Car l'invraisemblance fait tache et l'ensemble du tableau devient aussi improbable que ce détail. Ma deuxième observation va peut-être corriger dans une certaine mesure l'effet de celle-là. En effet, des chercheurs de l'université de Princeton sont maintenant enclins à penser que le nombre de schizophrènes d'une société donnée constitue un assez bon index pour évaluer le niveau du génie de la société suivante. En d'autres termes, la schizophrénie, maladie difficile à définir s'il en est, ne détruirait les individus d'une époque donnée que pour mieux ensemencer le génie d'une époque à venir. Cette idée excitante rejoint des idées semblables que j'ai émises ailleurs, concernant le rôle positif de la féminité virile et de l'homosexualité, facteurs de divergence au niveau des individus, obstacles et causes d'échec, dans une époque donnée, mais qui doivent contribuer à intensifier la convergence et la montée de l'espèce à venir.

*Qu'est-ce en effet que ta 'féminité virile et l'homo-
sexualité sinon, comme la schizophrénie, des facteurs
d'ouverture, de dissociation, de rupture, qui appellent
dans l'espèce un effort plus grand de ressaisissement et
de fermeture sur soi, c'est-à-dire de conscience et
d'unité? Cette idée pourrait d'ailleurs être généralisée.
Toute maladie, toute « anormalité » de l'individu
prendraient ainsi, pour l'espèce, dans un autre cycle de
temps, un sens positif : il suffit d'admettre que
l'individu actuel est sacrifié à l'espèce à venir. Cette
idée procède d'une extrapolation dialectique étrangère
à la vision balzacienne, mais fidèle à l'esprit de
Swedenborg.*

On n'en finit jamais avec les richesses de Balzac dès
qu'on entre dans le détail du texte. Ces puissantes
constructions, qui sont si souvent grossièrement taillées
et assemblées, mais dont la puissance est quand même
écrasante, livrent en outre au lecteur attentif des
notations sans nombre, qui brusquement font étinceler
le texte. Ces éclairs sont fugaces. Mais c'est tout un
paysage nocturne, aux profondeurs immenses, qui est
ainsi révélé, puis aussitôt s'éteint. Balzac ne s'y
attarde pas. On a même l'impression qu'il n'a pas été
tout à fait conscient des profondeurs de sa vision.
Peut-être le meilleur lecteur de Balzac est-il celui qui
refuse de le suivre dans sa course parfois pesante et
s'arrête sur ces moments privilégiés, comme je l'ai fait
moi-même sur certains aphorismes de Louis Lambert.
Beaucoup de ces derniers, il faut l'avouer, appartiennent au fatras occultiste du XVIIIe siècle, beaucoup, mais pas tous, loin de là, notamment celui-ci :
« *Aussi, peut-être, un jour, le sens inverse de l'Et*

Verbum caro factum est *sera-t-il le résumé d'un nouvel évangile qui dira :* Et la chair se fera le Verbe, *elle deviendra LA PAROLE DE DIEU.* » *L'essentiel de Teilhard de Chardin n'est-il pas contenu dans cette simple phrase? Il est vrai que les ésotéristes sérieux (il y en a) n'ont pas attendu si longtemps pour le dire. La descente de l'esprit dans la matière, l'incarnation de l'esprit au service de la vie, c'est ce qu'ils appellent les « petits mystères », par opposition aux « grands mystères » : la vie au service de l'esprit, l'assomption de la matière dans l'esprit. Mais, pour eux, cette « réhabilitation » de la chair n'est pas à situer dans un avenir plus ou moins lointain, libéré des tabous et des morales, elle est de tous les instants, maintenant et toujours, ces deux mouvements étant simultanés. Ici la lecture de Balzac n'est plus que l'occasion d'une méditation sans fin.*

Raymond Abellio.

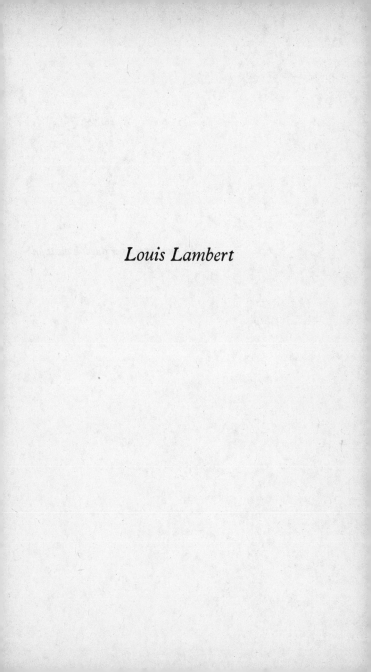

Louis Lambert

Et nunc et semper dilectæ dicatum[1]

Louis Lambert naquit, en 1797, à Montoire, petite ville du Vendômois, où son père exploitait une tannerie de médiocre importance et comptait faire de lui son successeur; mais les dispositions qu'il manifesta prématurément pour l'étude modifièrent cet arrêt paternel. D'ailleurs le tanneur et sa femme chérissaient Louis comme on chérit un fils unique et ne le contrariaient en rien. L'Ancien et le Nouveau Testament étaient tombés entre les mains de Louis à l'âge de cinq ans; et ce livre, où sont contenus tant de livres, avait décidé de sa destinée. Cette enfantine imagination comprit-elle déjà la mystérieuse profondeur des Écritures, pouvait-elle déjà suivre l'Esprit-Saint dans son vol à travers les mondes, s'éprit-elle seulement des romanesques attraits qui abondent en ces poèmes orientaux; ou, dans sa première innocence, cette âme sympathisat-elle avec le sublime religieux que des mains divines ont épanché dans ce livre! Pour quelques lecteurs, notre récit résoudra ces questions. Un fait résulta de cette première lecture de la Bible : Louis allait par tout Montoire, y quêtant des livres qu'il

obtenait à la faveur de ces séductions dont le secret
n'appartient qu'aux enfants, et auxquelles personne
ne sait résister. En se livrant à ces études, dont le
cours n'était dirigé par personne, il atteignit à sa
dixième année. A cette époque, les remplaçants
étaient rares; déjà plusieurs familles riches les
retenaient d'avance pour n'en pas manquer au
moment du tirage[2]. Le peu de fortune des pauvres
tanneurs ne leur permettant pas d'acheter un
homme à leur fils, ils trouvèrent dans l'état
ecclésiastique le seul moyen que leur laissât la loi de
le sauver de la conscription, et ils l'envoyèrent, en
1807, chez son oncle maternel, curé de Mer, autre
petite ville située sur la Loire, près de Blois. Ce
parti satisfaisait tout à la fois la passion de Louis
pour la science et le désir qu'avaient ses parents de
ne point l'exposer aux affreuses chances de la
guerre; ses goûts studieux et sa précoce intelligence
donnaient d'ailleurs l'espoir de lui voir faire une
grande fortune dans l'Église. Après être resté
pendant environ trois ans chez son oncle, vieil
oratorien assez instruit, Louis en sortit au commencement de 1811 pour entrer au collège de Vendôme, où il fut mis et entretenu aux frais de madame de Staël.

Lambert dut la protection de cette femme
célèbre au hasard ou sans doute à la Providence qui
sait toujours aplanir les voies au génie délaissé.
Mais pour nous, de qui les regards s'arrêtent à la
superficie des choses humaines, ces vicissitudes,
dont tant d'exemples nous sont offerts dans la vie
des grands hommes, ne semblent être que le
résultat d'un phénomène tout physique; et, pour la

plupart des biographes, la tête d'un homme de génie tranche sur les masses comme une belle plante qui par son éclat attire dans les champs les yeux du botaniste. Cette comparaison pourrait s'appliquer à l'aventure de Louis Lambert qui venait ordinairement passer dans la maison paternelle le temps que son oncle lui accordait pour ses vacances ; mais au lieu de s'y livrer, selon l'habitude des écoliers, aux douceurs de ce bon *farniente* qui nous affriole à tout âge, il emportait dès le matin du pain et des livres ; puis il allait lire et méditer au fond des bois pour se dérober aux remontrances de sa mère, à laquelle de si constantes études paraissaient dangereuses. Admirable instinct de mère ! Dès ce temps, la lecture était devenue chez Louis une espèce de faim que rien ne pouvait assouvir, il dévorait des livres de tout genre, et se repaissait indistinctement d'œuvres religieuses, d'histoire, de philosophie et de physique. Il m'a dit [3] avoir éprouvé d'incroyables délices en lisant des dictionnaires, à défaut d'autres ouvrages, et je l'ai cru volontiers. Quel écolier n'a maintes fois trouvé du plaisir à chercher le sens probable d'un substantif inconnu ? L'analyse d'un mot, sa physionomie, son histoire étaient pour Lambert l'occasion d'une longue rêverie. Mais ce n'était pas la rêverie instinctive par laquelle un enfant s'habitue aux phénomènes de la vie, s'enhardit aux perceptions ou morales ou physiques ; culture involontaire, qui plus tard porte ses fruits et dans l'entendement et dans le caractère ; non, Louis embrassait les faits, il les expliquait après en avoir recherché tout à la fois le principe et la fin avec une perspicacité de sauvage. Aussi, par un de ces jeux effrayants auxquels se plaît parfois la nature, et qui prouvait l'anomalie de son existence, pouvait-il dès l'âge de quatorze ans émettre facilement des idées dont la profondeur ne m'a été révélée que longtemps après.

— Souvent, me dit-il, en parlant de ses lectures, j'ai accompli de délicieux voyages, embarqué sur un mot dans les abîmes du passé, comme l'insecte qui posé sur quelque brin d'herbe flotte au gré d'un fleuve. Parti de la Grèce, j'arrivais à Rome et traversais l'étendue des âges modernes. Quel beau livre ne composerait-on pas en racontant la vie et les aventures d'un mot? Sans doute il a reçu diverses impressions des événements auxquels il a servi; selon les lieux, il a réveillé des idées différentes; mais n'est-il pas plus grand encore à considérer sous le triple aspect de l'âme, du corps et du mouvement? A le regarder, abstraction faite de ses fonctions, de ses effets et de ses actes, n'y a-t-il pas de quoi tomber dans un océan de réflexions? La plupart des mots ne sont-ils pas teints de l'idée qu'ils représentent extérieurement? à quel génie sont-ils dus! S'il faut une grande intelligence pour créer un mot, quel âge a donc la parole humaine? L'assemblage des lettres, leurs formes, la figure qu'elles donnent à un mot, dessinent exactement, suivant le caractère de chaque peuple, des êtres inconnus dont le souvenir est en nous. Qui nous expliquera philosophiquement la transition de la sensation à la pensée, de la pensée au verbe, du verbe à son expression hiéroglyphique, des hiéroglyphes à l'alphabet, de l'alphabet à l'éloquence écrite, dont la beauté réside

dans une suite d'images classées par les rhéteurs, et
qui sont comme les hiéroglyphes de la pensée?
L'antique peinture des idées humaines configurées
par les formes zoologiques n'aurait-elle pas déterminé les premiers signes dont s'est servi l'Orient
pour écrire ses langages? Puis n'aurait-elle pas
traditionnellement laissé quelques vestiges dans nos
langues modernes, qui toutes se sont partagé les
débris du verbe primitif des nations, verbe majestueux et solennel, dont la majesté, dont la solennité
décroissent à mesure que vieillissent les sociétés;
dont les retentissements si sonores dans la Bible
hébraïque, si beaux encore dans la Grèce, s'affai-
blissent à travers les progrès de nos civilisations
successives? Est-ce à cet ancien Esprit que nous
devons les mystères enfouis dans toute parole
humaine? N'existe-t-il pas dans le mot VRAI une
sorte de rectitude fantastique? ne se trouve-t-il pas
dans le son bref qu'il exige une vague image de la
chaste nudité, de la simplicité du vrai en toute
chose? Cette syllabe respire je ne sais quelle
fraîcheur. J'ai pris pour exemple la formule d'une
idée abstraite, ne voulant pas expliquer le problème
par un mot qui le rendît trop facile à comprendre,
comme celui de VOL, où tout parle aux sens. N'en
est-il pas ainsi de chaque verbe[4]? tous sont
empreints d'un vivant pouvoir qu'ils tiennent de
l'âme, et qu'ils y restituent par les mystères d'une
action et d'une réaction merveilleuse entre la parole
et la pensée. Ne dirait-on pas d'un amant qui puise
sur les lèvres de sa maîtresse autant d'amour qu'il
lui en communique? Par leur seule physionomie,
les mots raniment dans notre cerveau les créatures

auxquelles ils servent de vêtement. Semblables à
tous les êtres, ils n'ont qu'une place où leurs
propriétés puissent pleinement agir et se développer. Mais ce sujet comporte peut-être une science
tout entière! Et il haussait les épaules comme pour
me dire : Nous sommes et trop grands et trop
petits!

La passion de Louis pour la lecture avait été
d'ailleurs fort bien servie. Le curé de Mer possédait
environ deux à trois mille volumes. Ce trésor
provenait des pillages faits pendant la révolution
dans les abbayes et les châteaux voisins. En sa
qualité de prêtre assermenté, le bonhomme avait pu
choisir les meilleurs ouvrages parmi les collections
précieuses qui furent alors vendues au poids. En
trois ans, Louis Lambert s'était assimilé la substance des livres qui, dans la bibliothèque de son
oncle, méritaient d'être lus. L'absorption des idées
par la lecture était devenue chez lui un phénomène
curieux; son œil embrassait sept à huit lignes d'un
coup, et son esprit en appréciait le sens avec une
vélocité pareille à celle de son regard; souvent
même un mot dans la phrase suffisait pour lui en
faire saisir le suc. Sa mémoire était prodigieuse. Il
se souvenait avec une même fidélité des pensées
acquises par la lecture et de celles que la réflexion
ou la conversation lui avaient suggérées. Enfin il
possédait toutes les mémoires : celles des lieux, des
noms, des mots, des choses et des figures. Non
seulement il se rappelait les objets à volonté; mais
encore il les revoyait en lui-même situés, éclairés,
colorés comme ils l'étaient au moment où il les
avait aperçus. Cette puissance s'appliquait égale-

ment aux actes les plus insaisissables de l'entendement. Il se souvenait, suivant son expression, non
seulement du gisement des pensées dans le livre où
il les avait prises, mais encore des dispositions de
son âme à des époques éloignées. Par un privilège
inouï, sa mémoire pouvait donc lui retracer les
progrès et la vie entière de son esprit, depuis l'idée
la plus anciennement acquise jusqu'à la dernière
éclose, depuis la plus confuse jusqu'à la plus lucide.
Son cerveau, habitué jeune encore au difficile
mécanisme de la concentration des forces
humaines, tirait de ce riche dépôt une foule
d'images admirables de réalité, de fraîcheur, desquelles il se nourrissait pendant la durée de ses
limpides contemplations.

— Quand je le veux, me disait-il dans son
langage auquel les trésors du souvenir communi-
quaient une hâtive originalité, je tire un voile sur
mes yeux. Soudain je rentre en moi-même, et j'y
trouve une chambre noire où les accidents de la
nature viennent se reproduire sous une forme plus
pure que la forme sous laquelle ils sont d'abord
apparus à mes sens extérieurs.

A l'âge de douze ans, son imagination, stimulée
par le perpétuel exercice de ses facultés, s'était
développée au point de lui permettre d'avoir des
notions si exactes sur les choses qu'il percevait par
la lecture seulement, que l'image imprimée dans
son âme n'en eût pas été plus vive s'il les avait
réellement vues; soit qu'il procédât par analogie,
soit qu'il fût doué d'une espèce de seconde vue par
laquelle il embrassait la nature.

— En lisant le récit de la bataille d'Austerlitz,

me dit-il un jour, j'en ai vu tous les incidents. Les
volées de canon, les cris des combattants retentissaient à mes oreilles et m'agitaient les entrailles ; je
sentais la poudre, j'entendais le bruit des chevaux
et la voix des hommes ; j'admirais la plaine où se
heurtaient des nations armées, comme si j'eusse été
sur la hauteur du Santon. Ce spectacle me semblait
effrayant comme une page de l'Apocalypse.

Quand il employait ainsi toutes ses forces dans
une lecture, il perdait en quelque sorte la conscience de sa vie physique, et n'existait plus que par
le jeu tout-puissant de ses organes intérieurs dont la
portée s'était démesurément étendue : il laissait,
suivant son expression, l'*espace derrière lui*. Mais je
ne veux pas anticiper sur les phases intellectuelles
de sa vie. Malgré moi déjà, je viens d'intervertir
l'ordre dans lequel je dois dérouler l'histoire de cet
homme qui transporta toute son action dans sa
pensée, comme d'autres placent toute leur vie dans
l'action.

Un grand penchant l'entraînait vers les ouvrages
mystiques. — *Abyssus abyssum*[5], me disait-il. Notre
esprit est un abîme qui se plaît dans les abîmes.
Enfants, hommes, vieillards, nous sommes toujours
friands de mystères, sous quelque forme qu'ils se
présentent. Cette prédilection lui fut fatale, s'il est
permis toutefois de juger sa vie selon les lois
ordinaires, et de toiser le bonheur d'autrui avec la
mesure du nôtre, ou d'après les préjugés sociaux.
Ce goût pour les choses du ciel, autre locution qu'il
employait souvent, ce *mens divinior*[6] était dû peut-
être à l'influence exercée sur son esprit par les
premiers livres qu'il lut chez son oncle. Sainte

Thérèse et madame Guyon lui continuèrent la
Bible, eurent les prémices de son adulte intelligence, et l'habituèrent à ces vives réactions de l'âme
dont l'extase est à la fois et le moyen et le résultat.
Cette étude, ce goût élevèrent son cœur, le puri-
fièrent, l'ennoblirent, lui donnèrent appétit de
la nature divine, et l'instruisirent des délicatesses
presque féminines qui sont instinctives chez les
grands hommes : peut-être leur sublime n'est-il que
le besoin de dévouement qui distingue la femme,
mais transporté dans les grandes choses. Grâce à
ces premières impressions, Louis resta pur au
collège. Cette noble virginité de sens eut nécessairement pour effet d'enrichir la chaleur de son sang et
d'agrandir les facultés de sa pensée.

La baronne de Staël, bannie à quarante lieues de
Paris, vint passer plusieurs mois de son exil dans
une terre située près de Vendôme. Un jour, en se
promenant, elle rencontra sur la lisière du parc
l'enfant du tanneur presque en haillons, absorbé
par un livre. Ce livre était une traduction du CIEL
ET DE L'ENFER[7]. A cette époque, MM. Saint-
Martin, de Gence et quelques autres écrivains
français, à moitié allemands, étaient presque les
seules personnes qui, dans l'empire français,
connussent le nom de Swedenborg. Étonnée,
madame de Staël prit le livre avec cette brusquerie
qu'elle affectait de mettre dans ses interrogations,
ses regards et ses gestes; puis, lançant un coup
d'œil à Lambert : — Est-ce que tu comprends cela?
lui dit-elle. — Priez-vous Dieu? demanda l'enfant.
— Mais... oui. — Et le comprenez-vous?

La baronne resta muette pendant un moment;

puis elle s'assit auprès de Lambert, et se mit à
causer avec lui. Malheureusement ma mémoire,
quoique fort étendue, est loin d'être aussi fidèle que
l'était celle de mon camarade, et j'ai tout oublié de
cette conversation, hormis les premiers mots. Cette
rencontre était de nature à vivement frapper
madame de Staël ; à son retour au château, elle en
parla peu, malgré le besoin d'expansion qui, chez
elle, dégénérait en loquacité ; mais elle en parut
fortement préoccupée. La seule personne encore
vivante qui ait gardé le souvenir de cette aventure,
et que j'ai questionnée afin de recueillir le peu de
paroles alors échappées à madame de Staël,
retrouva difficilement dans sa mémoire ce mot dit
par la baronne, à propos de Lambert : *C'est un vrai
voyant.* Louis ne justifia point aux yeux des gens du
monde les belles espérances qu'il avait inspirées à
sa protectrice. La prédilection passagère qui se
porta sur lui fut donc considérée comme un caprice
de femme, comme une de ces fantaisies particulières aux artistes. Madame de Staël voulut arracher
Louis Lambert à l'Empereur et à l'Église pour le
rendre à la noble destinée qui, disait-elle, l'attendait ; car elle faisait déjà de lui quelque nouveau
Moïse sauvé des eaux. Avant son départ, elle
chargea l'un de ses amis, monsieur de Corbigny,
alors préfet à Blois, de mettre en temps utile son
Moïse au collège de Vendôme[8] ; puis elle l'oublia
probablement. Entré là vers l'âge de quatorze ans,
au commencement de 1811, Lambert dut en sortir
à la fin de 1814, après avoir achevé sa philosophie.
Je doute que, pendant ce temps, il ait jamais reçu le
moindre souvenir de sa bienfaitrice, si toutefois ce

fut un bienfait que de payer durant trois années la pension d'un enfant sans songer à son avenir, après l'avoir détourné d'une carrière où peut-être eût-il trouvé le bonheur. Les circonstances de l'époque et le caractère de Louis Lambert peuvent largement absoudre madame de Staël et de son insouciance et de sa générosité. La personne choisie pour lui servir d'intermédiaire dans ses relations avec l'enfant quitta Blois au moment où il sortait du collège. Les événements politiques qui survinrent alors justifièrent assez l'indifférence de ce personnage pour le protégé de la baronne. L'auteur de *Corinne* n'entendit plus parler de son petit Moïse. Cent louis donnés par elle à monsieur de Corbigny, qui, je crois, mourut lui-même en 1812, n'étaient pas une somme assez importante pour réveiller les souvenirs de madame de Staël dont l'âme exaltée rencontra sa pâture, et dont tous les intérêts furent vivement mis en jeu pendant les péripéties des années 1814 et 1815. Louis Lambert se trouvait à cette époque et trop pauvre et trop fier pour rechercher sa bienfaitrice, qui voyageait à travers l'Europe. Néanmoins il vint à pied de Blois à Paris dans l'intention de la voir, et arriva malheureusement le jour où la baronne mourut. Deux lettres écrites par Lambert étaient restées sans réponse. Le souvenir des bonnes intentions de madame de Staël pour Louis n'est donc demeuré que dans quelques jeunes mémoires, frappées comme le fut la mienne par le merveilleux de cette histoire. Il faut avoir été dans notre collège pour comprendre et l'effet que produisait ordinairement sur nos esprits l'annonce d'un *nouveau,* et l'impression particulière que l'aventure de Lambert devait nous causer.

Ici, quelques renseignements sur les lois primitives de notre institution, jadis moitié militaire et moitié religieuse, deviennent nécessaires pour expliquer la nouvelle vie que Lambert allait y mener. Avant la Révolution, l'ordre des Oratoriens, voué, comme celui de Jésus, à l'éducation publique, et qui en eut la succession dans quelques maisons, possédait plusieurs établissements provinciaux, dont les plus célèbres étaient les collèges de Vendôme, de Tournon, de La Flèche, de Pont-le-Voy, de Sorrèze et de Juilly. Celui de Vendôme, aussi bien que les autres, élevait, je crois, un certain nombre de cadets destinés à servir dans l'armée. L'abolition des corps enseignants, décrétée par la Convention, influa très peu sur l'institution de Vendôme. La première crise passée, le collège recouvra ses bâtiments ; quelques Oratoriens disséminés aux environs y revinrent, et le rétablirent en y conservant l'ancienne règle, les habitudes, les usages et les mœurs, qui donnaient à ce collège une physionomie à laquelle je n'ai rien pu comparer dans aucun des lycées où je suis allé après ma sortie de Vendôme. Situé au milieu de la ville, sur la petite rivière du Loir qui en baigne les bâtiments, le collège forme une vaste enceinte soigneusement close où sont enfermés les établissements nécessaires à une institution de ce genre : une chapelle, un théâtre, une infirmerie, une boulangerie, des jardins, des cours d'eau. Ce collège, le plus célèbre foyer d'instruction que possèdent les provinces du centre, est alimenté par elles et par nos colonies. L'éloignement ne permet donc pas aux parents d'y venir souvent voir leurs enfants. La règle interdisait d'ailleurs les vacances externes. Une fois entrés, les élèves ne sortaient du collège qu'à la fin de leurs études. A l'exception des promenades faites extérieurement sous la conduite des Pères, tout avait été calculé pour donner à cette maison les avantages de la discipline conventuelle. De mon temps, le correcteur était encore un vivant souvenir, et la classique férule de cuir[9] y jouait avec honneur son terrible rôle. Les punitions jadis inventées par la Compagnie de Jésus, et qui avaient un caractère aussi effrayant pour le moral que pour le physique, étaient demeurées dans l'intégrité de l'ancien programme. Les lettres aux parents étaient obligatoires à certains jours, aussi bien que la confession. Ainsi nos péchés et nos sentiments se trouvaient en coupe réglée. Tout portait l'empreinte de l'uniforme monastique. Je me rappelle, entre autres vestiges de l'ancien institut, l'inspection que nous subissions tous les dimanches. Nous étions en grande tenue, rangés comme des soldats, attendant les deux directeurs qui, suivis des fournisseurs et des maîtres, nous examinaient sous les triples rapports du costume, de l'hygiène et du moral.

Les deux ou trois cents élèves que pouvait loger le collège étaient divisés, suivant l'ancienne coutume, en quatre sections, nommées *les Minimes, les Petits, les Moyens et les Grands.* La division des Minimes embrassait les classes désignées sous le nom de huitième et septième; celle des Petits, la sixième, la cinquième et la quatrième; celle des Moyens, la troisième et la seconde; enfin celle des Grands, la rhétorique, la philosophie, les mathéma-

tiques spéciales, la physique et la chimie. Chacun
de ces collèges particuliers possédait son bâtiment,
ses classes et sa cour dans un grand terrain
commun sur lequel les salles d'étude avaient leur
sortie, et qui aboutissaient au réfectoire. Ce réfectoire, digne d'un ancien ordre religieux, contenait
tous les écoliers. Contrairement à la règle des autres
corps enseignants, nous pouvions y parler en
mangeant, tolérance oratorienne qui nous permettait de faire des échanges de plats selon nos goûts.
Ce commerce gastronomique est constamment resté
l'un des plus vifs plaisirs de notre vie collégiale. Si
quelque Moyen, placé en tête de sa table, préférait
une portion de pois rouges à son dessert, car nous
avions du dessert, la proposition suivante passait de
bouche en bouche : — *Un dessert pour des pois!*
jusqu'à ce qu'un gourmand l'eût acceptée; alors
celui-ci d'envoyer sa portion de pois, qui allait de
main en main jusqu'au demandeur dont le dessert
arrivait par la même voie. Jamais il n'y avait
d'erreur. Si plusieurs demandes étaient semblables,
chacune portait son numéro, et l'on disait : *Premiers
pois pour premier dessert.* Les tables étaient longues,
notre trafic perpétuel y mettait tout en mouvement;
et nous parlions, nous mangions, nous agissions
avec une vivacité sans exemple. Aussi le bavardage
de trois cents jeunes gens, les allées et venues des
domestiques occupés à changer les assiettes, à servir
les plats, à donner le pain, l'inspection des directeurs faisaient-ils du réfectoire de Vendôme un
spectacle unique en son genre, et qui étonnait
toujours les visiteurs.

Pour adoucir notre vie, privée de toute communication avec le dehors et sevrée des caresses de la famille, les Pères nous permettaient encore d'avoir des pigeons et des jardins. Nos deux ou trois cents cabanes, un millier de pigeons nichés autour de notre mur d'enceinte et une trentaine de jardins formaient un coup d'œil encore plus curieux que ne l'était celui de nos repas. Mais il serait trop fastidieux de raconter les particularités qui font du collège de Vendôme un établissement à part, et fertile en souvenirs pour ceux dont l'enfance s'y est écoulée. Qui de nous ne se rappelle encore avec délices, malgré les amertumes de la science, les bizarreries de cette vie claustrale? C'était les friandises achetées en fraude durant nos promenades, la permission de jouer aux cartes et celle d'établir des représentations théâtrales pendant les vacances, maraude et libertés nécessitées par notre solitude; puis encore notre musique militaire, dernier vestige des Cadets; notre académie, notre chapelain, nos Pères professeurs; enfin, les jeux particuliers défendus ou permis : la cavalerie de nos échasses, les longues glissoires faites en hiver, le tapage de nos galoches gauloises, et surtout le commerce introduit par la boutique établie dans l'intérieur de nos cours. Cette boutique était tenue par une espèce de maître Jacques auquel grands et petits pouvaient demander, suivant le prospectus : boîtes, échasses, outils, pigeons cravatés, pattus, livres de messe (article rarement vendu), canifs, papiers, plumes, crayons, encre de toutes les couleurs, balles, billes; enfin le monde entier des fascinantes fantaisies de l'enfance, et qui comprenait tout, depuis la sauce des pigeons que nous

avions à tuer jusqu'aux poteries où nous conser-
vions le riz de notre souper pour le déjeuner du
lendemain. Qui de nous est assez malheureux pour
avoir oublié ses battements de cœur à l'aspect de ce
magasin périodiquement ouvert pendant les récréations du dimanche, et où nous allions à tour de rôle
dépenser la somme qui nous était attribuée; mais
où la modicité de la pension accordée par nos
parents à nos menus plaisirs nous obligeait de faire
un choix entre tous les objets qui exerçaient de si
vives séductions sur nos âmes? La jeune épouse à
laquelle, durant les premiers jours de miel, son
mari remet douze fois dans l'année une bourse d'or,
le joli budget de ses caprices, a-t-elle rêvé jamais
autant d'acquisitions diverses dont chacune absorbe
la somme, que nous n'en avons médité la veille des
premiers dimanches du mois? Pour six francs, nous
possédions, pendant une nuit, l'universalité des
biens de l'inépuisable boutique! et, durant la
messe, nous ne chantions pas un répons qui ne
brouillât nos secrets calculs. Qui de nous peut se
souvenir d'avoir eu quelques sous à dépenser le
second dimanche? Enfin qui n'a pas obéi par
avance aux lois sociales en plaignant, en secourant,
en méprisant les parias que l'avarice ou le malheur
paternel laissaient sans argent?

Quiconque voudra se représenter l'isolement de
ce grand collège avec ses bâtiments monastiques, au
milieu d'une petite ville, et les quatre parcs dans
lesquels nous étions hiérarchiquement casés, aura
certes une idée de l'intérêt que devait nous offrir
l'arrivée d'un *nouveau*, véritable passager survenu
dans un navire. Jamais jeune duchesse présentée à

la cour n'y fut aussi malicieusement critiquée que l'était le nouveau débarqué par tous les écoliers de sa division. Ordinairement, pendant la récréation du soir, avant la prière, les flatteurs habitués à causer avec celui des deux Pères chargés de nous garder une semaine chacun à leur tour, qui se trouvait alors en fonctions, entendaient les premiers ces paroles authentiques : — « Vous aurez demain un nouveau! » Tout à coup ce cri : — « Un nouveau! un nouveau! » retentissait dans les cours. Nous accourions tous pour nous grouper autour du régent, qui bientôt était rudement interrogé. — D'où venait-il? Comment se nommait-il? En quelle classe serait-il? etc.

L'arrivée de Louis Lambert fut le texte d'un conte digne des *Mille et une Nuits.* J'étais alors en quatrième chez les Petits. Nous avions pour régent deux hommes auxquels nous donnions par tradition le nom de Pères, quoiqu'ils fussent séculiers. De mon temps, il n'existait plus à Vendôme que trois véritables Oratoriens auxquels ce titre appartînt légitimement; en 1814, ils quittèrent le collège, qui s'était insensiblement sécularisé, pour se réfugier auprès des autels dans quelques presbytères de campagne, à l'exemple du curé de Mer. Le père Haugoult, le régent de semaine, était assez bon homme, mais dépourvu de hautes connaissances, il manquait de ce tact si nécessaire pour discerner les différents caractères des enfants et leur mesurer les punitions suivant leurs forces respectives. Le père Haugoult se mit donc à raconter fort complaisamment les singuliers événements qui allaient, le lendemain, nous valoir le plus extraordinaire des

nouveaux. Aussitôt les jeux cessèrent. Tous les
Petits arrivèrent en silence pour écouter l'aventure
de ce Louis Lambert, trouvé, comme un aérolithe,
par madame de Staël au coin d'un bois. Monsieur Haugoult dut nous expliquer madame de
Staël : pendant cette soirée, elle me parut avoir
dix pieds ; depuis j'ai vu le tableau de *Corinne,* où
Gérard l'a représentée et si grande et si belle ; hélas !
la femme idéale rêvée par mon imagination la sur-
passait tellement, que la véritable madame de Staël
a constamment perdu dans mon esprit, même après
la lecture du livre tout viril intitulé *De l'Allemagne.*
Mais Lambert fut alors une bien autre merveille :
après l'avoir examiné, monsieur Mareschal, le directeur des études, avait hésité, disait le père Haugoult, à le mettre chez les Grands. La faiblesse
de Louis en latin l'avait fait rejeter en quatrième,
mais il sauterait sans doute une classe chaque
année ; par exception, il devait être de l'académie. *Proh pudor* [10] *!* nous allions avoir l'honneur
de compter parmi les Petits un habit décoré du
ruban rouge que portaient les académiciens de
Vendôme. Aux académiciens étaient octroyés de
brillants privilèges ; ils dînaient souvent à la table
du Directeur, et tenaient par an deux séances
littéraires auxquelles nous assistions pour entendre
leurs œuvres. Un académicien était un petit grand
homme. Si chaque Vendômien veut être franc, il
avouera que, plus tard, un véritable académicien de
la véritable Académie française lui a paru bien
moins étonnant que ne l'était l'enfant gigantesque
illustré par la croix et par le prestigieux ruban
rouge, insignes de notre académie. Il était bien

difficile d'appartenir à ce corps glorieux avant
d'être parvenu en seconde, car les académiciens
devaient tenir tous les jeudis, pendant les vacances,
des séances publiques, et nous lire des contes en
vers ou en prose, des épîtres, des traités, des
tragédies, des comédies ; compositions interdites à
l'intelligence des classes secondaires. J'ai longtemps
gardé le souvenir d'un conte, intitulé *l'Ane vert*,
qui, je crois, est l'œuvre la plus saillante de cette
académie inconnue. Un quatrième être de l'académie ! Parmi nous serait cet enfant de quatorze ans,
déjà poète, aimé de madame de Staël, un futur génie,
nous disait le père Haugoult ; un sorcier, un gars
capable de faire un thème ou une version pendant
qu'on nous appellerait en classe, et d'apprendre ses
leçons en les lisant une seule fois. Louis Lambert
confondait toutes nos idées. Puis la curiosité du
père Haugoult, l'impatience qu'il témoignait de
voir le nouveau, attisaient encore nos imaginations
enflammées. — S'il a des pigeons, il n'aura pas de
cabane. Il n'y a plus de place. Tant pis ! disait l'un
de nous qui, depuis, a été grand agriculteur. —
Auprès de qui sera-t-il ? demandait un autre. —
Oh ! que je voudrais être *son faisant !* s'écriait un
exalté. Dans notre langage collégial, ce mot *être
faisants* (ailleurs, c'est *copins*[11]) constituait un idio-
tisme difficile à traduire. Il exprimait un partage
fraternel des biens et des maux de notre vie
enfantine, une promiscuité d'intérêts fertile en
brouilles et en raccommodements, un pacte d'alliance offensive et défensive. Chose bizarre ! jamais,
de mon temps, je n'ai connu de frères qui fussent
faisants. Si l'homme ne vit que par les sentiments,

peut-être croit-il appauvrir son existence en confondant une affection trouvée dans une affection naturelle.

L'impression que les discours du père Haugoult firent sur moi pendant cette soirée est une des plus vives de mon enfance, et je ne puis la comparer qu'à la lecture de *Robinson Crusoé*. Je dus même plus tard au souvenir de ces sensations prodigieuses, une remarque peut-être neuve sur les différents effets que produisent les mots dans chaque entendement. Le verbe n'a rien d'absolu : nous agissons plus sur le mot qu'il n'agit sur nous ; sa force est en raison des images que nous avons acquises et que nous y groupons ; mais l'étude de ce phénomène exige de larges développements, hors de propos ici. Ne pouvant dormir, j'eus une longue discussion avec mon voisin de dortoir sur l'être extraordinaire que nous devions avoir parmi nous le lendemain. Ce voisin, naguère officier, maintenant écrivain à hautes vues philosophiques, Barchou de Penhoën [12], n'a démenti ni sa prédestination, ni le hasard qui réunissait dans la même classe, sur le même banc et sous le même toit, les deux seuls écoliers de Vendôme de qui Vendôme entende parler aujourd'hui ; car, au moment où ce livre s'est publié, Dufaure, notre camarade, n'avait pas encore abordé la vie publique du Parlement. Le récent traducteur de Fichte, l'interprète et l'ami de Ballanche, était occupé déjà, comme je l'étais moi-même, de questions métaphysiques ; il déraisonnait souvent avec moi sur Dieu, sur nous et sur la nature. Il avait alors des prétentions au pyrrhonisme. Jaloux de soutenir son rôle, il nia les facultés

de Lambert; tandis qu'ayant nouvellement lu les
Enfants célèbres, je l'accablais de preuves en lui
citant le petit Montcalm, Pic de la Mirandole,
Pascal, enfin tous les cerveaux précoces, anomalies
célèbres dans l'histoire de l'esprit humain, et les
prédécesseurs de Lambert. J'étais alors moi-même
passionné pour la lecture. Grâce à l'envie que mon
père avait de me voir à l'École Polytechnique, il
payait pour moi des leçons particulières de mathématiques. Mon répétiteur, bibliothécaire du collège, me laissait prendre des livres sans trop
regarder ceux que j'emportais de la bibliothèque,
lieu tranquille où, pendant les récréations, il me
faisait venir pour me donner ses leçons. Je crois
qu'il était ou peu habile ou fort occupé de quelque
grave entreprise, car il me permettait très volontiers
de lire pendant le temps des répétitions, et travaillait je ne sais à quoi. Donc, en vertu d'un pacte
tacitement convenu entre nous deux, je ne me
plaignais point de ne rien apprendre, et lui se taisait
sur mes emprunts de livres. Entraîné par cette
intempestive passion, je négligeais mes études pour
composer des poèmes qui devaient certes inspirer
peu d'espérances, si j'en juge par ce trop long vers,
devenu célèbre parmi mes camarades, et qui commençait une épopée sur les Incas :

O Inca! ô roi infortuné et malheureux!

Je fus surnommé le *Poète* en dérision de mes
essais; mais les moqueries ne me corrigèrent pas. Je
rimaillai toujours, malgré le sage conseil de monsieur Mareschal, notre directeur, qui tâcha de me

guérir d'une manie malheureusement invétérée, en me racontant dans un apologue les malheurs d'une fauvette tombée de son nid pour avoir voulu voler avant que ses ailes ne fussent poussées. Je continuai mes lectures, je devins l'écolier le moins agissant, le plus paresseux, le plus contemplatif de la division des Petits, et partant le plus souvent puni. Cette digression autobiographique doit faire comprendre la nature des réflexions par lesquelles je fus assailli à l'arrivée de Lambert. J'avais alors douze ans. J'éprouvai tout d'abord une vague sympathie pour un enfant avec qui j'avais quelques similitudes de tempérament. J'allais donc rencontrer un compagnon de rêverie et de méditation. Sans savoir encore ce qu'était la gloire, je trouvais glorieux d'être le camarade d'un enfant dont l'immortalité était préconisée par madame de Staël. Louis Lambert me semblait un géant.

Le lendemain si attendu vint enfin. Un moment avant le déjeuner, nous entendîmes dans la cour silencieuse le double pas de monsieur Mareschal et du nouveau. Toutes les têtes se tournèrent aussitôt vers la porte de la classe. Le père Haugoult, qui partageait les tortures de notre curiosité, ne nous fit pas entendre le sifflement par lequel il imposait silence à nos murmures et nous rappelait au travail. Nous vîmes alors ce fameux nouveau, que monsieur Mareschal tenait par la main. Le régent descendit de sa chaire, et le directeur lui dit solennellement, suivant l'étiquette : — Monsieur, je vous amène monsieur Louis Lambert, vous le mettrez avec les Quatrièmes, il entrera demain en classe. Puis, après avoir causé à voix basse avec le régent, il dit tout

haut : — Où allez-vous le placer? Il eût été injuste
de déranger l'un de nous pour le nouveau, et
comme il n'y avait plus qu'un seul pupitre de libre,
Louis Lambert vint l'occuper, près de moi qui étais
entré le dernier dans la classe. Malgré le temps que
nous avions encore à rester en étude, nous nous
levâmes tous pour examiner Lambert. Monsieur
Mareschal entendit nos colloques, nous vit en
insurrection, et dit avec cette bonté qui nous le
rendait particulièrement cher : — Au moins, soyez
sages, ne dérangez pas les autres classes.

Ces paroles nous mirent en récréation quelque
temps avant l'heure du déjeuner, et nous vînmes
tous environner Lambert pendant que monsieur
Mareschal se promenait dans la cour avec le père
Haugoult. Nous étions environ quatre-vingts
diables, hardis comme des oiseaux de proie.
Quoique nous eussions tous passé par ce cruel
noviciat, nous ne faisions jamais grâce à un nouveau
des rires moqueurs, des interrogations, des imper-
tinences qui se succédaient en semblable occur-
rence, à la grande honte du néophyte de qui l'on
essayait ainsi les mœurs, la force et le caractère.
Lambert, ou calme ou abasourdi, ne répondit à
aucune de nos questions. L'un de nous dit alors
qu'il sortait sans doute de l'école de Pythagore. Un
rire général éclata. Le nouveau fut surnommé
Pythagore pour toute sa vie de collège. Cependant
le regard perçant de Lambert, le dédain peint sur sa
figure pour nos enfantillages en désaccord avec la
nature de son esprit, l'attitude aisée dans laquelle il
restait, sa force apparente en harmonie avec son
âge, imprimèrent un certain respect aux plus

mauvais sujets d'entre nous. Quant à moi, j'étais
près de lui, occupé à l'examiner silencieusement.

Louis était un enfant maigre et fluet, haut de
quatre pieds et demi; sa figure hâlée, ses mains
brunies par le soleil paraissaient accuser une
vigueur musculaire que néanmoins il n'avait pas à
l'état normal. Aussi, deux mois après son entrée au
collège, quand le séjour de la classe lui eut fait
perdre sa coloration presque végétale, le vîmes-
nous devenir pâle et blanc comme une femme. Sa
tête était d'une grosseur remarquable. Ses cheveux,
d'un beau noir et bouclés par masses, prêtaient une
grâce indicible à son front, dont les dimensions
avaient quelque chose d'extraordinaire, même pour
nous, insouciants, comme on peut le croire, des
pronostics de la phrénologie, science alors au
berceau. La beauté de son front prophétique
provenait surtout de la coupe extrêmement pure
des deux arcades sous lesquelles brillait son œil
noir, qui semblaient taillées dans l'albâtre, et dont
les lignes, par un attrait assez rare, se trouvaient
d'un parallélisme parfait en se rejoignant à la
naissance du nez. Mais il était difficile de songer à
sa figure, d'ailleurs fort irrégulière, en voyant ses
yeux, dont le regard possédait une magnifique variété d'expression et qui paraissaient doublés d'une
âme. Tantôt clair et pénétrant à étonner, tantôt
d'une douceur céleste, ce regard devenait terne,
sans couleur pour ainsi dire, dans les moments où il
se livrait à ses contemplations. Son œil ressemblait
alors à une vitre d'où le soleil se serait retiré
soudain après l'avoir illuminée. Il en était de sa
force et de son organe comme de son regard : même

mobilité, mêmes caprices. Sa voix se faisait douce
comme une voix de femme qui laisse tomber un
aveu; puis elle était, parfois, pénible, incorrecte,
raboteuse, s'il est permis d'employer ces mots pour
peindre des effets nouveaux. Quant à sa force,
habituellement il était incapable de supporter la
fatigue des moindres jeux, et semblait être débile,
presque infirme. Mais pendant les premiers jours
de son noviciat, un de nos matadors s'étant moqué
de cette maladive délicatesse qui le rendait
impropre aux violents exercices en vogue dans le
collège, Lambert prit de ses deux mains et par le
bout une de nos tables qui contenait douze grands
pupitres encastrés sur deux rangs et en dos d'âne, il
s'appuya contre la chaire du régent; puis il retint la
table par ses pieds en les plaçant sur la traverse
d'en bas, et dit : — Mettez-vous dix et essayez de la
faire bouger! J'étais là, je puis attester ce singulier
témoignage de force, il fut impossible de lui
arracher la table. Lambert possédait le don d'appeler à lui, dans certains moments, des pouvoirs
extraordinaires, et de rassembler ses forces sur un
point donné pour les projeter. Mais les enfants
habitués, aussi bien que les hommes, à juger de
tout d'après leurs premières impressions, n'étu-
dièrent Louis que pendant les premiers jours de
son arrivée; il démentit alors entièrement les
prédictions de madame de Staël, en ne réalisant
aucun des prodiges que nous attendions de lui.

Après un trimestre d'épreuves, Louis passa pour
un écolier très ordinaire. Je fus donc seul admis à
pénétrer dans cette âme sublime, et pourquoi ne
dirais-je pas divine? qu'y a-t-il de plus près de Dieu

que le génie dans un cœur d'enfant? La conformité
de nos goûts et de nos pensées nous rendit amis et
faisants. Notre fraternité devint si grande que nos
camarades accolèrent nos deux noms; l'un ne se
prononçait pas sans l'autre; et, pour appeler l'un de
nous, ils criaient : *Le Poète-et-Pythagore!* D'autres
noms offraient l'exemple d'un semblable mariage.
Ainsi je demeurai pendant deux années l'ami de
collège du pauvre Louis Lambert; et ma vie se
trouva, pendant cette époque, assez intimement
unie à la sienne pour qu'il me soit possible
aujourd'hui d'écrire son histoire intellectuelle.

J'ai longtemps ignoré la poésie et les richesses
cachées dans le cœur et sous le front de mon
camarade. Il a fallu que j'arrivasse à trente ans, que
mes observations se soient mûries et condensées,
que le jet d'une vive lumière les ait même éclairées
de nouveau pour que je comprisse la portée des
phénomènes desquels je fus alors l'inhabile témoin;
j'en ai joui sans m'en expliquer ni la grandeur ni le
mécanisme, j'en ai même oublié quelques-uns et ne
me souviens que des plus saillants; mais aujour-
d'hui ma mémoire les a coordonnés, et je me suis
initié aux secrets de cette tête féconde en me
reportant aux jours délicieux de notre jeune amitié.
Le temps seul me fit donc pénétrer le sens des
événements et des faits qui abondent en cette vie
inconnue, comme en celle de tant d'autres hommes
perdus pour la science. Aussi cette histoire est-elle,
dans l'expression et l'appréciation des choses,
pleine d'anachronismes purement moraux qui ne
nuiront peut-être point à son genre d'intérêt.

Pendant les premiers mois de son séjour à

Vendôme, Louis devint la proie d'une maladie dont
les symptômes furent imperceptibles à l'œil de nos
surveillants, et qui gêna nécessairement l'exercice
de ses hautes facultés. Accoutumé au grand air, à
l'indépendance d'une éducation laissée au hasard,
caressé par les tendres soins d'un vieillard qui le
chérissait, habitué à penser sous le soleil, il lui fut
bien difficile de se plier à la règle du collège, de
marcher dans le rang, de vivre entre les quatre
murs d'une salle où quatre-vingts jeunes gens
étaient silencieux, assis sur un banc de bois, chacun
devant son pupitre. Ses sens possédaient une
perfection qui leur donnait une exquise délicatesse,
et tout souffrit chez lui de cette vie en commun.
Les exhalaisons par lesquelles l'air était corrompu,
mêlées à la senteur d'une classe toujours sale et
encombrée des débris de nos déjeuners ou de nos
goûters, affectèrent son odorat, ce sens qui, plus
directement en rapport que les autres avec le
système cérébral, doit causer par ses altérations
d'invisibles ébranlements aux organes de la pensée.
Outre ces causes de corruption atmosphérique, il se
trouvait dans nos salles d'étude des baraques [13] où
chacun mettait son butin, les pigeons tués pour les
jours de fête, ou les mets dérobés au réfectoire.
Enfin, nos salles contenaient encore une pierre
immense où restaient en tout temps deux seaux
pleins d'eau, espèce d'abreuvoir où nous allions
chaque matin nous débarbouiller le visage et nous
laver les mains à tour de rôle en présence du
maître. De là, nous passions à une table où des
femmes nous peignaient et nous poudraient. Net-
toyé une seule fois par jour, avant notre réveil,

notre local demeurait toujours malpropre. Puis,
malgré le nombre des fenêtres et la hauteur de la
porte, l'air y était incessamment vicié par les
émanations du lavoir, par la peignerie, par la
baraque, par les mille industries de chaque écolier,
sans compter nos quatre-vingts corps entassés.
Cette espèce d'*humus* collégial, mêlé sans cesse à la
boue que nous rapportions des cours, formait un
fumier d'une insupportable puanteur. La privation
de l'air pur et parfumé des campagnes dans lequel
il avait jusqu'alors vécu, le changement de ses habitudes, la discipline, tout contrista Lambert. La tête
toujours appuyée sur sa main gauche et le bras
accoudé sur son pupitre, il passait les heures
d'étude à regarder dans la cour le feuillage des
arbres ou les nuages du ciel; il semblait étudier ses
leçons; mais voyant la plume immobile ou la page
restée blanche, le régent lui criait : Vous ne faites
rien, Lambert! Ce : *Vous ne faites rien,* était un
coup d'épingle qui blessait Louis au cœur. Puis il
ne connut pas le loisir des récréations, il eut des
pensum[14] à écrire. Le pensum, punition dont le
genre varie selon les coutumes de chaque collège,
consistait à Vendôme en un certain nombre de
lignes copiées pendant les heures de récréation.
Nous fûmes, Lambert et moi, si accablés de
pensums que nous n'avons pas eu six jours de
liberté durant nos deux années d'amitié. Sans les
livres que nous tirions de la bibliothèque, et qui
entretenaient la vie dans notre cerveau, ce système
d'existence nous eût menés à un abrutissement
complet. Le défaut d'exercice est fatal aux enfants.
L'habitude de la représentation, prise dès le jeune

âge, altère, dit-on, sensiblement la constitution des personnes royales quand elles ne corrigent pas les vices de leur destinée par les mœurs du champ de bataille ou par les travaux de la chasse. Si les lois de l'étiquette et des cours influent sur la moelle épinière au point de féminiser le bassin des rois, d'amollir leurs fibres cérébrales et d'abâtardir ainsi la race, quelles lésions profondes, soit au physique, soit au moral, une privation continuelle d'air, de mouvement, de gaieté, ne doit-elle pas produire chez les écoliers? Aussi le régime pénitentiaire observé dans les collèges exigera-t-il l'attention des autorités de l'enseignement public lorsqu'il s'y rencontrera des penseurs qui ne penseront pas exclusivement à eux.

Nous nous attirions le pensum de mille manières. Notre mémoire était si belle que nous n'apprenions jamais nos leçons. Il nous suffisait d'entendre réciter à nos camarades les morceaux de français, de latin ou de grammaire, pour les répéter à notre tour; mais si par malheur le maître s'avisait d'intervertir les rangs et de nous interroger les premiers, souvent nous ignorions en quoi consistait la leçon : le pensum arrivait alors malgré nos plus habiles excuses. Enfin, nous attendions toujours au dernier moment pour faire nos devoirs. Avions-nous un livre à finir, étions-nous plongés dans une rêverie, le devoir était oublié : nouvelle source de pensum! Combien de fois nos versions ne furent-elles pas écrites pendant le temps que le *premier*, chargé de les recueillir en entrant en classe, mettait à demander à chacun la sienne! Aux difficultés morales que Lambert éprouvait à s'acclimater dans le collège se joignit encore un apprentissage non moins rude et par lequel nous avions passé tous, celui des douleurs corporelles qui pour nous variaient à l'infini. Chez les enfants, la délicatesse de l'épiderme exige des soins minutieux, surtout en hiver, où, constamment emportés par mille causes, ils quittent la glaciale atmosphère d'une cour boueuse pour la chaude température des classes. Aussi, faute des attentions maternelles qui manquaient aux Petits et aux Minimes, étaient-ils dévorés d'engelures et de crevasses si douloureuses, que ces maux nécessitaient pendant le déjeuner un pansement particulier, mais très imparfait à cause du grand nombre de mains, de pieds, de talons endoloris. Beaucoup d'enfants étaient d'ailleurs obligés de préférer le mal au remède : ne leur fallait-il pas souvent choisir entre leurs devoirs à terminer, les plaisirs de la glissoire, et le lever d'un appareil insouciamment mis, plus insouciamment gardé? Puis les mœurs du collège avaient amené la mode de se moquer des pauvres chétifs qui allaient au pansement, et c'était à qui ferait sauter les guenilles[15] que l'infirmière leur avait mises aux mains. Donc, en hiver, plusieurs d'entre nous, les doigts et les pieds demi-morts, tout rongés de douleurs, étaient peu disposés à travailler parce qu'ils souffraient, et punis parce qu'ils ne travaillaient point. Trop souvent la dupe de nos maladies postiches, le Père ne tenait aucun compte des maux réels. Moyennant le prix de la pension, les élèves étaient entretenus aux frais du collège. L'administration avait coutume de passer un marché pour la chaussure et l'habillement; de là cette inspection

hebdomadaire de laquelle j'ai déjà parlé. Excellent
pour l'administrateur, ce mode a toujours de tristes
résultats pour l'administré. Malheur au Petit qui
contractait la mauvaise habitude d'éculer, de déchi-
rer ses souliers, ou d'user prématurément leurs
semelles, soit par un vice de marche, soit en les
déchiquetant pendant les heures d'étude pour
obéir au besoin d'action qu'éprouvent les enfants!
Durant tout l'hiver celui-là n'allait pas en promenade sans de vives souffrances : d'abord la douleur
de ses engelures se réveillait atroce autant qu'un
accès de goutte; puis les agrafes et les ficelles
destinées à retenir le soulier partaient, ou les talons
éculés empêchaient la maudite chaussure d'adhérer
aux pieds de l'enfant; il était alors forcé de la
traîner péniblement en des chemins glacés où
parfois il lui fallait la disputer aux terres argileuses
du Vendômois; enfin l'eau, la neige y entraient
souvent par une décousure inaperçue, par un
béquet [16] mal mis, et le pied de se gonfler. Sur
soixante enfants, il ne s'en rencontrait pas dix qui
cheminassent sans quelque torture particulière;
néanmoins tous suivaient le gros de la troupe,
entraînés par la marche, comme les hommes sont
poussés dans la vie par la vie. Combien de fois un
généreux enfant ne pleura-t-il pas de rage, tout en
trouvant un reste d'énergie pour aller en avant ou
pour revenir au bercail malgré ses peines; tant à cet
âge l'âme encore neuve redoute et le rire et la
compassion, deux genres de moquerie. Au collège,
ainsi que dans la société, le fort méprise déjà le
faible, sans savoir en quoi consiste la véritable
force. Ce n'était rien encore. Point de gants aux

mains. Si par hasard les parents, l'infirmière ou le
directeur en faisaient donner aux plus délicats
d'entre nous, les loustics ou les grands de la classe
mettaient les gants sur le poêle, s'amusaient à les
dessécher, à les gripper ; puis, si les gants échap-
paient aux fureteurs, ils se mouillaient, se recroque-
villaient faute de soin. Il n'y avait pas de gants
possibles. Les gants paraissaient être un privilège,
et les enfants veulent se voir égaux.

Ces différents genres de douleur assaillirent
Louis Lambert. Semblable aux hommes méditatifs
qui, dans le calme de leurs rêveries, contractent
l'habitude de quelque mouvement machinal, il avait
la manie de jouer avec ses souliers et les détruisait
en peu de temps. Son teint de femme, la peau de
ses oreilles, ses lèvres se gerçaient au moindre froid.
Ses mains si molles, si blanches, devenaient rouges
et turgides. Il s'enrhumait constamment. Louis fut
donc enveloppé de souffrances jusqu'à ce qu'il eût
accoutumé sa vie aux mœurs vendômoises. Instruit
à la longue par la cruelle expérience des maux,
force lui fut de songer à ses affaires, pour me servir
d'une expression collégiale. Il lui fallut prendre
soin de sa baraque, de son pupitre, de ses habits, de
ses souliers ; ne se laisser voler ni son encre, ni ses
livres, ni ses cahiers, ni ses plumes ; enfin, penser à
ces mille détails de notre existence enfantine, dont
s'occupaient avec tant de rectitude ces esprits
égoïstes et médiocres auxquels appartiennent infail-
liblement les prix d'excellence ou de bonne
conduite ; mais que négligeait un enfant plein
d'avenir, qui, sous le joug d'une imagination
presque divine, s'abandonnait avec amour au

torrent de ses pensées. Ce n'est pas tout. Il existe une lutte continuelle entre les maîtres et les écoliers, lutte sans trêve à laquelle rien n'est comparable dans la société, si ce n'est le combat de l'opposition contre le ministère dans un gouvernement représentatif. Mais les journalistes et les orateurs de l'opposition sont peut-être moins prompts à profiter d'un avantage, moins durs à reprocher un tort, moins âpres dans leurs moqueries, que ne le sont les enfants envers les gens chargés de les régenter. A ce métier, la patience échapperait à des anges. Il n'en faut donc pas trop vouloir à un pauvre préfet d'études, peu payé, partant peu sagace, d'être parfois injuste ou de s'emporter. Sans cesse épié par une multitude de regards moqueurs, environné de pièges, il se venge quelquefois des torts qu'il se donne, sur des enfants trop prompts à les apercevoir.

Excepté les grandes malices pour lesquelles il existait d'autres châtiments, la férule était, à Vendôme, l'*ultima ratio Patrum*[17]. Aux devoirs oubliés, aux leçons mal sues, aux incartades vulgaires, le pensum suffisait ; mais l'amour-propre offensé parlait chez le maître par sa férule. Parmi les souffrances physiques auxquelles nous étions soumis, la plus vive était certes celle que nous causait cette palette de cuir, épaisse d'environ deux doigts, appliquée sur nos faibles mains de toute la force, de toute la colère du régent. Pour recevoir cette correction classique, le coupable se mettait à genoux au milieu de la salle. Il fallait se lever de son banc, aller s'agenouiller près de la chaire, et subir les regards curieux, souvent moqueurs de nos camarades. Aux âmes tendres, ces préparatifs étaient donc un double supplice, semblable au trajet du Palais à la Grève que faisait jadis un condamné vers son échafaud. Selon les caractères, les uns criaient en pleurant à chaudes larmes, avant ou après la férule; les autres en acceptaient la douleur d'un air stoïque; mais, en l'attendant, les plus forts pouvaient à peine réprimer la convulsion de leur visage. Louis Lambert fut accablé de férules, et les dut à l'exercice d'une faculté de sa nature dont l'existence lui fut pendant longtemps inconnue. Lorsqu'il était violemment tiré d'une méditation par le — *Vous ne faites rien!* du régent, il lui arriva souvent, à son insu d'abord, de lancer à cet homme un regard empreint de je ne sais quel mépris sauvage, chargé de pensée comme une bouteille de Leyde est chargée d'électricité. Cette œillade causait sans doute une commotion au maître, qui, blessé par cette silencieuse épigramme, voulut désapprendre à l'écolier ce regard fulgurant. La première fois que le Père se formalisa de ce dédaigneux rayonnement qui l'atteignit comme un éclair, il dit cette phrase que je me suis rappelée : — Si vous me regardez encore ainsi, Lambert, vous allez recevoir une férule! A ces mots tous les nez furent en l'air, tous les yeux épièrent alternative- ment et le maître et Louis. L'apostrophe était si sotte que l'enfant accabla le Père d'un coup d'œil qui fut un éclair. De là vint entre le régent et Lambert une querelle qui se vida par une certaine quantité de férules. Ainsi lui fut révélé le pouvoir oppresseur de son œil.

Ce pauvre poète si nerveusement constitué,

souvent vaporeux autant qu'une femme, dominé
par une mélancolie chronique, tout malade de son
génie comme une jeune fille l'est de cet amour qu'elle
appelle et qu'elle ignore; cet enfant si fort et si
faible, déplanté par Corinne de ses belles campagnes pour entrer dans le moule d'un collège
auquel chaque intelligence, chaque corps doit,
malgré sa portée, malgré son tempérament, s'adap-
ter à la règle et à l'uniforme comme l'or s'arrondit
en pièces sous le coup du balancier; Louis Lambert
souffrit donc par tous les points où la douleur a
prise sur l'âme et sur la chair. Attaché sur un banc
à la glèbe de son pupitre, frappé par la férule,
frappé par la maladie, affecté dans tous ses sens,
pressé par une ceinture de maux, tout le contrai-
gnit d'abandonner son enveloppe aux mille tyran-
nies du collège. Semblable aux martyrs qui sou-
riaient au milieu des supplices, il se réfugia dans les
cieux que lui entrouvrait sa pensée. Peut-être cette
vie tout intérieure aida-t-elle à lui faire entrevoir les
mystères auxquels il eut tant de foi!

Notre indépendance, nos occupations illicites,
notre fainéantise apparente, l'engourdissement dans
lequel nous restions, nos punitions constantes,
notre répugnance pour nos devoirs et nos pensums,
nous valurent la réputation incontestée d'être des
enfants lâches et incorrigibles. Nos maîtres nous
méprisèrent, et nous tombâmes également dans le
plus affreux discrédit auprès de nos camarades à
qui nous cachions nos études de contrebande, par
crainte de leurs moqueries. Cette double mésesti-
me, injuste chez les Pères, était un sentiment
naturel chez nos condisciples. Nous ne savions

ni jouer à la balle, ni courir, ni monter sur les
échasses. Aux jours d'amnistie, ou quand par hasard
nous obtenions un instant de liberté, nous ne
partagions aucun des plaisirs à la mode dans le
collège. Étrangers aux jouissances de nos camarades, nous restions seuls, mélancoliquement assis
sous quelque arbre de la cour. Le Poète-et-
Pythagore furent donc une exception, une vie en
dehors de la vie commune. L'instinct si pénétrant,
l'amour-propre si délicat des écoliers leur fit
pressentir en nous des esprits situés plus haut ou
plus bas que ne l'étaient les leurs. De là, chez les
uns, haine de notre muette aristocratie; chez les
autres, mépris de notre inutilité. Ces sentiments
étaient entre nous à notre insu, peut-être ne les
ai-je devinés qu'aujourd'hui. Nous vivions donc
exactement comme deux rats tapis dans le coin de
la salle où étaient nos pupitres, également retenus là
durant les heures d'étude et pendant celles des
récréations. Cette situation excentrique dut nous
mettre et nous mit en état de guerre avec les
enfants de notre division. Presque toujours oubliés,
nous demeurions là tranquilles, heureux à demi,
semblables à deux végétations, à deux ornements
qui eussent manqué à l'harmonie de la salle. Mais
parfois les plus taquins de nos camarades nous
insultaient pour manifester abusivement leur force,
et nous répondions par un mépris qui souvent fit
rouer de coups le Poète-et-Pythagore.

La nostalgie de Lambert dura plusieurs mois. Je
ne sais rien qui puisse peindre la mélancolie à
laquelle il fut en proie. Louis m'a gâté bien des
chefs-d'œuvre. Ayant joué tous les deux le rôle du

Lépreux de la Vallée d'Aoste[IX], nous avions éprouvé
les sentiments exprimés dans le livre de monsieur
de Maistre, avant de les lire traduits par cette
éloquente plume. Or, un ouvrage peut retracer les
souvenirs de l'enfance, mais il ne luttera jamais
contre eux avec avantage. Les soupirs de Lambert
m'ont appris des hymnes de tristesse bien plus
pénétrants que ne le sont les plus belles pages de
Werther. Mais aussi, peut-être n'est-il pas de
comparaison entre les souffrances que cause une
passion réprouvée à tort ou à raison par nos lois, et
les douleurs d'un pauvre enfant aspirant après la
splendeur du soleil, la rosée des vallons et la
liberté. Werther est l'esclave d'un désir, Louis
Lambert était toute une âme esclave. A talent
égal, le sentiment le plus touchant ou fondé sur
les désirs les plus vrais, parce qu'ils sont les plus
purs, doit surpasser les lamentations du génie.
Après être resté longtemps à contempler le feuillage d'un des tilleuls de la cour, Louis ne me
disait qu'un mot, mais ce mot annonçait une immense rêverie.

— Heureusement pour moi, s'écria-t-il un jour,
il se rencontre de bons moments pendant lesquels il
me semble que les murs de la classe sont tombés, et
que je suis ailleurs, dans les champs! Quel plaisir
de se laisser aller au cours de sa pensée, comme un
oiseau à la portée de son vol! — Pourquoi la
couleur verte est-elle si prodiguée dans la nature?
me demandait-il. Pourquoi y existe-t-il si peu de
lignes droites? Pourquoi l'homme dans ses œuvres
emploie-t-il si rarement les courbes? Pourquoi lui
seul a-t-il le sentiment de la ligne droite?

Ces paroles trahissaient une longue course faite à travers les espaces. Certes, il avait revu des paysages entiers, ou respiré le parfum des forêts. Il était, vivante et sublime élégie, toujours silencieux, résigné; toujours souffrant sans pouvoir dire : je souffre! Cet aigle, qui voulait le monde pour pâture, se trouvait entre quatre murailles étroites et sales; aussi, sa vie devint-elle, dans la plus large acception de ce terme, une vie idéale. Plein de mépris pour les études presque inutiles, auxquelles nous étions condamnés, Louis marchait dans sa route aérienne, complètement détaché des choses qui nous entouraient. Obéissant au besoin d'imitation qui domine les enfants, je tâchai de conformer mon existence à la sienne. Louis m'inspira d'autant mieux sa passion pour l'espèce de sommeil dans lequel les contemplations profondes plongent le corps, que j'étais plus jeune et plus impressible. Nous nous habituâmes, comme deux amants, à penser ensemble, à nous communiquer nos rêveries. Déjà ses sensations intuitives avaient cette *acuité* qui doit appartenir aux perceptions intellectuelles des grands poètes, et les faire souvent approcher de la folie.

— Sens-tu, comme moi, me demanda-t-il un jour, s'accomplir en toi, malgré toi, de fantasques [19] souffrances? Si, par exemple, je pense vivement à l'effet que produirait la lame de mon canif en entrant dans ma chair, j'y ressens tout à coup une douleur aiguë comme si je m'étais réellement coupé : il n'y a de moins que le sang. Mais cette sensation arrive et me surprend comme un bruit soudain qui troublerait un profond silence. Une

idée causer des souffrances physiques?... Hein!
qu'en dis-tu?

Quand il exprimait des réflexions si ténues, nous
tombions tous deux dans une rêverie naïve. Nous
nous mettions à rechercher en nous-mêmes les
indescriptibles phénomènes relatifs à la génération
de la pensée, que Lambert espérait saisir dans ses
moindres développements, afin de pouvoir en
décrire un jour l'appareil inconnu. Puis, après des
discussions, souvent mêlées d'enfantillages, un
regard jaillissait des yeux flamboyants de Lambert,
il me serrait la main, et il sortait de son âme un mot
par lequel il tâchait de se résumer.

— Penser, c'est voir! me dit-il un jour emporté
par une de nos objections sur le principe de notre
organisation. Toute science humaine repose sur la
déduction, qui est une vision lente par laquelle on
descend de la cause à l'effet, par laquelle on
remonte de l'effet à la cause; ou, dans une plus
large expression, toute poésie comme toute œuvre
d'art procède d'une rapide vision des choses.

Il était spiritualiste; mais j'osais le contredire en
m'armant de ses observations mêmes pour considérer l'intelligence comme un produit tout physique.
Nous avions raison tous deux. Peut-être les mots
matérialisme et spiritualisme expriment-ils les deux
côtés d'un seul et même fait. Ses études sur la
substance de la pensée lui faisaient accepter avec
une sorte d'orgueil la vie de privations à laquelle
nous condamnaient et notre paresse et notre dédain
pour nos devoirs. Il avait une certaine conscience
de sa valeur, qui le soutenait dans ses travaux
spirituels. Avec quelle douceur je sentais son âme

réagissant sur la mienne! Combien de fois ne sommes-nous pas demeurés assis sur notre banc, occupés tous deux à lire un livre, nous oubliant réciproquement sans nous quitter; mais nous sachant tous deux là, plongés dans un océan d'idées comme deux poissons qui nagent dans les mêmes eaux! Notre vie était donc toute végétative en apparence, mais nous existions par le cœur et par le cerveau. Les sentiments, les pensées étaient les seuls événements de notre vie scolaire.

Lambert exerça sur mon imagination une influence de laquelle je me ressens encore aujourd'hui. J'écoutais avidement ses récits empreints de ce merveilleux qui fait dévorer avec tant de délices, aux enfants comme aux hommes, les contes où le vrai affecte les formes les plus absurdes. Sa passion pour les mystères et la crédulité naturelle au jeune âge nous entraînaient souvent à parler du Ciel et de l'Enfer. Louis tâchait alors, en m'expliquant Swedenborg, de me faire partager ses croyances relatives aux anges. Dans ses raisonnements les plus faux se rencontraient encore des observations étonnantes sur la puissance de l'homme, et qui imprimaient à sa parole ces teintes de vérité sans lesquelles rien n'est possible dans aucun art. La fin romanesque de laquelle il dotait la destinée humaine était de nature à caresser le penchant qui porte les imaginations vierges à s'abandonner aux croyances. N'est-ce pas durant leur jeunesse que les peuples enfantent leurs dogmes, leurs idoles? Et les êtres surnaturels devant lesquels ils tremblent ne sont-ils pas la personnification de leurs sentiments, de leurs besoins agrandis? Ce qui me reste aujour-

d'hui dans la mémoire des conversations pleines de
poésie que nous eûmes, Lambert et moi, sur le
prophète suédois, de qui j'ai lu depuis les œuvres
par curiosité, peut se réduire à ce précis.

Il y aurait en nous deux créatures distinctes.
Selon Swedenborg, l'ange serait l'individu chez
lequel l'être intérieur réussit à triompher de l'être
extérieur. Un homme veut-il obéir à sa vocation
d'ange, dès que la pensée lui démontre sa double
existence, il doit tendre à nourrir l'exquise nature
de l'ange qui est en lui. Si, faute d'avoir une vue
translucide de sa destinée, il fait prédominer
l'action corporelle au lieu de corroborer sa vie
intellectuelle, toutes ses forces passent dans le jeu
de ses sens extérieurs, et l'ange périt lentement par
cette matérialisation des deux natures. Dans le cas
contraire, s'il substante [20] son intérieur des essences
qui lui sont propres, l'âme l'emporte sur la matière
et tâche de s'en séparer. Quand leur séparation
arrive sous cette forme que nous appelons la mort,
l'ange, assez puissant pour se dégager de son
enveloppe, demeure et commence sa vraie vie. Les
individualités infinies qui différencient les hommes
ne peuvent s'expliquer que par cette double existence ; elles la font comprendre et la démontrent.
En effet, la distance qui se trouve entre un homme
dont l'intelligence inerte le condamne à une apparente stupidité, et celui que l'exercice de sa vue
intérieure a doué d'une force quelconque, doit nous
faire supposer qu'il peut exister entre les gens de
génie et d'autres êtres la même distance qui sépare
les aveugles des voyants. Cette pensée, qui étend
indéfiniment la création, donne en quelque sorte la

clef des cieux. En apparence confondues ici-bas, les
créatures y sont, suivant la perfection de leur *être
intérieur,* partagées en sphères distinctes dont les
mœurs et le langage sont étrangers les uns aux
autres. Dans le monde invisible comme dans le
monde réel, si quelque habitant des régions inférieures arrive, sans en être digne, à un cercle
supérieur, non seulement il n'en comprend ni les
habitudes ni les discours, mais encore sa présence
y paralyse et les voix et les cœurs. Dans sa *Divine
Comédie,* Dante a peut-être eu quelque légère
intuition de ces sphères qui commencent dans le
monde des douleurs et s'élèvent par un mouvement
armillaire [21] jusque dans les cieux. La doctrine de
Swedenborg serait donc l'ouvrage d'un esprit
lucide qui aurait enregistré les innombrables
phénomènes par lesquels les anges se révèlent au
milieu des hommes.

Cette doctrine, que je m'efforce aujourd'hui de
résumer en y donnant un sens logique, m'était
présentée par Lambert avec toutes les séductions
du mystère, enveloppée dans les langes de la
phraséologie particulière aux mystographes : dic-
tion obscure, pleine d'abstractions, et si active sur
le cerveau, qu'il est certains livres de Jacob Bœhm,
de Swedenborg ou de madame Guyon dont la
lecture pénétrante fait surgir des fantaisies aussi
multiformes que peuvent l'être les rêves produits
par l'opium. Lambert me racontait des faits mystiques tellement étranges, il en frappait si vivement mon imagination, qu'il me causait des ver-
tiges. J'aimais néanmoins à me plonger dans ce
monde mystérieux, invisible aux sens où chacun se

plaît à vivre, soit qu'il se le représente sous la forme indéfinie de l'avenir, soit qu'il le revête des puissantes formes de la fable. Ces réactions violentes de l'âme sur elle-même m'instruisaient à mon insu de sa force, et m'accoutumaient aux travaux de la pensée.

Quant à Lambert, il expliquait tout par son système sur les anges. Pour lui, l'amour pur, l'amour comme on le rêve au jeune âge, était la collision de deux natures angéliques. Aussi rien n'égalait-il l'ardeur avec laquelle il désirait rencontrer un ange-femme. Hé! qui plus que lui devait inspirer, ressentir l'amour? Si quelque chose pouvait donner l'idée d'une exquise sensibilité, n'était-ce pas le naturel aimable et bon empreint dans ses sentiments, dans ses paroles, dans ses actions et ses moindres gestes, enfin dans la conjugalité qui nous liait l'un à l'autre, et que nous exprimions en nous disant faisants? Il n'existait aucune distinction entre les choses qui venaient de lui et celles qui venaient de moi. Nous contrefaisions mutuellement nos deux écritures, afin que l'un pût faire, à lui seul, les devoirs de tous les deux. Quand l'un de nous avait à finir un livre que nous étions obligés de rendre au maître de mathématiques, il pouvait le lire sans interruption, l'un brochant la tâche et le pensum de l'autre. Nous nous acquittions de nos devoirs comme d'un impôt frappé sur notre tranquillité. Si ma mémoire n'est pas infidèle, souvent ils étaient d'une supériorité remarquable lorsque Lambert les composait. Mais, pris l'un et l'autre pour deux idiots, le professeur analysait toujours nos devoirs sous l'empire d'un préjugé fatal, et les réservait même pour en amuser nos camarades. Je me souviens qu'un soir, en terminant la classe qui avait lieu de deux à quatre heures, le maître s'empara d'une version de Lambert. Le texte commençait par *Caïus Gracchus, vir nobilis*. Louis avait traduit ces mots par : *Caïus Gracchus était un noble cœur.*

— Où voyez-vous du cœur dans *nobilis?* dit brusquement le professeur.

Et tout le monde de rire pendant que Lambert regardait le professeur d'un air hébété.

— Que dirait madame la baronne de Staël en apprenant que vous traduisez par un contre-sens le mot qui signifie de race noble, d'origine patricienne?

— Elle dirait que vous êtes une bête! m'écriai-je à voix basse.

— Monsieur le poète, vous allez vous rendre en prison pour huit jours, répliqua le professeur qui malheureusement m'entendit.

Lambert reprit doucement en me jetant un regard d'une inexprimable tendresse : *Vir nobilis!* Madame de Staël causait, en partie, le malheur de Lambert. A tout propos maîtres et disciples lui jetaient ce nom à la tête, soit comme une ironie, soit comme un reproche. Louis ne tarda pas à se faire mettre en prison pour me tenir compagnie. Là, plus libres que partout ailleurs, nous pouvions parler pendant des journées entières, dans le silence des dortoirs où chaque élève possédait une niche de six pieds carrés, dont les cloisons étaient garnies de barreaux par le haut, dont la porte à claire-voie se fermait tous les soirs, et s'ouvrait tous les matins sous les yeux du Père chargé d'assister à notre lever et à notre coucher. Le cric-crac de ces portes, manœuvrées avec une singulière promptitude par les garçons de dortoir, était encore une des particularités de ce collège. Ces alcôves ainsi bâties nous servaient de prison, et nous y restions quelquefois enfermés pendant des mois entiers. Les écoliers mis en cage tombaient sous l'œil sévère du préfet, espèce de censeur qui venait, à ses heures ou à l'improviste, d'un pas léger, pour savoir si nous causions au lieu de faire nos pensums. Mais les coquilles de noix semées dans les escaliers, ou la délicatesse de notre ouïe nous permettaient presque toujours de prévoir son arrivée, et nous pouvions nous livrer sans trouble à nos études chéries. Cependant, la lecture nous étant interdite, les heures de prison appartenaient ordinairement à des discussions métaphysiques ou au récit de quelques accidents curieux relatifs aux phénomènes de la pensée.

Un des faits les plus extraordinaires est certes celui que je vais raconter, non seulement parce qu'il concerne Lambert, mais encore parce qu'il décida peut-être sa destinée scientifique. Selon la jurisprudence des collèges, le dimanche et le jeudi étaient nos jours de congé ; mais les offices, auxquels nous assistions très exactement, employaient si bien le dimanche, que nous considérions le jeudi comme notre seul jour de fête. La messe une fois entendue, nous avions assez de loisir pour rester longtemps en promenade dans les campagnes situées aux environs de Vendôme. Le manoir de Rochambeau était l'objet de la plus célèbre de nos excursions, peut-

être à cause de son éloignement. Rarement les
petits faisaient une course si fatigante; néanmoins,
une fois ou deux par an, les régents leur propo-
saient la partie de Rochambeau comme une récompense. En 1812, vers la fin du printemps, nous
dûmes y aller pour la première fois. Le désir de voir
le fameux château de Rochambeau dont le proprié-
taire donnait quelquefois du laitage aux élèves nous
rendit tous sages. Rien n'empêcha donc la partie.
Ni moi ni Lambert, nous ne connaissions la jolie
vallée du Loir où cette habitation a été construite.
Aussi son imagination et la mienne furent-elles très
préoccupées la veille de cette promenade, qui
causait dans le collège une joie traditionnelle. Nous
en parlâmes pendant toute la soirée, en nous
promettant d'employer en fruits ou en laitage
l'argent que nous possédions contrairement aux lois
vendômoises. Le lendemain, après le dîner ¹⁴, nous
partîmes à midi et demi tous munis d'un cubique
morceau de pain que l'on nous distribuait d'avance
pour notre goûter. Puis, alertes comme des hiron-
delles, nous marchâmes en groupe vers le célèbre
castel, avec une ardeur qui ne nous permettait pas
de sentir tout d'abord la fatigue. Quand nous fûmes
arrivés sur la colline d'où nous pouvions contempler et le château assis à mi-côte, et la vallée
tortueuse où brille la rivière en serpentant dans une
prairie gracieusement échancrée; admirable paysage, un de ceux auxquels les vives sensations du
jeune âge, ou celles de l'amour, ont imprimé tant de
charmes, que plus tard il ne faut jamais les aller
revoir, Louis Lambert me dit : — Mais j'ai vu cela
cette nuit en rêve! Il reconnut et le bouquet

d'arbres sous lequel nous étions, et la disposition des feuillages, la couleur des eaux, les tourelles du château, les accidents, les lointains, enfin tous les détails du site qu'il apercevait pour la première fois. Nous étions bien enfants l'un et l'autre; moi du moins, qui n'avais que treize ans; car, à quinze ans, Louis pouvait avoir la profondeur d'un homme de génie; mais à cette époque nous étions tous deux incapables de mensonge dans les moindres actes de notre vie d'amitié. Si Lambert pressentait d'ailleurs par la toute-puissance de sa pensée l'importance des faits, il était loin de deviner d'abord leur entière portée; aussi commença-t-il par être étonné de celui-ci. Je lui demandai s'il n'était pas venu à Rochambeau pendant son enfance, ma question le frappa; mais, après avoir consulté ses souvenirs, il me répondit négativement. Cet événement, dont l'analogue peut se retrouver dans les phénomènes du sommeil de beaucoup d'hommes, fera comprendre les premiers talents de Lambert; en effet, il sut en déduire tout un système, en s'emparant, comme fit Cuvier dans un autre ordre de choses, d'un fragment de pensée pour reconstruire toute une création.

En ce moment nous nous assîmes tous deux sous une vieille truisse [23] de chêne; puis, après quelques moments de réflexion, Louis me dit : — Si le paysage n'est pas venu vers moi, ce qui serait absurde à penser, j'y suis donc venu. Si j'étais ici pendant que je dormais dans mon alcôve, ce fait ne constitue-t-il pas une séparation complète entre mon corps et mon être intérieur? N'atteste-t-il pas je ne sais quelle faculté locomotive de l'esprit ou

des effets équivalant à ceux de la locomotion du
corps? Or, si mon esprit et mon corps ont pu se
quitter pendant le sommeil, pourquoi ne les ferais-
je pas également divorcer ainsi pendant la veille?
Je n'aperçois point de moyens termes entre ces
deux propositions. Mais allons plus loin, pénétrons
les détails. Ou ces faits se sont accomplis par la
puissance d'une faculté qui met en œuvre un
second être à qui mon corps sert d'enveloppe,
puisque j'étais dans mon alcôve et voyais le
paysage, et ceci renverse bien des systèmes; ou ces
faits se sont passés, soit dans quelque centre
nerveux dont le nom est à savoir et où s'émeuvent
les sentiments, soit dans le centre cérébral où
s'émeuvent les idées. Cette dernière hypothèse
soulève des questions étranges. J'ai marché, j'ai vu,
j'ai entendu. Le mouvement ne se conçoit point
sans l'espace, le son n'agit que dans les angles ou
sur les surfaces, et la coloration ne s'accomplit que
par la lumière. Si, pendant la nuit, les yeux fermés,
j'ai vu en moi-même des objets colorés, si j'ai
entendu des bruits dans le plus absolu silence, et
sans les conditions exigées pour que le son se
forme, si dans la plus parfaite immobilité j'ai
franchi des espaces, nous aurions des facultés
internes, indépendantes des lois physiques extérieures. La nature matérielle serait pénétrable par
l'esprit. Comment les hommes ont-ils si peu
réfléchi jusqu'alors aux accidents du sommeil qui
accusent en l'homme une double vie? N'y aurait-il
pas une nouvelle science dans ce phénomène?
ajouta-t-il en se frappant fortement le front; s'il
n'est pas le principe d'une science, il trahit cer-

tainement en l'homme d'énormes pouvoirs; il
annonce au moins la désunion fréquente de nos
deux natures, fait autour duquel je tourne depuis si
longtemps. J'ai donc enfin trouvé un témoignage de
la supériorité qui distingue nos sens latents de nos
sens apparents! *homo duplex!* — Mais, reprit-il
après une pause et en laissant échapper un geste de
doute, peut-être n'existe-t-il pas en nous deux
natures? Peut-être sommes-nous tout simplement
doués de qualités intimes et perfectibles dont
l'exercice, dont les développements produisent en
nous des phénomènes d'activité, de pénétration,
de vision encore inobservés. Dans notre amour du
merveilleux, passion engendrée par notre orgueil,
nous aurons transformé ces effets en créations
poétiques, parce que nous ne les comprenions pas.
Il est si commode de déifier l'incompréhensible!
Ah! j'avoue que je pleurerai la perte de mes
illusions. J'avais besoin de croire à une double
nature et aux anges de Swedenborg! Cette nouvelle
science les tuerait-elle donc? Oui, l'examen de nos
propriétés inconnues implique une science en
apparence matérialiste, car L'ESPRIT emploie,
divise, anime la substance; mais il ne la détruit pas.

Il demeura pensif, triste à demi. Peut-être
voyait-il ses rêves de jeunesse comme des langes
qu'il lui faudrait bientôt quitter.

— La vue et l'ouïe, dit-il en riant de son
expression, sont sans doute les gaines d'un outil
merveilleux!

Pendant tous les instants où il m'entretenait du
Ciel et de l'Enfer, il avait coutume de regarder la
nature en maître; mais, en proférant ces dernières

paroles grosses de science, il plana plus audacieuse-
ment que jamais sur le paysage, et son front me
parut près de crever sous l'effort du génie : ses
forces, qu'il faut nommer *morales* jusqu'à nouvel
ordre, semblaient jaillir par les organes destinés à
les projeter; ses yeux dardaient la pensée; sa main
levée, ses lèvres muettes et tremblantes parlaient;
son regard brûlant rayonnait; enfin sa tête, comme
trop lourde ou fatiguée par un élan trop violent,
retomba sur sa poitrine. Cet enfant, ce géant se
voûta, me prit la main, la serra dans la sienne qui
était moite, tant il était enfiévré par la recherche de
la vérité; puis après une pause il me dit : — Je serai
célèbre! — Mais toi aussi, ajouta-t-il vivement.
Nous serons tous deux les chimistes de la volonté [24].

Cœur exquis! Je reconnaissais sa supériorité,
mais lui se gardait bien de jamais me la faire sentir.
Il partageait avec moi les trésors de sa pensée, me
comptait pour quelque chose dans ses découvertes,
et me laissait en propre mes infirmes réflexions.
Toujours gracieux comme une femme qui aime, il
avait toutes les pudeurs de sentiment, toutes les
délicatesses d'âme qui rendent la vie et si bonne et
si douce à porter.

Il commença le lendemain même un ouvrage
qu'il intitula *Traité de la Volonté;* ses réflexions en
modifièrent souvent le plan et la méthode; mais
l'événement de cette journée solennelle en fut
certes le germe, comme la sensation électrique
toujours ressentie par Mesmer [25] à l'approche d'un
valet fut l'origine de ses découvertes en magnétisme, science jadis cachée au fond des mystères
d'Isis, de Delphes, dans l'antre de Trophonius, et

retrouvée par cet homme prodigieux à deux pas de
Lavater, le précurseur de Gall. Éclairées par cette
soudaine clarté, les idées de Lambert prirent des
proportions plus étendues; il démêla dans ses
acquisitions des vérités éparses, et les rassembla;
puis, comme un fondeur, il coula son groupe. Après
six mois d'une application soutenue, les travaux de
Lambert excitèrent la curiosité de nos camarades et
furent l'objet de quelques plaisanteries cruelles qui
devaient avoir une funeste issue. Un jour, l'un de
nos persécuteurs, qui voulut absolument voir nos
manuscrits, ameuta quelques-uns de nos tyrans, et
vint s'emparer violemment d'une cassette où était
déposé ce trésor que Lambert et moi nous défen-
dîmes avec un courage inouï. La boîte était fermée,
il fut impossible à nos agresseurs de l'ouvrir; mais
ils essayèrent de la briser dans le combat, noire
méchanceté qui nous fit jeter les hauts cris.
Quelques camarades, animés d'un esprit de justice
ou frappés de notre résistance héroïque, conseillaient de nous laisser tranquilles en nous accablant
d'une insolente pitié. Soudain, attiré par la bruit de
la bataille, le père Haugoult intervint brusquement,
et s'enquit de la dispute. Nos adversaires nous
avaient distraits de nos pensums, le régent venait
défendre ses esclaves. Pour s'excuser, les assaillants
révélèrent l'existence des manuscrits. Le terrible
Haugoult nous ordonna de lui remettre la cassette :
si nous résistions, il pouvait la faire briser; Lambert
lui en livra la clef, le régent prit les papiers, les
feuilleta; puis il nous dit en les confisquant : —
Voilà donc les bêtises pour lesquelles vous négligez
vos devoirs! De grosses larmes tombèrent des yeux

de Lambert, arrachées autant par la conscience de
sa supériorité morale offensée que par l'insulte
gratuite et la trahison qui nous accablaient. Nous
lançâmes à nos accusateurs un regard de reproche :
ne nous avaient-ils pas vendus à l'ennemi commun ?
s'ils pouvaient, suivant le Droit Écolier, nous
battre, ne devaient-ils pas garder le silence sur nos
fautes ? Aussi eurent-ils pendant un moment
quelque honte de leur lâcheté. Le père Haugoult
vendit probablement à un épicier de Vendôme le
Traité de la Volonté, sans connaître l'importance
des trésors scientifiques dont les germes avortés se
dissipèrent en d'ignorantes mains.

Six mois après, je quittai le collège. J'ignore donc
si Lambert, que notre séparation plongea dans une
noire mélancolie, a recommencé son ouvrage. Ce
fut en mémoire de la catastrophe arrivée au livre de
Louis que, dans l'ouvrage par lequel commencent
ces *Études* [26], je me suis servi pour une œuvre fictive
du titre réellement inventé par Lambert, et que j'ai
donné le nom d'une femme qui lui fut chère, à une
jeune fille pleine de dévouement ; mais cet emprunt
n'est pas le seul que je lui ai fait : son caractère,
ses occupations m'ont été très utiles dans cette
composition dont le sujet est dû à quelque souvenir
de nos jeunes méditations. Maintenant cette Histoire est destinée à élever un modeste cippe où soit
attestée la vie de celui qui m'a légué tout son bien,
sa pensée. Dans cet ouvrage d'enfant, Lambert
déposa des idées d'homme. Dix ans plus tard, en
rencontrant quelques savants sérieusement occupés
des phénomènes qui nous avaient frappés, et que
Lambert analysa si miraculeusement, je compris

l'importance de ses travaux, oubliés déjà comme un enfantillage. Je passai donc plusieurs mois à me rappeler les principales découvertes de mon pauvre camarade. Après avoir rassemblé mes souvenirs, je puis affirmer que, dès 1812, il avait établi, deviné, discuté dans son traité, plusieurs faits importants dont, me disait-il, les preuves arriveraient tôt ou tard. Ses spéculations philosophiques devraient certes le faire admettre au nombre de ces grands penseurs apparus à divers intervalles parmi les hommes pour leur révéler les principes tout nus de quelque science à venir, dont les racines poussent avec lenteur et portent un jour de beaux fruits dans les domaines de l'intelligence. Ainsi, un pauvre artisan, Bernard, occupé à fouiller les terres pour trouver le secret des émaux, affirmait au seizième siècle, avec l'infaillible autorité du génie, les faits géologiques dont la démonstration fait aujourd'hui la gloire de Buffon et de Cuvier. Je crois pouvoir offrir une idée du traité de Lambert par les propositions capitales qui en formaient la base; mais je les dépouillerai, malgré moi, des idées dans lesquelles il les avait enveloppées, et qui en étaient le cortège indispensable. Marchant dans un sentier autre que le sien, je prenais, de ses recherches, celles qui servaient le mieux mon système. J'ignore donc si, moi son disciple, je pourrai fidèlement traduire ses pensées, après me les être assimilées de manière à leur donner la couleur des miennes.

A des idées nouvelles, des mots nouveaux ou des acceptions de mots anciens élargies, étendues, mieux définies; Lambert avait donc choisi, pour exprimer les bases de son système, quelques mots

vulgaires qui déjà répondaient vaguement à sa
pensée. Le mot de VOLONTÉ servait à nommer *le
milieu* où *la pensée* fait ses évolutions ; ou, dans une
expression moins abstraite, la masse de force par
laquelle l'homme peut reproduire, en dehors de lui-
même, les actions qui composent sa vie extérieure.
La VOLITION, mot dû aux réflexions de Locke,
exprimait l'acte par lequel l'homme use de la
Volonté. Le mot de PENSÉE, pour lui le produit
quintessentiel de la Volonté, désignait aussi *le
milieu* où naissaient les IDÉES auxquelles elle sert de
substance. L'IDÉE, nom commun à toutes les
créations du cerveau, constituait l'acte par lequel
l'homme use de la *Pensée*. Ainsi la Volonté, la
Pensée étaient les deux moyens générateurs ; la
Volition, l'Idée étaient les deux produits. La
Volition lui semblait être l'idée arrivée de son état
abstrait à un état concret, de sa génération fluide à
une expression quasi solide, si toutefois ces mots
peuvent formuler des aperçus si difficiles à distinguer. Selon lui, la Pensée et les Idées sont le
mouvement et les actes de notre organisme intérieur, comme les Volitions et la Volonté constituent
ceux de la vie extérieure.

Il avait fait passer la Volonté avant la Pensée. —
« Pour penser, il faut vouloir, disait-il. Beaucoup
d'êtres vivent à l'état de Volonté, sans néanmoins
arriver à l'état de Pensée. Au nord, la longévité ; au
midi, la brièveté de la vie ; mais aussi, dans le nord,
la torpeur ; au midi, l'exaltation constante de la
Volonté ; jusqu'à la ligne où, soit par trop de froid,
soit par trop de chaleur, les organes sont presque
annulés. » Son expression de *milieu* lui fut suggérée

par une observation faite pendant son enfance,
et de laquelle il ne soupçonna certes pas l'importance, mais dont la bizarrerie dut frapper son
imagination si délicatement impressible. Sa mère,
personne fluette et nerveuse, toute délicate donc et
toute aimante, était une des créatures destinées à
représenter la Femme dans la perfection de ses
attributs, mais que le sort abandonne par erreur au
fond de l'état social. Tout amour, partant toute
souffrance, elle mourut jeune après avoir jeté ses
facultés dans l'amour maternel. Lambert, enfant de
six ans, couché dans un grand berceau, près du lit
maternel, mais n'y dormant pas toujours, vit
quelques étincelles électriques jaillissant de la
chevelure de sa mère, au moment où elle se
peignait. L'homme de quinze ans s'empara pour la
science de ce fait avec lequel l'enfant avait joué, fait
irrécusable dont maintes preuves se rencontrent
chez presque toutes les femmes auxquelles une
certaine fatalité de destinée laisse des sentiments
méconnus à exhaler ou je ne sais quelle surabondance de force à perdre.

A l'appui de ses définitions, Lambert ajouta
plusieurs problèmes à résoudre, beaux défis jetés à
la science et desquels il se proposait de rechercher
les solutions, se demandant à lui-même : Si le
principe constituant de l'électricité n'entrait pas
comme base dans le fluide particulier d'où s'élan-
çaient nos Idées et nos Volitions? Si la chevelure
qui se décolore, s'éclaircit, tombe et disparaît selon
les divers degrés de déperdition ou de cristallisation
des pensées, ne constituait pas un système de
capillarité soit absorbante, soit exhalante, tout

électrique? Si les phénomènes fluides de notre
Volonté, substance procréée en nous et si spontané-
ment réactive au gré de conditions encore inobser-
vées, étaient plus extraordinaires que ceux du fluide
invisible, intangible, et produits par la pile vol-
taïque sur le système nerveux d'un homme mort?
Si la formation de nos idées et leur exhalation
constante étaient moins incompréhensibles que ne
l'est l'évaporation des corpuscules imperceptibles et
néanmoins si violents dans leur action, dont est
susceptible un grain de musc, sans perdre de son
poids? Si laissant au système cutané de notre
enveloppe une destination toute défensive, absorbante, exsudante et tactile, la circulation sanguine
et son appareil ne répondaient pas à la transsubstan-
tiation de notre Volonté, comme la circulation du
fluide nerveux répondait à celle de la Pensée? Enfin
si l'affluence plus ou moins vive de ces deux
substances réelles ne résultait pas d'une certaine
perfection ou imperfection d'organes dont les
conditions devraient être étudiées dans tous leurs
modes?

Ces principes établis, il voulait classer les phénomènes de la vie humaine en deux séries d'effets
distincts, et réclamait pour chacune d'elles une
analyse spéciale, avec une instance ardente de
conviction. En effet, après avoir observé, dans
presque toutes les créations, deux mouvements
séparés, il les pressentait, les admettait même pour
notre nature, et nommait cet antagonisme vital :
L'ACTION et LA RÉACTION. — Un désir, disait-il,
est un fait entièrement accompli dans notre Volonté
avant de l'être extérieurement. Ainsi, l'ensemble de

nos Volitions et de nos Idées constituait l'*Action,* et l'ensemble de nos actes extérieurs, la *Réaction.* Lorsque, plus tard, je lus les observations faites par Bichat sur le dualisme de nos sens extérieurs, je fus comme étourdi par mes souvenirs, en reconnaissant une coïncidence frappante entre les idées de ce célèbre physiologiste et celles de Lambert. Morts tous deux avant le temps, ils avaient marché d'un pas égal à je ne sais quelles vérités. La nature s'est complu en tout à donner de doubles destinations aux divers appareils constitutifs de ses créatures, et la double action de notre organisme, qui n'est plus un fait contestable, appuie par un ensemble de preuves d'une éventualité quotidienne les déductions de Lambert relativement à l'*Action* et à la *Réaction.* L'être *actionnel* ou intérieur, mot qui lui servait à nommer le *species* inconnu, le mystérieux ensemble de fibrilles auquel sont dues les différentes puissances incomplètement observées de la Pensée, de la Volonté; enfin cet être innomé voyant, agissant, mettant tout à fin, accomplissant tout avant aucune démonstration corporelle, doit, pour se conformer à sa nature, n'être soumis à aucune des conditions physiques par lesquelles l'être *réactionnel* ou extérieur, l'homme visible est arrêté dans ses manifestations. De là découlaient une multitude d'explications logiques sur les effets les plus bizarres en apparence de notre double nature, et la rectification de plusieurs systèmes à la fois justes et faux. Certains hommes ayant entrevu quelques phénomènes du jeu naturel de l'*être actionnel,* furent, comme Swedenborg, emportés au-delà du monde vrai par une âme ardente,

amoureuse de poésie, ivre du principe divin. Tous
se plurent donc, dans leur ignorance des causes,
dans leur admiration du fait, à diviniser cet appareil
intime, à bâtir un mystique univers. De là, les
anges, délicieuses illusions auxquelles ne voulait pas
renoncer Lambert, qui les caressait encore au
moment où le glaive de son analyse en tranchait les
éblouissantes ailes.

— Le ciel, me disait-il, serait après tout la *survie*
de nos facultés perfectionnées, et l'enfer le néant où
retombent les facultés imparfaites.

Mais comment, en des siècles où l'entendement
avait gardé les impressions religieuses et spiritua-
listes qui ont régné pendant les temps intermédiaires entre le Christ et Descartes, entre la Foi et
le Doute, comment se défendre d'expliquer les
mystères de notre nature intérieure autrement que
par une intervention divine! A qui si ce n'est à
Dieu même, les savants pouvaient-ils demander
raison d'une invisible créature si activement, si
réactivement sensible, et douée de facultés si
étendues, si perfectibles par l'usage, ou si puissantes sous l'empire de certaines conditions
occultes, que tantôt ils lui voyaient, par un phénomène de vision ou de locomotion, abolir l'espace
dans ses deux modes de Temps et de Distance dont
l'un est l'espace intellectuel, et l'autre l'espace
physique; tantôt ils lui voyaient reconstruire le
passé, soit par la puissance d'une vue rétrospective,
soit par le mystère d'une palingénésie assez semblable au pouvoir que posséderait un homme de
reconnaître aux linéaments, téguments et rudiments
d'une graine, ses floraisons antérieures dans les

innombrables modifications de leurs nuances, de leurs parfums et de leurs formes; et que tantôt enfin, ils lui voyaient deviner imparfaitement l'avenir, soit par l'aperçu des causes premières, soit par un phénomène de pressentiment physique.

D'autres hommes, moins poétiquement religieux, froids et raisonneurs, charlatans peut-être, enthousiastes du moins par le cerveau, sinon par le cœur, reconnaissant quelques-uns de ces phénomènes isolés, les tinrent pour vrais sans les considérer comme les irradiations d'un centre commun. Chacun d'eux voulut alors convertir un simple fait en science. De là vinrent la démonologie, l'astrologie judiciaire, la sorcellerie, enfin toutes les divinations fondées sur des accidents essentiellement transitoires, parce qu'ils variaient selon les tempéraments, au gré de circonstances encore complètement inconnues. Mais aussi de ces erreurs savantes et des procès ecclésiastiques où succombèrent tant de martyrs de leurs propres facultés, résultèrent des preuves éclatantes du pouvoir prodigieux dont dispose l'*être actionnel* qui, suivant Lambert, peut s'isoler complètement de l'*être réactionnel*, en briser l'enveloppe, faire tomber les murailles devant sa toute-puissante vue; phénomène nommé, chez les Hindous, la *Tokeiade*, au dire des missionnaires; puis, par une autre faculté, saisir dans le cerveau, malgré ses plus épaisses circonvolutions, les idées qui s'y sont formées ou qui s'y forment, et tout le passé de la conscience.

— Si les apparitions ne sont pas impossibles, disait Lambert, elles doivent avoir lieu par une faculté d'apercevoir les idées qui représentent l'homme dans son essence pure, et dont la vie, impérissable peut-être, échappe à nos sens extérieurs, mais peut devenir perceptible à l'être intérieur quand il arrive à un haut degré d'extase ou à une grande perfection de vue.

Je sais, mais vaguement aujourd'hui, que, suivant pas à pas les effets de la Pensée et de la Volonté dans tous leurs modes ; après en avoir établi les lois, Lambert avait rendu compte d'une foule de phénomènes qui jusqu'à lui passaient à juste titre pour incompréhensibles. Ainsi les sorciers, les possédés, les gens à seconde vue et les démoniaques de toute espèce, ces victimes du Moyen Age étaient l'objet d'explications si naturelles, que souvent leur simplicité me parut être le cachet de la vérité. Les dons merveilleux que l'Église romaine, jalouse de mystères, punissait par le bûcher, étaient selon Louis le résultat de certaines affinités entre les principes constituants de la Matière et ceux de la Pensée, qui procèdent de la même source. L'homme armé de la baguette de coudrier obéissait, en trouvant les eaux vives, à quelque sympathie ou à quelque antipathie à lui-même inconnue. Il a fallu la bizarrerie de ces sortes d'effets pour donner à quelques-uns d'entre eux une certitude historique. Les sympathies ont été rarement constatées. Elles constituent des plaisirs que les gens assez heureux pour en être doués publient rarement, à moins de quelque singularité violente ; encore, est-ce dans le secret de l'intimité où tout s'oublie. Mais les antipathies qui résultent d'affinités contrariées ont été fort heureusement notées quand elles se rencontraient en des hommes célèbres. Ainsi Bayle éprouvait des

convulsions en entendant jaillir de l'eau. Scaliger
pâlissait en voyant du cresson. Érasme avait la
fièvre en sentant du poisson. Ces trois antipathies
procédaient de substances aquatiques. Le duc
d'Épernon s'évanouissait à la vue d'un levraut,
Tychobrahé à celle d'un renard, Henri III à celle
d'un chat, le maréchal d'Albret à celle d'un
marcassin; antipathies toutes produites par des
émanations animales et ressenties souvent à des
distances énormes. Le chevalier de Guise, Marie de
Médicis, et plusieurs autres personnages se trouvaient mal à l'aspect de toutes les roses, même
peintes. Que le chancelier Bacon fût ou non
prévenu d'une éclipse de lune, il tombait en
faiblesse au moment où elle s'opérait; et sa vie,
suspendue pendant tout le temps que durait ce
phénomène, reprenait aussitôt après sans lui laisser
la moindre incommodité. Ces effets d'antipathies
authentiques prises parmi toutes celles que les
hasards de l'histoire ont illustrées, peuvent suffire à
comprendre les effets des sympathies inconnues. Ce
fragment d'investigation que je me suis rappelé
entre tous les aperçus de Lambert, fera concevoir la
méthode avec laquelle il procédait dans ses œuvres.
Je ne crois pas devoir insister sur la connexité qui
liait à cette théorie les sciences équilatérales inventées par Gall et Lavater; elles en étaient les
corollaires naturels, et tout esprit légèrement scientifique apercevra les ramifications par lesquelles s'y
rattachaient nécessairement les observations phré-
nologiques de l'un et les documents physiognomoniques de l'autre. La découverte de Mesmer, si
importante et si mal appréciée encore, se trouvait

tout entière dans un seul développement de ce
traité, quoique Louis ne connût pas les œuvres,
d'ailleurs assez laconiques, du célèbre docteur
suisse. Une logique et simple déduction de ses
principes lui avait fait reconnaître que la Volonté
pouvait, par un mouvement tout contractile de
l'être intérieur, s'amasser; puis, par un autre
mouvement, être projetée au-dehors, et même être
confiée à des objets matériels. Ainsi la force entière
d'un homme devait avoir la propriété de réagir sur
les autres, et de les pénétrer d'une essence étrangère à la leur, s'ils ne se défendaient contre cette
agression. Les preuves de ce théorème de la science
humaine sont nécessairement multipliées; mais rien
ne les constate authentiquement. Il a fallu, soit
l'éclatant désastre de Marius et son allocution au
Cimbre chargé de le tuer, soit l'auguste commandement d'une mère au lion de Florence, pour faire
connaître historiquement quelques-uns de ces foudroiements de la pensée. Pour lui donc la Volonté,
la Pensée étaient des *forces vives;* aussi en parlait-il
de manière à vous faire partager ses croyances.
Pour lui, ces deux puissances étaient en quelque
sorte et visibles et tangibles. Pour lui, la Pensée
était lente ou prompte, lourde ou agile, claire ou
obscure; il lui attribuait toutes les qualités des êtres
agissants, la faisait saillir, se reposer, se réveiller,
grandir, vieillir, se rétrécir, s'atrophier, s'aviver; il
en surprenait la vie en en spécifiant tous les actes
par les bizarreries de notre langage; il en constatait
la spontanéité, la force, les qualités avec une sorte
d'intuition qui lui faisait reconnaître tous les
phénomènes de cette substance.

— Souvent au milieu du calme et du silence, me disait-il, lorsque nos facultés intérieures sont endormies, quand nous nous abandonnons à la douceur du repos, qu'il s'étend des espèces de ténèbres en nous, et que nous tombons dans la contemplation des choses extérieures, tout à coup une idée s'élance, passe avec la rapidité de l'éclair à travers les espaces infinis dont la perception nous est donnée par notre vue intérieure. Cette idée brillante, surgie comme un feu follet, s'éteint sans retour : existence éphémère, pareille à celle de ces enfants qui font connaître aux parents une joie et un chagrin sans bornes; espèce de fleur mort-née dans les champs de la pensée. Parfois l'idée, au lieu de jaillir avec force et de mourir sans consistance, commence à poindre, se balance dans les limbes inconnus des organes où elle prend naissance; elle nous use par un long enfantement, se développe, devient féconde, grandit au-dehors dans la grâce de la jeunesse et parée de tous les attributs d'une longue vie; elle soutient les plus curieux regards, elle les attire, ne les lasse jamais: l'examen qu'elle provoque commande l'admiration que suscitent les œuvres longtemps élaborées. Tantôt les idées naissent par essaim, l'une entraîne l'autre, elles s'enchaînent, toutes sont agaçantes, elles abondent, elles sont folles. Tantôt elles se lèvent pâles, confuses, dépérissent faute de force ou d'aliments; la substance génératrice manque. Enfin, à certains jours, elles se précipitent dans les abîmes pour en éclairer les immenses profondeurs; elles nous épouvantent et laissent notre âme abattue. Les idées sont en nous un système complet, semblable à l'un des règnes de la nature, une sorte de floraison dont l'iconographie sera retracée par un homme de génie qui passera pour fou peut-être. Oui, tout, en nous et au-dehors, atteste la vie de ces créations ravissantes que je compare à des fleurs, en obéissant à je ne sais quelle révélation de leur nature! Leur production comme fin de l'homme n'est d'ailleurs pas plus étonnante que celle des parfums et des couleurs dans la plante. Les parfums sont des idées peut-être! En pensant que la ligne où finit notre chair et où l'ongle commence contient l'inexplicable et invisible mystère de la transformation constante de nos fluides en corne, il faut reconnaître que rien n'est impossible dans les merveilleuses modifications de la substance humaine. Mais ne se rencontre-t-il donc pas dans la nature morale des phénomènes de mouvement et de pesanteur semblables à ceux de la nature physique? L'*attente,* pour choisir un exemple qui puisse être vivement senti de tout le monde, n'est si douloureuse que par l'effet de la loi en vertu de laquelle le poids d'un corps est multiplié par sa vitesse. La pesanteur du sentiment que produit l'attente ne s'accroît-elle point par une addition constante des souffrances passées, à la douleur du moment? Enfin, à quoi, si ce n'est à une substance électrique, peut-on attribuer la magie par laquelle la Volonté s'intronise si majestueusement dans les regards pour foudroyer les obstacles aux commandements du génie, éclate dans la voix, ou filtre, malgré l'hypocrisie, au travers de l'enveloppe humaine? Le courant de ce roi des fluides qui, suivant la haute pression de la Pensée ou du

Sentiment, s'épanche à flots ou s'amoindrit et
s'effile, puis s'amasse pour jaillir en éclairs, est
l'occulte ministre auquel sont dus soit les efforts ou
funestes ou bienfaisants des arts et des passions,
soit les intonations de la voix, rude, suave, terrible,
lascive, horripilante, séductrice tour à tour, et qui
vibre dans le cœur, dans les entrailles ou dans la
cervelle au gré de nos vouloirs; soit tous les
prestiges du toucher, d'où procèdent les transfu-
sions mentales de tant d'artistes de qui les mains
créatrices savent, après mille études passionnées,
évoquer la nature; soit enfin les dégradations
infinies de l'œil, depuis son atone inertie jusqu'à ses
projections de lueurs les plus effrayantes. A ce
système Dieu ne perd aucun de ses droits. La
Pensée matérielle m'a raconté de lui de nouvelles
grandeurs!

Après l'avoir entendu parlant ainsi, après avoir
reçu dans l'âme son regard comme une lumière, il
était difficile de ne pas être ébloui par sa conviction, entraîné par ses raisonnements. Aussi LA
PENSÉE m'apparaissait-elle comme une puissance
toute physique, accompagnée de ses incommensu-
rables générations. Elle était une nouvelle humanité
sous une autre forme. Ce simple aperçu des lois que
Lambert prétendait être la formule de notre intelligence doit suffire pour faire imaginer l'activité
prodigieuse avec laquelle son âme se dévorait elle-
même. Louis avait cherché des preuves à ses
principes dans l'histoire des grands hommes dont
l'existence, mise à jour par les biographes, fournit
des particularités curieuses sur les actes de leur
entendement. Sa mémoire lui ayant permis de se

rappeler les faits qui pouvaient servir de développement à ses assertions, il les avait annexés à chacun
des chapitres auxquels ils servaient de démonstration, en sorte que plusieurs de ses maximes en
acquéraient une certitude presque mathématique.
Les œuvres de Cardan, homme doué d'une singulière puissance de vision, lui donnèrent de précieux
matériaux. Il n'avait oublié ni Apollonius de Tyane
annonçant en Asie la mort du tyran et dépeignant
son supplice à l'heure même où il avait lieu dans
Rome; ni Plotin qui, séparé de Porphyre, sentit
l'intention où était celui-ci de se tuer, et accourut
pour l'en dissuader; ni le fait constaté dans le siècle
dernier à la face de la plus moqueuse incrédulité
qui se soit jamais rencontrée, fait surprenant pour
les hommes habitués à faire du doute une arme
contre Dieu seul, mais tout simple pour quelques
croyants : Alphonse-Marie de Liguori, évêque de
Sainte-Agathe, donna des consolations au pape
Ganganelli, qui le vit, l'entendit, lui répondit; et
dans ce même temps, à une très grande distance de
Rome, l'évêque était observé en extase, chez lui,
dans un fauteuil où il s'asseyait habituellement au
retour de la messe. En reprenant sa vie ordinaire, il
trouva ses serviteurs agenouillés devant lui, qui
tous le croyaient mort. — « Mes amis, leur dit-il, le
Saint Père vient d'expirer. » Deux jours après, un
courrier confirma cette nouvelle. L'heure de la
mort du pape coïncidait avec celle où l'évêque était
revenu à son état naturel. Lambert n'avait pas omis
l'aventure plus récente encore, arrivée dans le siècle
dernier à une jeune Anglaise qui, aimant passionnément un marin, partit de Londres pour aller le

trouver, et le trouva, seule, sans guide, dans les déserts de l'Amérique septentrionale, où elle arriva pour lui sauver la vie. Louis avait mis à contribution les mystères de l'antiquité, les actes des martyrs où sont les plus beaux titres de gloire pour la volonté humaine, les démonologues du Moyen Age, les procès criminels, les recherches médicales, en discernant partout le fait vrai, le phénomène probable avec une admirable sagacité. Cette riche collection d'anecdotes scientifiques recueillies dans tant de livres, la plupart dignes de foi, servit sans doute à faire des cornets de papier; et ce travail au moins curieux, enfanté par la plus extraordinaire des mémoires humaines, a dû périr. Entre toutes les preuves qui enrichissaient l'œuvre de Lambert, se trouvait une histoire arrivée dans sa famille, et qu'il m'avait racontée avant d'entreprendre son traité. Ce fait, relatif à la *post-existence* de l'être intérieur, si je puis me permettre de forger un mot nouveau pour rendre un effet innomé, me frappa si vivement que j'en ai gardé le souvenir. Son père et sa mère eurent à soutenir un procès dont la perte devait entacher leur probité, seul bien qu'ils possédassent au monde. Donc l'anxiété fut grande quand s'agita la question de savoir si l'on céderait à l'injuste agression du demandeur, ou si l'on se défendrait contre lui. La délibération eut lieu par une nuit d'automne, devant un feu de tourbe, dans la chambre du tanneur et de sa femme. A ce conseil furent appelés deux ou trois parents et le bisaïeul maternel de Louis, vieux laboureur tout cassé, mais d'une figure vénérable et majestueuse, dont les yeux étaient clairs, dont le crâne jauni par le temps

conservait encore quelques mèches de cheveux
blancs épars. Semblable à l'*obi* des nègres, au
sagamore des sauvages [27], il était une espèce d'esprit
oraculaire que l'on consultait dans les grandes
occasions. Ses biens étaient cultivés par ses petits-
enfants, qui le nourrissaient et le servaient; il leur
pronostiquait la pluie, le beau temps, et leur
indiquait le moment où ils devaient faucher les prés
ou rentrer les moissons. La justesse barométrique
de sa parole, devenue célèbre, augmentait toujours
la confiance et le culte qui s'attachaient à lui. Il
demeurait des journées entières immobile sur sa
chaise. Cet état d'extase lui était familier depuis la
mort de sa femme, pour laquelle il avait eu la plus
vive et la plus constante des affections. Le débat
eut lieu devant lui, sans qu'il parût y prêter une
grande attention. — Mes enfants, leur dit-il quand
il fut requis de donner son avis, cette affaire est
trop grave pour que je la décide seul. Il faut que
j'aille consulter ma femme. Le bonhomme se leva,
prit son bâton, et sortit, au grand étonnement des
assistants qui le crurent tombé en enfance. Il revint
bientôt et leur dit : — Je n'ai pas eu besoin d'aller
jusqu'au cimetière, votre mère est venue au-devant
de moi, je l'ai trouvée auprès du ruisseau. Elle m'a
dit que vous retrouveriez chez un notaire de Blois
des quittances qui vous feraient gagner votre
procès. Ces paroles furent prononcées d'une voix
ferme. L'attitude et la physionomie de l'aïeul
annonçaient un homme pour qui cette apparition
était habituelle. En effet, les quittances contestées
se retrouvèrent, et le procès n'eut pas lieu.

Cette aventure arrivée sous le toit paternel, aux

yeux de Louis, alors âgé de neuf ans, contribua
beaucoup à le faire croire aux visions miraculeuses
de Swedenborg, qui donna pendant sa vie plusieurs
preuves de la puissance de vision acquise à son *être
intérieur*. En avançant en âge et à mesure que son
intelligence se développait, Lambert devait être
conduit à chercher dans les lois de la nature
humaine les causes du miracle qui dès l'enfance
avait attiré son attention. De quel nom appeler le
hasard qui rassemblait autour de lui les faits, les
livres relatifs à ces phénomènes, et le rendit lui-
même le théâtre et l'acteur des plus grandes
merveilles de la pensée? Quand Louis n'aurait pour
seul titre à la gloire que d'avoir, dès l'âge de quinze
ans, émis cette maxime psychologique : « Les
événements qui attestent l'action de l'humanité, et
qui sont le produit de son intelligence, ont des
causes dans lesquelles ils sont préconçus, comme
nos actions sont accomplies dans notre pensée avant
de se reproduire au-dehors; les pressentiments ou
les prophéties sont l'*aperçu* de ces causes »; je crois
qu'il faudrait déplorer en lui la perte d'un génie
égal à celui des Pascal, des Lavoisier, des Laplace.
Peut-être ses chimères sur les anges dominèrent-
elles trop longtemps ses travaux; mais n'est-ce pas
en cherchant à faire de l'or que les savants ont
insensiblement créé la chimie? Cependant, si plus
tard Lambert étudia l'anatomie comparée, la
physique, la géométrie et les sciences qui se
rattachaient à ses découvertes, il eut nécessairement
l'intention de rassembler des faits et de procéder
par l'analyse, seul flambeau qui puisse nous guider
aujourd'hui à travers les obscurités de la moins

saisissable des natures. Il avait certes trop de sens
pour rester dans les nuages des théories, qui toutes
peuvent se traduire en quelques mots. Aujourd'hui,
la démonstration la plus simple appuyée sur les
faits n'est-elle pas plus précieuse que ne le sont les
plus beaux systèmes défendus par des inductions
plus ou moins ingénieuses? Mais ne l'ayant pas
connu pendant l'époque de sa vie où il dut réfléchir
avec le plus de fruit, je ne puis que conjecturer la
portée de ses œuvres d'après celle de ses premières
méditations.

Il est facile de saisir en quoi péchait son traité de
la Volonté. Quoique doué déjà des qualités qui
distinguent les hommes supérieurs, il était encore
enfant. Quoique riche et habile aux abstractions,
son cerveau se ressentait encore des délicieuses
croyances qui flottent autour de toutes les jeunes-
ses. Sa conception touchait donc aux fruits mûrs de
son génie par quelques points, et par une foule
d'autres elle se rapprochait de la petitesse des
germes. A quelques esprits amoureux de poésie,
son plus grand défaut eût semblé une qualité
savoureuse. Son œuvre portait les marques de la
lutte que se livraient dans cette belle âme ces deux
grands principes, le spiritualisme, le matérialisme,
autour desquels ont tourné tant de beaux génies,
sans qu'aucun d'eux ait osé les fondre en un seul.
D'abord spiritualiste pur, Louis avait été conduit
invinciblement à reconnaître la matérialité de la
pensée. Battu par les faits de l'analyse au moment
où son cœur lui faisait encore regarder avec amour
les nuages épars dans les cieux de Swedenborg, il
ne se trouvait pas encore de force à produire un

système unitaire, compact, fondu d'un seul jet. De
là venaient quelques contradictions empreintes
jusque dans l'esquisse que je trace de ses premiers
essais. Quelque incomplet que fût son ouvrage,
n'était-il pas le brouillon d'une science dont, plus
tard, il aurait approfondi les mystères, assuré les
bases, recherché, déduit et enchaîné les développements?

Six mois après la confiscation du traité sur la
Volonté, je quittai le collège. Notre séparation fut
brusque. Ma mère, alarmée d'une fièvre qui depuis
quelque temps ne me quittait pas, et à laquelle mon
inaction corporelle donnait les symptômes du
coma [28], m'enleva du collège en quatre ou cinq
heures. A l'annonce de mon départ, Lambert
devint d'une tristesse effrayante. Nous nous
cachâmes pour pleurer.

— Te reverrai-je jamais? me dit-il de sa voix
douce en me serrant dans ses bras. — Tu vivras,
toi, reprit-il; mais moi, je mourrai. Si je le peux, je
t'apparaîtrai.

Il faut être jeune pour prononcer de telles paroles
avec un accent de conviction qui les fait accepter
comme un présage, comme une promesse dont
l'effroyable accomplissement sera redouté. Pendant
longtemps, j'ai pensé vaguement à cette apparition
promise. Il est encore certains jours de spleen, de
doute, de terreur, de solitude, où je suis obligé de
chasser les souvenirs de cet adieu mélancolique, qui
cependant ne devait pas être le dernier. Lorsque je
traversai la cour par laquelle nous sortions, Lambert était collé à l'une des fenêtres grillées du
réfectoire pour me voir passer. Sur mon désir, ma

mère obtint la permission de le faire dîner avec
nous à l'auberge. A mon tour, le soir, je le ramenai
au seuil fatal du collège. Jamais amant et maîtresse
ne versèrent en se séparant plus de larmes que nous
n'en répandîmes.

— Adieu donc! je vais être seul dans ce désert,
me dit-il en me montrant les cours où deux cents
enfants jouaient et criaient. Quand je reviendrai
fatigué, demi-mort de mes longues courses à travers
les champs de la pensée, dans quel cœur me
reposerai-je? Un regard me suffisait pour te dire
tout. Qui donc maintenant me comprendra? Adieu!
je voudrais ne t'avoir jamais rencontré, je ne saurais
pas tout ce qui va me manquer.

— Et moi, lui-dis-je, que deviendrai-je? ma
situation n'est-elle pas plus affreuse? je n'ai rien là
pour me consoler, ajoutai-je en me frappant le
front.

Il hocha la tête par un mouvement empreint
d'une grâce pleine de tristesse, et nous nous
quittâmes. En ce moment, Louis Lambert avait
cinq pieds deux pouces, il n'a plus grandi. Sa
physionomie, devenue largement expressive, attestait la bonté de son caractère. Une patience divine
développée par les mauvais traitements, une concentration continuelle exigée par sa vie contempla-
tive, avaient dépouillé son regard de cette audacieuse fierté qui plaît dans certaines figures, et
par laquelle il savait accabler nos régents. Sur son
visage éclataient des sentiments paisibles, une
sérénité ravissante que n'altérait jamais rien d'iro-
nique ou de moqueur, car sa bienveillance native
tempérait la conscience de sa force et de sa

supériorité. Il avait de jolies mains, bien effilées, presque toujours humides. Son corps était une merveille digne de la sculpture ; mais nos uniformes gris de fer à boutons dorés, nos culottes courtes, nous donnaient une tournure si disgracieuse, que le fini des proportions de Lambert et sa morbidesse ne pouvaient s'apercevoir qu'au bain. Quand nous nagions dans notre bassin du Loir, Louis se distinguait par la blancheur de sa peau, qui tranchait sur les différents tons de chair de nos camarades, tous marbrés par le froid ou violacés par l'eau. Délicat de formes, gracieux de pose, doucement coloré, ne frissonnant pas hors de l'eau, peut-être parce qu'il évitait l'ombre et courait toujours au soleil, Louis ressemblait à ces fleurs prévoyantes qui ferment leurs calices à la bise, et ne veulent s'épanouir que sous un ciel pur. Il mangeait très peu, ne buvait que de l'eau ; puis, soit par instinct, soit par goût, il se montrait sobre de tout mouvement qui voulait une dépense de force ; ses gestes étaient rares et simples comme le sont ceux des Orientaux ou des sauvages, chez lesquels la gravité semble être un état naturel. Généralement, il n'aimait pas tout ce qui ressemblait à de la recherche pour sa personne. Il penchait assez habituellement sa tête à gauche, et restait si souvent accoudé, que les manches de ses habits neufs étaient promptement percées. A ce léger portrait de l'homme, je dois ajouter une esquisse de son moral, car je crois aujourd'hui pouvoir impartialement en juger.

Quoique naturellement religieux, Louis n'admettait pas les minutieuses pratiques de l'Église

romaine ; ses idées sympathisaient plus particulièrement avec celles de sainte Thérèse et de Fénelon,
avec celles de plusieurs Pères et de quelques saints,
qui de nos jours seraient traités d'hérésiarques et
d'athées. Il était impassible durant les offices. Sa
prière procédait par des élancements, par des
élévations d'âme qui n'avaient aucun mode régulier ; il se laissait aller en tout à la nature, et ne
voulait pas plus prier que penser à heure fixe.
Souvent, à la chapelle, il pouvait aussi bien songer à
Dieu que méditer sur quelque idée philosophique.
Jésus-Christ était pour lui le plus beau type de son
système. Le : *Et verbum caro factum est*[29] ! lui
semblait une sublime parole destinée à exprimer la
formule traditionnelle de la Volonté, du Verbe, de
l'Action se faisant visibles. Le Christ ne s'apercevant pas de sa mort, ayant assez perfectionné l'être
intérieur par des œuvres divines pour qu'un jour la
forme invisible en apparût à ses disciples, enfin les
mystères de l'Évangile, les guérisons magnétiques
du Christ et le don des langues lui confirmaient sa
doctrine. Je me souviens de lui avoir entendu dire à
ce sujet que le plus bel ouvrage à faire aujourd'hui
était l'Histoire de l'Église primitive. Jamais il ne
s'élevait autant vers la poésie qu'au moment où il
abordait, dans une conversation du soir, l'examen
des miracles opérés par la puissance de la Volonté
pendant cette grande époque de foi. Il trouvait les
plus fortes preuves de sa théorie dans presque tous
les martyres subis pendant le premier siècle de
l'Église, qu'il appelait *la grande ère de la pensée*. —
« Les phénomènes arrivés dans la plupart des
supplices si héroïquement soufferts par les chré-

tiens pour l'établissement de leurs croyances ne prouvent-ils pas, disait-il, que les forces matérielles ne prévaudront jamais contre la force des idées ou contre la Volonté de l'homme? Chacun peut conclure de cet effet produit par la volonté de tous, en faveur de la sienne. »

Je ne crois pas devoir parler de ses idées sur la poésie et sur l'histoire, ni de ses jugements sur les chefs-d'œuvre de notre langue. Il n'y aurait rien de bien curieux à consigner ici des opinions devenues presque vulgaires aujourd'hui, mais qui, dans la bouche d'un enfant, pouvaient alors paraître extra-ordinaires. Louis était à la hauteur de tout. Pour exprimer en deux mots son talent, il eût écrit *Zadig* aussi spirituellement que l'écrivit Voltaire; il aurait aussi fortement que Montesquieu pensé le dialogue de Sylla et d'Eucrate. La grande rectitude de ses idées lui faisait désirer avant tout, dans une œuvre, un caractère d'utilité; de même que son esprit fin y exigeait la nouveauté de la pensée autant que celle de la forme. Tout ce qui ne remplissait pas ces conditions lui causait un profond dégoût. L'une de ses appréciations littéraires les plus remarquables, et qui fera comprendre le sens de toutes les autres aussi bien que la lucidité de ses jugements, est celle-ci, qui m'est restée dans la mémoire : « L'A-pocalypse est une extase écrite. » Il considérait la Bible comme une portion de l'histoire traditionnelle des peuples antédiluviens, qui s'était partagé l'humanité nouvelle. Pour lui, la mythologie des Grecs tenait à la fois de la Bible hébraïque et des Livres sacrés de l'Inde, que cette nation amoureuse de grâce avait traduits à sa manière.

— Il est impossible, disait-il, de révoquer en doute la priorité des Écritures asiatiques sur nos Écritures saintes. Pour qui sait reconnaître avec bonne foi ce point historique, le monde s'élargit étrangement. N'est-ce pas sur le plateau de l'Asie que se sont réfugiés les quelques hommes qui ont pu survivre à la catastrophe subie par notre globe, si toutefois les hommes existaient avant ce renversement ou ce choc : question grave dont la solution est écrite au fond des mers. L'anthropogénie de la Bible n'est donc que la généalogie d'un essaim sorti de la ruche humaine qui se suspendit aux flancs montagneux du Thibet, entre les sommets de l'Himalaya et ceux du Caucase. Le caractère des idées premières de la horde que son législateur nomma le peuple de Dieu, sans doute pour lui donner de l'unité, peut-être aussi pour lui faire conserver ses propres lois et son système de gouvernement, car les livres de Moïse sont un code religieux, politique et civil; ce caractère est marqué au coin de la terreur : la convulsion du globe est interprétée comme une vengeance d'en haut par des pensées gigantesques. Enfin, ne goûtant aucune des douceurs que trouve un peuple assis dans une terre patriarcale, les malheurs de cette peuplade en voyage ne lui ont dicté que des poésies sombres, majestueuses et sanglantes. Au contraire, le spectacle des promptes réparations de la terre, les effets prodigieux du soleil dont les premiers témoins furent les Hindous, leur ont inspiré les riantes conceptions de l'amour heureux, le culte du feu, les personnifications infinies de la reproduction. Ces magnifiques images manquent à l'œuvre des

Hébreux. Un constant besoin de conservation, à travers les dangers et les pays parcourus jusqu'au lieu du repos, engendra le sentiment exclusif de ce peuple, et sa haine contre les autres nations. Ces trois Écritures sont les archives du monde englouti. Là est le secret des grandeurs inouïes de ces langages et de leurs mythes. Une grande histoire humaine gît sous ces noms d'hommes et de lieux, sous ces fictions qui nous attachent irrésistiblement, sans que nous sachions pourquoi. Peut-être y respirons-nous l'air natal de notre nouvelle humanité.

Pour lui cette triple littérature impliquait donc toutes les pensées de l'homme. Il ne se faisait pas un livre, selon lui, dont le sujet ne s'y pût trouver en germe. Cette opinion montre combien ses premières études sur la Bible furent savamment creusées, et jusqu'où elles le menèrent. Planant toujours au-dessus de la société, qu'il ne connaissait que par les livres, il la jugeait froidement. — « Les lois, disait-il, n'y arrêtent jamais les entreprises des grands ou des riches, et frappent les petits, qui ont au contraire besoin de protection. » Sa bonté ne lui permettait donc pas de sympathiser avec les idées politiques; mais son système conduisait à l'obéissance passive dont l'exemple fut donné par Jésus-Christ. Pendant les derniers moments de mon séjour à Vendôme, Louis ne sentait plus l'aiguillon de la gloire, il avait, en quelque sorte, abstractivement joui de la renommée; et après l'avoir ouverte, comme les anciens sacrificateurs qui cherchaient l'avenir au cœur des hommes, il n'avait rien trouvé dans les entrailles de cette chimère. Méprisant donc un sentiment tout personnel : — La gloire, me disait-il, est l'égoïsme divinisé.

Ici, peut-être, avant de quitter cette enfance exceptionnelle, dois-je la juger par un rapide coup d'œil.

Quelque temps avant notre séparation, Lambert me disait : — « A part les lois générales dont la formule sera peut-être ma gloire, et qui doivent être celles de notre organisme, la vie de l'homme est un mouvement qui se résout plus particulièrement, en chaque être, au gré de je ne sais quelle influence, par le cerveau, par le cœur, ou par le nerf. Des trois constitutions représentées par ces mots vulgaires, dérivent les modes infinis de l'humanité, qui tous résultent des proportions dans lesquelles ces trois principes générateurs se trouvent plus ou moins bien combinés avec les substances qu'ils s'assimilent dans les milieux où ils vivent. » Il s'arrêta, se frappa le front, et me dit : — « Singulier fait ! chez tous les grands hommes dont les portraits ont frappé mon attention, le col est court. Peut-être la nature veut-elle que chez eux le cœur soit plus près du cerveau. » Puis il reprit : — « De là procède un certain ensemble d'actes qui compose l'existence sociale. A l'homme de nerf, l'Action ou la Force ; à l'homme de cerveau, le Génie ; à l'homme de cœur, la Foi. Mais, ajouta-t-il tristement, à la Foi, les Nuées du Sanctuaire ; à l'Ange seul, la Clarté. » Donc, suivant ses propres définitions, Lambert fut tout cœur et tout cerveau.

Pour moi, la vie de son intelligence s'est scindée en trois phases.

Soumis, dès l'enfance, à une précoce activité, due

sans doute à quelque maladie ou à quelque perfection de ses organes ; dès l'enfance, ses forces se
résumèrent par le jeu de ses sens intérieurs et par
une surabondante production de fluide nerveux.
Homme d'idées, il lui fallut étancher la soif de son
cerveau qui voulait s'assimiler toutes les idées. De
là, ses lectures ; et, de ses lectures, ses réflexions qui
lui donnèrent le pouvoir de réduire les choses à leur
plus simple expression, de les absorber en lui-
même pour les y étudier dans leur essence. Les
bénéfices de cette magnifique période, accomplie
chez les autres hommes après de longues études
seulement, échurent donc à Lambert pendant son
enfance corporelle ; enfance heureuse, enfance colo-
rée par les studieuses félicités du poète. Le terme
où arrivent la plupart des cerveaux fut le point d'où
le sien devait partir un jour à la recherche de
quelques nouveaux mondes d'intelligence. Là, sans
le savoir encore, il s'était créé la vie la plus
exigeante et, de toutes, la plus avidement insatiable.
Pour exister, ne lui fallait-il pas jeter sans cesse une
pâture à l'abîme qu'il avait ouvert en lui ? Semblable à certains êtres des régions mondaines, ne
pouvait-il périr faute d'aliments pour d'excessifs
appétits trompés ? N'était-ce pas la débauche
importée dans l'âme, et qui devait la faire arriver,
comme les corps saturés d'alcool, à quelque com-
bustion instantanée ? Cette première phase cérébrale me fut inconnue ; aujourd'hui seulement, je
puis m'en expliquer ainsi les prodigieuses fructifi-
cations et les effets. Lambert avait alors treize ans.

Je fus assez heureux pour assister aux premiers
jours du second âge. Lambert, et cela le sauva peut-

être, y tomba dans toutes les misères de la vie
collégiale, et y dépensa la surabondance de ses
pensées. Après avoir passé des choses à leur
expression pure, des mots à leur substance idéale,
de cette substance à des principes ; après avoir tout
abstrait, il aspirait, pour vivre, à d'autres créations
intellectuelles. Dompté par les malheurs du collège
et par les crises de sa vie physique, il demeura
méditatif, devina les sentiments, entrevit de nouvelles sciences, véritables masses d'idées. Arrêté
dans sa course, et trop faible encore pour contempler les sphères supérieures, il se contempla intérieurement. Il m'offrit alors le combat de la pensée
réagissant sur elle-même et cherchant à surprendre
les secrets de sa nature, comme un médecin qui
étudierait les progrès de sa propre maladie. Dans
cet état de force et de faiblesse, de grâce enfantine
et de puissance surhumaine, Louis Lambert est
l'être qui m'a donné l'idée la plus poétique et la
plus vraie de la créature que nous appelons *un ange*,
en exceptant toutefois une femme [30] de qui je
voudrais dérober au monde le nom, les traits, la
personne et la vie, afin d'avoir été seul dans le
secret de son existence et pouvoir l'ensevelir au
fond de mon cœur.

La troisième phase dut m'échapper. Elle commençait lorsque je fus séparé de Louis, qui ne sortit
du collège qu'à l'âge de dix-huit ans, vers le milieu
de l'année 1815. Louis avait alors perdu son père et
sa mère depuis environ six mois. Ne rencontrant
personne dans sa famille avec qui son âme, tout
expansive mais toujours comprimée depuis notre
séparation, pût sympathiser, il se réfugia chez son

oncle, nommé son tuteur, et qui, chassé de sa cure en sa qualité de prêtre assermenté, était venu demeurer à Blois. Louis y séjourna pendant quelque temps. Dévoré bientôt par le désir d'achever des études qu'il dut trouver incomplètes, il vint à Paris pour revoir madame de Staël, et pour puiser la science à ses plus hautes sources. Le vieux prêtre, ayant un grand faible pour son neveu, laissa Louis libre de manger son héritage pendant un séjour de trois années à Paris, quoiqu'il y vécût dans la plus profonde misère. Cet héritage consistait en quelques milliers de francs. Lambert revint à Blois vers le commencement de l'année 1820, chassé de Paris par les souffrances qu'y trouvent les gens sans fortune. Pendant son séjour, il dut y être souvent en proie à des orages secrets, à ces horribles tempêtes de pensées par lesquelles les artistes sont agités, s'il en faut juger par le seul fait que son oncle se soit rappelé, par la seule lettre que le bonhomme ait conservée de toutes celles que lui écrivit à cette époque Louis Lambert, lettre gardée peut-être parce qu'elle était la dernière et la plus longue de toutes.

Voici d'abord le fait. Louis se trouvait un jour au Théâtre-Français placé sur une banquette des secondes galeries, près d'un de ces piliers entre lesquels étaient alors les troisièmes loges. En se levant pendant le premier entracte, il vit une jeune femme qui venait d'arriver dans la loge voisine. La vue de cette femme, jeune et belle, bien mise, décolletée peut-être, et accompagnée d'un amant pour lequel sa figure s'animait de toutes les grâces de l'amour, produisit sur l'âme et sur les sens de

Lambert un effet si cruel qu'il fut obligé de sortir de
la salle. S'il n'eût profité des dernières lueurs de sa
raison, qui, dans le premier moment de sa brûlante
passion, ne s'éteignit pas complètement, peut-être
aurait-il succombé au désir presque invincible qu'il
ressentit alors de tuer le jeune homme auquel
s'adressaient les regards de cette femme. N'était-ce
pas dans notre monde de Paris un éclair de l'amour
du sauvage qui se jette sur la femme comme sur sa
proie, un effet d'instinct bestial joint à la rapidité
des jets presque lumineux d'une âme comprimée
sous la masse de ses pensées? Enfin n'était-ce pas le
coup de canif imaginaire ressenti par l'enfant,
devenu chez l'homme le coup de foudre de son
besoin le plus impérieux, l'amour?

Maintenant voici la lettre dans laquelle se peint
l'état de son âme frappée par le spectacle de la
civilisation parisienne. Son cœur, sans doute constamment froissé dans ce gouffre d'égoïsme, dut
toujours y souffrir; il n'y rencontra peut-être ni
amis pour le consoler, ni ennemis pour donner du
ton à sa vie. Contraint de vivre sans cesse en lui-
même et ne partageant avec personne ses exquises
jouissances, peut-être voulait-il résoudre l'œuvre de
sa destinée par l'extase, et rester sous une forme
presque végétale, comme un anachorète des premiers temps de l'Église, en abdiquant ainsi l'empire
du monde intellectuel. La lettre semble indiquer ce
projet, auquel les âmes grandes se sont prises à
toutes les époques de rénovation sociale. Mais cette
résolution n'est-elle pas alors pour certaines d'entre
elles l'effet d'une vocation? Ne cherchent-elles pas
à concentrer leurs forces dans un long silence, afin

d'en sortir propres à gouverner le monde, par la parole ou par l'action? Certes, Louis avait dû recueillir bien de l'amertume parmi les hommes, ou presser la société par quelque terrible ironie sans pouvoir en rien tirer, pour jeter une si vigoureuse clameur, pour arriver, lui pauvre! au désir que la lassitude de la puissance et de toute chose a fait accomplir à certains souverains. Peut-être aussi venait-il achever dans la solitude quelque grande œuvre qui flottait indécise dans son cerveau? Qui ne le croirait volontiers en lisant ce fragment de ses pensées où se trahissent les combats de son âme au moment où cessait pour lui la jeunesse, où commençait à éclore la terrible faculté de produire à laquelle auraient été dues les œuvres de l'homme? Cette lettre est en rapport avec l'aventure arrivée au théâtre. Le fait et l'écrit s'illuminent réciproquement, l'âme et le corps s'étaient mis au même ton. Cette tempête de doutes et d'affirmations, de nuages et d'éclairs qui souvent laisse échapper la foudre, et qui finit par une aspiration affamée vers la lumière céleste, jette assez de clarté sur la troisième époque de son éducation morale pour la faire comprendre en entier. En lisant ces pages écrites au hasard, prises et reprises suivant les caprices de la vie parisienne, ne semble-t-il pas voir un chêne pendant le temps où son accroissement intérieur fait crever sa jolie peau verte, le couvre de rugosités, de fissures, et où se prépare sa forme majestueuse, si toutefois le tonnerre du ciel ou la hache de l'homme le respectent!

A cette lettre finira donc, pour le penseur comme pour le poète, cette enfance grandiose et cette jeunesse incomprise. Là se termine le contour de ce germe moral, les philosophes en regretteront les frondaisons atteintes par la gelée dans le bourgeon; mais sans doute ils en verront les fleurs écloses dans des régions plus élevées que ne le sont les plus hauts lieux de la terre.

Paris, septembre-novembre 1819.

« Cher oncle, je vais bientôt quitter ce pays, où je ne saurais vivre. Je n'y vois aucun homme aimer ce que j'aime, s'occuper de ce qui m'occupe, s'étonner de ce qui m'étonne. Forcé de me replier sur moi-même, je me creuse et je souffre. La longue et patiente étude que je viens de faire de cette société donne des conclusions tristes où le doute domine. Ici le point de départ en tout est l'argent. Il faut de l'argent, même pour se passer d'argent. Mais quoique ce métal soit nécessaire à qui veut penser tranquillement, je ne me sens pas le courage de le rendre l'unique mobile de mes pensées. Pour amasser une fortune, il faut choisir un état; en un mot, acheter par quelque privilège de position ou d'achalandage, par un privilège légal ou fort habilement créé, le droit de prendre chaque jour, dans la bourse d'autrui, une somme assez mince qui, chaque année, produit un petit capital; lequel par vingt années donne à peine quatre ou cinq mille francs de rente quand un homme se conduit honnêtement. En quinze ou seize ans et après son apprentissage, l'avoué, le notaire, le marchand, tous les travailleurs patentés ont gagné du pain pour leurs

vieux jours. Je ne me suis senti propre à rien en ce
genre. Je préfère la pensée à l'action, une idée à une
affaire, la contemplation au mouvement. Je manque
essentiellement de la constante attention nécessaire
à qui veut faire fortune. Toute entreprise mercan-
tile, toute obligation de demander de l'argent à
autrui, me conduirait à mal, et je serais bientôt
ruiné. Si je n'ai rien, au moins ne dois-je rien en ce
moment. Il faut matériellement peu à celui qui vit
pour accomplir de grandes choses dans l'ordre
moral; mais quoique vingt sous par jour puissent
me suffire, je ne possède pas la rente de cette
oisiveté travailleuse. Si je veux méditer, le besoin
me chasse hors du sanctuaire où se meut ma
pensée. Que vais-je devenir? La misère ne m'effraie
pas. Si l'on n'emprisonnait, si l'on ne flétrissait, si
l'on ne méprisait point les mendiants, je mendierais
pour pouvoir résoudre à mon aise les problèmes
qui m'occupent. Mais cette sublime résignation par
laquelle je pourrais émanciper ma pensée en la
libérant de mon corps ne servirait à rien : il faut
encore de l'argent pour se livrer à certaines
expériences. Sans cela, j'eusse accepté l'indigence
apparente d'un penseur qui possède à la fois la terre
et le ciel. Pour être grand dans la misère, il suffit de
ne jamais s'avilir. L'homme qui combat et qui
souffre en marchant vers un noble but, présente
certes un beau spectacle; mais ici qui se sent la
force de lutter? On escalade des rochers, on ne peut
pas toujours piétiner dans la boue. Ici tout décourage
le vol en droite ligne d'un esprit qui tend à l'avenir.
Je ne me craindrais pas dans une grotte au désert,
et je me crains ici. Au désert, je serais avec moi-

même sans distraction ; ici, l'homme éprouve une foule de besoins qui le rapetissent. Quand vous êtes sorti rêveur, préoccupé, la voix du pauvre vous rappelle au milieu de ce monde de faim et de soif, en vous demandant l'aumône. Il faut de l'argent pour se promener. Les organes, incessamment fatigués par des riens, ne se reposent jamais. La nerveuse disposition du poète est ici sans cesse ébranlée, et ce qui doit faire sa gloire devient son tourment : son imagination y est sa plus cruelle ennemie. Ici l'ouvrier blessé, l'indigente en couches, la fille publique devenue malade, l'enfant abandonné, le vieillard infirme, les vices, le crime lui-même trouvent un asile et des soins ; tandis que le monde est impitoyable pour l'inventeur, pour tout homme qui médite. Ici, tout doit avoir un résultat immédiat, réel ; l'on s'y moque des essais d'abord infructueux qui peuvent mener aux plus grandes découvertes, et l'on n'y estime pas cette étude constante et profonde qui veut une longue concentration des forces. L'État pourrait solder [31] le talent, comme il solde la baïonnette ; mais il tremble d'être trompé par l'homme d'intelligence, comme si l'on pouvait longtemps contrefaire le génie. Ah ! mon oncle, quand on a détruit les solitudes conventuelles, assises au pied des monts, sous des ombrages verts et silencieux, ne devait-on pas construire des hospices pour ces âmes souffrantes qui par une seule pensée engendrent le mieux des nations, ou qui préparent les progrès d'une science ? »

« L'étude m'a conduit ici, vous le savez; j'y ai trouvé des hommes vraiment instruits, étonnants pour la plupart; mais l'absence d'unité dans les travaux scientifiques annule presque tous les efforts. Ni l'enseignement, ni la science n'ont de chef. Vous entendez au Muséum un professeur prouvant que celui de la rue Saint-Jacques vous a dit d'absurdes niaiseries. L'homme de l'École de Médecine soufflette celui du Collège de France. A mon arrivée, je suis allé entendre un vieil académicien qui disait à cinq cents jeunes gens que Corneille est un génie vigoureux et fier, Racine élégiaque et tendre, Molière inimitable, Voltaire éminemment spirituel, Bossuet et Pascal désespérément forts. Un professeur de philosophie devient illustre, en expliquant comment Platon est Platon. Un autre fait l'histoire des mots sans penser aux idées. Celui-ci vous explique Eschyle, celui-là prouve assez victorieusement que les communes étaient les communes et pas autre chose. Ces aperçus nouveaux et lumineux, paraphrasés pendant quelques heures, constituent le haut enseignement qui doit faire faire des pas de géant aux connaissances humaines. Si le gouvernement avait une pensée, je le soupçonnerais d'avoir peur des supériorités réelles qui, réveillées, mettraient la société sous le joug d'un pouvoir intelligent. Les nations iraient trop loin trop tôt, les professeurs sont alors chargés de faire des sots. Comment expliquer autrement un professorat sans méthode, sans une idée d'avenir? L'Institut pouvait être le

grand gouvernement du monde moral et intellectuel ; mais il a été récemment brisé par sa constitution en académies séparées. La science humaine
marche donc sans guide, sans système et flotte au
hasard, sans s'être tracé de route. Ce laissez-aller,
cette incertitude existe en politique comme en
science. Dans l'ordre naturel, les moyens sont
simples, la fin est grande et merveilleuse ; ici, dans
la science comme dans le gouvernement, les
moyens sont immenses, la fin est petite. Cette force
qui, dans la nature, marche d'un pas égal et dont la
somme s'ajoute perpétuellement à elle-même, cet
$A + A$ qui produit tout, est destructif dans la
société. La politique actuelle oppose les unes aux
autres les forces humaines pour les neutraliser, au
lieu de les combiner pour les faire agir dans un but
quelconque. En s'en tenant à l'Europe, depuis
César jusqu'à Constantin, du petit Constantin au
grand Attila, des Huns à Charlemagne, de Charlemagne à Léon X, de Léon X à Philippe II, de
Philippe II à Louis XIV, de Venise à l'Angleterre,
de l'Angleterre à Napoléon, de Napoléon à l'Angleterre, je ne vois aucune fixité dans la politique, et
son agitation constante n'a procuré nul progrès. Les
nations témoignent de leur grandeur par des
monuments, ou de leur bonheur par le bien-être
individuel. Les monuments modernes valent-ils les
anciens ? j'en doute. Les arts qui procèdent immé-
diatement de l'individu, les productions du génie
ou de la main ont peu gagné. Les jouissances de
Lucullus valaient bien celles de Samuel Bernard, de
Beaujon ou du roi de Bavière. Enfin, la longévité
humaine a perdu. Pour qui veut être de bonne foi,

rien n'a donc changé, l'homme est le même : la force est toujours son unique loi, le succès sa seule sagesse. Jésus-Christ, Mahomet, Luther n'ont fait que colorer différemment le cercle dans lequel les jeunes nations ont fait leurs évolutions. Nulle politique n'a empêché la civilisation, ses richesses, ses mœurs, son contrat entre les forts contre les faibles, ses idées et ses voluptés d'aller de Memphis à Tyr, de Tyr à Balbeck, de Tedmor à Carthage, de Carthage à Rome, de Rome à Constantinople, de Constantinople à Venise, de Venise en Espagne, d'Espagne en Angleterre, sans que nul vestige n'existe de Memphis, de Tyr, de Carthage, de Rome, de Venise ni de Madrid. L'esprit de ces grands corps s'est envolé. Nul ne s'est préservé de la ruine, et n'a deviné cet axiome : *Quand l'effet produit n'est plus en rapport avec sa cause, il y a désorganisation.* Le génie le plus subtil ne peut découvrir aucune liaison entre ces grands faits sociaux. Aucune théorie politique n'a vécu. Les gouvernements passent comme les hommes, sans se transmettre aucun enseignement, et nul système n'engendre un système plus parfait que celui du système précédent. Que conclure de la politique, quand le gouvernement appuyé sur Dieu a péri dans l'Inde et en Égypte ; quand le gouvernement du sabre et de la tiare a passé ; quand le gouvernement d'un seul se meurt ; quand le gouvernement de tous n'a jamais pu vivre ; quand aucune conception de la force intelligentielle, appliquée aux intérêts matériels, n'a pu durer, et que tout est à refaire aujourd'hui comme à toutes les époques où l'homme s'est écrié : Je souffre ! Le code que l'on regarde comme la plus belle œuvre de Napoléon, est l'œuvre la plus draconienne que je sache. La divisibilité territoriale poussée à l'infini, dont le principe y est consacré par le partage égal des biens, doit engendrer l'abâtardissement de la nation, la mort des arts et celle des sciences. Le sol trop divisé se cultive en céréales, en petits végétaux; les forêts et partant les cours d'eau disparaissent; il ne s'élève plus ni bœufs, ni chevaux. Les moyens manquent pour l'attaque comme pour la résistance. Vienne une invasion, le peuple est écrasé, il a perdu ses grands ressorts, il a perdu ses chefs. Et voilà l'histoire des déserts! La politique est donc une science sans principes arrêtés, sans fixité possible; elle est le génie du moment, l'application constante de la force, suivant la nécessité du jour. L'homme qui verrait à deux siècles de distance mourrait sur la place publique chargé des imprécations du peuple; ou serait, ce qui me semble pis, flagellé par les mille fouets du ridicule. Les nations sont des individus qui ne sont ni plus sages ni plus forts que ne l'est l'homme, et leurs destinées sont les mêmes. Réfléchir sur celui-ci, n'est-ce pas s'occuper de celles-là? Au spectacle de cette société sans cesse tourmentée dans ses bases comme dans ses effets, dans ses causes comme dans son action, chez laquelle la philanthropie est une magnifique erreur, et le progrès un non-sens, j'ai gagné la confirmation de cette vérité, que la vie est en nous et non au-dehors; que s'élever au-dessus des hommes pour leur commander est le rôle agrandi d'un régent de classe; et que les hommes assez forts pour monter jusqu'à la ligne

où ils peuvent jouir du coup d'œil des mondes, ne
doivent pas regarder à leurs pieds. »

5 novembre.

« Je suis assurément occupé de pensées graves, je
marche à certaines découvertes, une force invincible m'entraîne vers une lumière qui a brillé de
bonne heure dans les ténèbres de ma vie morale;
mais quel nom donner à la puissance qui me lie les
mains, qui me ferme la bouche, et m'entraîne en
sens contraire à ma vocation? Il faut quitter Paris,
dire adieu aux livres des bibliothèques, à ces beaux
foyers de lumière, à ces savants si complaisants, si
accessibles, à ces jeunes génies avec lesquels je
sympathisais. Qui me repousse? est-ce le hasard,
est-ce la providence? Les deux idées que représentent ces mots sont inconciliables. Si le hasard
n'est pas, il faut admettre le fatalisme, ou la
coordination forcée des choses soumises à un plan
général. Pourquoi donc résisterions-nous? Si
l'homme n'est plus libre, que devient l'échafaudage
de sa morale? Et s'il peut faire sa destinée, s'il peut
par son libre arbitre arrêter l'accomplissement du
plan général, que devient Dieu? Pourquoi suis-je
venu? Si je m'examine, je le sais : je trouve en moi
des textes à développer; mais alors pourquoi
possédé-je d'énormes facultés sans pouvoir en user?
Si mon supplice servait à quelque exemple, je le
concevrais; mais non, je souffre obscurément. Ce
résultat est aussi providentiel que peut l'être le sort
de la fleur inconnue qui meurt au fond d'une forêt
vierge sans que personne en sente les parfums ou

en admire l'éclat. De même qu'elle exhale vainement ses odeurs dans la solitude, j'enfante ici dans un grenier des idées sans qu'elles soient saisies. Hier, j'ai mangé du pain et des raisins le soir, devant ma fenêtre, avec un jeune médecin nommé Meyraux [32]. Nous avons causé comme des gens que le malheur a rendus frères, et je lui ai dit : — Je m'en vais, vous restez, prenez mes conceptions et développez-les! — Je ne le puis, me répondit-il avec une amère tristesse, ma santé trop faible ne résistera pas à mes travaux, et je dois mourir jeune en combattant la misère. Nous avons regardé le ciel, en nous pressant les mains. Nous nous sommes rencontrés au cours d'anatomie comparée et dans les galeries du Muséum, amenés tous deux par une même étude, l'unité de la composition zoologique. Chez lui, c'était le pressentiment du génie envoyé pour ouvrir une nouvelle route dans les friches de l'intelligence; chez moi, c'était déduction d'un système général. Ma pensée est de déterminer les rapports réels qui peuvent exister entre l'homme et Dieu. N'est-ce pas une nécessité de l'époque? Sans de hautes certitudes, il est impossible de mettre un mors à ces sociétés que l'esprit d'examen et de discussion a déchaînées et qui crient aujourd'hui : — Menez-nous dans une voie où nous marcherons sans rencontrer des abîmes? Vous me demanderez ce que l'anatomie comparée a de commun avec une question si grave pour l'avenir des sociétés. Ne faut-il pas se convaincre que l'homme est le but de tous les moyens terrestres pour se demander s'il ne sera le moyen d'aucune fin? Si l'homme est lié à tout, n'y a-t-il rien au-dessus de lui, à quoi il se lie

à son tour? S'il est le terme des transmutations
inexpliquées qui montent jusqu'à lui, ne doit-il pas
être le lien entre la nature visible et une nature
invisible? L'action du monde n'est pas absurde, elle
aboutit à une fin, et cette fin ne doit pas être une
société constituée comme l'est la nôtre. Il se
rencontre une terrible lacune entre nous et le ciel.
En l'état actuel, nous ne pouvons ni toujours jouir,
ni toujours souffrir; ne faut-il pas un énorme
changement pour arriver au paradis et à l'enfer,
deux conceptions sans lesquelles Dieu n'existe pas
aux yeux de la masse? Je sais qu'on s'est tiré
d'affaire en inventant l'âme; mais j'ai quelque
répugnance à rendre Dieu solidaire des lâchetés
humaines, de nos désenchantements, de nos
dégoûts, de notre décadence. Puis comment
admettre en nous un principe divin contre lequel
quelques verres de rhum puissent prévaloir? comment imaginer des facultés immatérielles que la
matière réduise, dont l'exercice soit enchaîné par
un grain d'opium? Comment imaginer que nous
sentirons encore quand nous serons dépouillés des
conditions de notre sensibilité? Pourquoi Dieu
périrait-il, parce que la substance serait pensante?
L'animation de la substance et ses innombrables
variétés, effets de ses instincts, sont-ils moins
inexplicables que les effets de la pensée? Le
mouvement imprimé aux mondes n'est-il pas suffisant pour prouver Dieu, sans aller se jeter dans les
absurdités engendrées par notre orgueil? Que d'une
façon d'être périssable, nous allions après nos
épreuves à une existence meilleure, n'est-ce pas
assez pour une créature qui ne se distingue des

autres que par un instinct plus complet? S'il
n'existe pas en morale un principe qui ne mène à
l'absurde, ou ne soit contredit par l'évidence, n'est-
il pas temps de se mettre en quête des dogmes
écrits au fond de la nature des choses? Ne faudrait-
il pas retourner la science philosophique? Nous
nous occupons très peu du prétendu néant qui nous
a précédés, et nous fouillons le prétendu néant qui
nous attend. Nous faisons Dieu responsable de
l'avenir, et nous ne lui demandons aucun compte
du passé. Cependant il est aussi nécessaire de savoir
si nous n'avons aucune racine dans l'antérieur, que
de savoir si nous sommes soudés au futur. Nous
n'avons été déistes ou athées que d'un côté. Le
monde est-il éternel? Le monde est-il créé? Nous
ne concevons aucun moyen terme entre ces deux
propositions : l'une est fausse, l'autre est vraie,
choisissez! Quel que soit votre choix, Dieu, tel que
notre raison se le figure, doit s'amoindrir, ce qui
équivaut à sa négation. Faites le monde éternel : la
question n'est pas douteuse, Dieu l'a subi. Suppo-
sez le monde créé, Dieu n'est plus possible.
Comment serait-il resté toute une éternité sans
savoir qu'il aurait la pensée de créer le monde?
Comment n'en aurait-il point su par avance les
résultats? D'où en a-t-il tiré l'essence? de lui
nécessairement. Si le monde sort de Dieu, comment admettre le mal? Si le mal est sorti du bien,
vous tombez dans l'absurde. S'il n'y a pas de mal,
que deviennent les sociétés avec leurs lois? Partout
des précipices! partout un abîme pour la raison! Il
est donc une science sociale à refaire en entier.
Écoutez, mon oncle : tant qu'un beau génie n'aura

pas rendu compte de l'inégalité patente des intelligences, le sens général de l'humanité, le mot Dieu sera sans cesse mis en accusation, et la société reposera sur des sables mouvants. Le secret des différentes zones morales dans lesquelles transite l'homme se trouvera dans l'analyse de l'animalité tout entière. L'animalité n'a, jusqu'à présent, été considérée que par rapport à ses différences, et non dans ses similitudes ; dans ses apparences organiques, et non dans ses facultés. Les facultés animales se perfectionnent de proche en proche, suivant des lois à rechercher. Ces facultés correspondent à des forces qui les expriment, et ces forces sont essentiellement matérielles, divisibles. Des facultés matérielles ! Songez à ces deux mots. N'est-ce pas une question aussi insoluble que l'est celle de la communication du mouvement à la matière, abîme encore inexploré, dont les difficultés ont été plutôt déplacées que résolues par le système de Newton. Enfin la combinaison constante de la lumière avec tout ce qui vit sur la terre, veut un nouvel examen du globe. Le même animal ne se ressemble plus sous la Torride[33], dans l'Inde ou dans le Nord. Entre la verticalité et l'obliquité des rayons solaires, il se développe une nature dissemblable et pareille qui, la même dans son principe, ne se ressemble ni en deçà ni au-delà dans ses résultats. Le phénomène qui crève nos yeux dans le monde zoologique en comparant les papillons du Bengale aux papillons d'Europe est bien plus grand encore dans le monde moral. Il faut un angle facial déterminé, une certaine quantité de plis cérébraux pour obtenir Colomb, Raphaël, Napoléon, Laplace ou Beethoven; la vallée sans soleil donne le crétin; tirez vos conclusions? Pourquoi ces différences dues à la distillation plus ou moins heureuse de la lumière en l'homme? Ces grandes masses humaines souffrantes, plus ou moins actives, plus ou moins nourries, plus ou moins éclairées, constituent des difficultés à résoudre, et qui crient contre Dieu. Pourquoi dans l'extrême joie voulons-nous toujours quitter la terre, pourquoi l'envie de s'élever qui a saisi, qui saisira toute créature? Le mouvement est une grande âme dont l'alliance avec la matière est tout aussi difficile à expliquer que l'est la production de la pensée en l'homme. Aujourd'hui la science est une, il est impossible de toucher à la politique sans s'occuper de morale, et la morale tient à toutes les questions scientifiques. Il me semble que nous sommes à la veille d'une grande bataille humaine; les forces sont là; seulement, je ne vois pas de général. » ....

25 novembre.

« Croyez-moi, mon oncle, il est difficile de renoncer sans douleur à la vie qui nous est propre, je retourne à Blois avec un affreux saisissement de cœur. J'y mourrai en emportant des vérités utiles. Aucun intérêt personnel ne dégrade mes regrets. La gloire est-elle quelque chose à qui croit pouvoir aller dans une sphère supérieure? Je ne suis pris d'aucun amour pour les deux syllabes *Lam* et *bert* : prononcées avec vénération ou avec insouciance sur ma tombe, elles ne changeront rien à ma destinée ultérieure. Je me sens fort, énergique, et pourrais devenir une puissance; je sens en moi une vie si lumineuse qu'elle pourrait animer un monde, et je suis enfermé dans une sorte de minéral, comme y sont peut-être effectivement les couleurs que vous admirez au col des oiseaux de la presqu'île indienne. Il faudrait embrasser tout ce monde, l'étreindre pour le refaire; mais ceux qui l'ont ainsi étreint et refondu n'ont-ils pas commencé par être un rouage de la machine? moi, je serais broyé. A Mahomet le sabre, à Jésus la croix, à moi la mort obscure; demain à Blois, et quelques jours après dans un cercueil. Savez-vous pourquoi? Je suis revenu à Swedenborg, après avoir fait d'immenses études sur les religions et m'être démontré, par la lecture de tous les ouvrages que la patiente Allemagne, l'Angleterre et la France ont publiés depuis soixante ans, la profonde vérité des aperçus de ma jeunesse sur la Bible. Évidemment, Swedenborg résume toutes les religions, ou plutôt la seule religion de l'Humanité. Si les cultes ont eu des formes infinies, ni leur sens ni leur construction métaphysique n'ont jamais varié. Enfin l'homme n'a jamais eu qu'une religion. Le sivaïsme, le vichnouvisme et le brahmaïsme, les trois premiers cultes humains, nés au Tibet, dans la vallée de l'Indus et sur les vastes plaines du Gange, ont fini, quelque mille ans avant Jésus-Christ, leurs guerres, par l'adoption de la Trimourti hindoue. La Trimourti, c'est notre Trinité. De ce dogme sortent, en Perse, le magisme; en Égypte, les religions africaines et le mosaïsme; puis le cabirisme et le polythéisme gréco-romain. Pendant que ces irradiations de la Trimourti adaptent les mythes de l'Asie

aux imaginations de chaque pays où elles arrivent
conduites par des sages que les hommes trans-
forment en demi-dieux, Mithra, Bacchus, Hermès,
Hercule, etc., Bouddha, le célèbre réformateur des
trois religions primitives s'élève dans l'Inde et y
fonde son Église, qui compte encore aujourd'hui
deux cents millions de fidèles de plus que le
christianisme, et où sont venues se tremper les
vastes volontés de Christ et de Confucius. Le
christianisme lève sa bannière. Plus tard, Mahomet
fond le mosaïsme et le christianisme, la Bible et
l'Évangile en un livre, le Coran, où il les approprie
au génie des Arabes. Enfin Swedenborg reprend au
magisme, au brahmaïsme, au bouddhisme et au
mysticisme chrétien ce que ces quatre grandes
religions ont de commun, de réel, de divin, et rend
à leur doctrine une raison pour ainsi dire mathématique. Pour qui se jette dans ces fleuves religieux
dont tous les fondateurs ne sont pas connus, il est
prouvé que Zoroastre, Moïse, Bouddha, Confucius,
Jésus-Christ, Swedenborg ont eu les mêmes principes, et se sont proposé la même fin. Mais, le
dernier de tous, Swedenborg sera peut-être le
Bouddha du Nord. Quelque obscurs et diffus que
soient ses livres, il s'y trouve les éléments d'une
conception sociale grandiose. Sa théocratie est
sublime, et sa religion est la seule que puisse
admettre un esprit supérieur. Lui seul fait toucher
à Dieu, il en donne soif, il a dégagé la majesté de
Dieu des langes dans lesquels l'ont entortillée les
autres cultes humains; il l'a laissé là où il est, en
faisant graviter autour de lui ses créations innombrables et ses créatures par des transformations

successives qui sont un avenir plus immédiat, plus
naturel que ne l'est l'éternité catholique. Il a lavé
Dieu du reproche que lui font les âmes tendres sur
la pérennité des vengeances par lesquelles il punit
les fautes d'un instant, système sans justice ni
bonté. Chaque homme peut savoir s'il lui est
réservé d'entrer dans une autre vie, et si ce monde
a un sens. Cette expérience, je vais la tenter. Cette
tentative peut sauver le monde, aussi bien que la
croix de Jérusalem et le sabre de La Mecque. L'une
et l'autre sont fils du désert. Des trente-trois années
de Jésus, il n'en est que neuf de connues ; sa vie
silencieuse a préparé sa vie glorieuse. A moi aussi, il
me faut le désert [34] ! »

Malgré les difficultés de l'entreprise, j'ai cru
devoir essayer de peindre la jeunesse de Lambert,
cette vie cachée à laquelle je suis redevable des
seules bonnes heures et des seuls souvenirs
agréables de mon enfance. Hormis ces deux années,
je n'ai eu que troubles et ennuis. Si plus tard le
bonheur est venu, mon bonheur fut toujours
incomplet. J'ai été très diffus, sans doute ; mais
faute de pénétrer dans l'étendue du cœur et du
cerveau de Lambert, deux mots qui représentent
imparfaitement les modes infinis de sa *vie intérieure,* il serait presque impossible de comprendre
la seconde partie de son histoire intellectuelle,
également inconnue et au monde et à moi, mais
dont l'occulte dénouement s'est développé devant
moi pendant quelques heures. Ceux auxquels ce
livre ne sera pas encore tombé des mains comprendront, je l'espère, les événements qui me restent à

raconter, et qui forment en quelque sorte une
seconde existence à cette créature; pourquoi ne
dirais-je pas à cette création en qui tout devait être
extraordinaire, même sa fin?

Quand Louis fut de retour à Blois, son oncle
s'empressa de lui procurer des distractions. Mais ce
pauvre prêtre se trouvait dans cette ville dévote
comme un véritable lépreux. Personne ne se sou-
ciait de recevoir un révolutionnaire, un assermenté.
Sa société consistait donc en quelques personnes de
l'opinion dite alors libérale, patriote ou constitu-
tionnelle, chez lesquelles il se rendait pour faire sa
partie de wisth[35] ou de boston. Dans la première
maison où le présenta son oncle, Louis vit une
jeune personne que sa position forçait à rester dans
cette société réprouvée par les gens du grand
monde, quoique sa fortune fût assez considérable
pour faire supposer que plus tard elle pourrait
contracter une alliance dans la haute aristocratie du
pays. Mademoiselle Pauline de Villenoix se trouvait
seule héritière des richesses amassées par son
grand-père, un juif nommé Salomon, qui,
contrairement aux usages de sa nation, avait épousé
dans sa vieillesse une femme de la religion catholique. Il eut un fils élevé dans la communion de sa
mère. A la mort de son père, le jeune Salomon
acheta, suivant l'expression du temps, une savonnette à vilain, et fit ériger en baronnie la terre de
Villenoix, dont le nom devint le sien. Il était mort
sans avoir été marié, mais en laissant une fille
naturelle à laquelle il avait légué la plus grande
partie de sa fortune, et notamment sa terre de
Villenoix. Un de ses oncles, monsieur Joseph

Salomon, fut nommé par monsieur de Villenoix tuteur de l'orpheline. Ce vieux juif avait pris une telle affection pour sa pupille, qu'il paraissait vouloir faire de grands sacrifices afin de la marier honorablement. Mais l'origine de mademoiselle de Villenoix et les préjugés que l'on conserve en province contre les juifs ne lui permettaient pas, malgré sa fortune et celle de son tuteur, d'être reçue dans cette société tout exclusive qui s'appelle, à tort ou à raison, la noblesse. Cependant monsieur Joseph Salomon prétendait qu'à défaut d'un hobereau de province, sa pupille irait choisir à Paris un époux parmi les pairs libéraux ou monarchiques; et quant à son bonheur, le bon tuteur croyait pouvoir le lui garantir par les stipulations du contrat de mariage. Mademoiselle de Villenoix avait alors vingt ans. Sa beauté remarquable, les grâces de son esprit étaient pour sa félicité des garanties moins équivoques que toutes celles données par la fortune. Ses traits offraient dans sa plus grande pureté le caractère de la beauté juive : ces lignes ovales, si larges et si virginales qui ont je ne sais quoi d'idéal, et respirent les délices de l'Orient, l'azur inaltérable de son ciel, les splendeurs de sa terre et les fabuleuses richesses de sa vie. Elle avait de beaux yeux voilés par de longues paupières frangées de cils épais et recourbés. Une innocence biblique éclatait sur son front. Son teint avait la blancheur mate des robes du lévite. Elle restait habituellement silencieuse et recueillie; mais ses gestes, ses mouvements témoignaient d'une grâce cachée, de même que ses paroles attestaient l'esprit doux et caressant de la femme. Cependant elle n'avait pas cette

fraîcheur rosée, ces couleurs purpurines qui
décorent les joues de la femme pendant son âge
d'insouciance. Des nuances brunes, mélangées de
quelques filets rougeâtres, remplaçaient dans son
visage la coloration, et trahissaient un caractère
énergique, une irritabilité nerveuse que beaucoup
d'hommes n'aiment pas à trouver dans une femme,
mais qui, pour certains autres, sont l'indice d'une
chasteté de sensitive et de passions fières. Aussitôt
que Lambert aperçut mademoiselle de Villenoix, il
devina l'ange sous cette forme. Les riches facultés
de son âme, sa pente vers l'extase, tout en lui se
résolut alors par un amour sans bornes, par le
premier amour du jeune homme, passion déjà si
vigoureuse chez les autres, mais que la vivace
ardeur de ses sens, la nature de ses idées et son
genre de vie durent porter à une puissance incalcu-
lable. Cette passion fut un abîme où le malheureux
jeta tout, abîme où la pensée s'effraie de descendre,
puisque la sienne, si flexible et si forte, s'y perdit.
Là tout est mystère, car tout se passa dans ce
monde moral, clos pour la plupart des hommes, et
dont les lois lui furent peut-être révélées pour son
malheur. Lorsque le hasard me mit en relation avec
son oncle, le bonhomme m'introduisit dans la
chambre habitée à cette époque par Lambert. Je
voulais y chercher quelques traces de ses œuvres,
s'il en avait laissé. Là, parmi des papiers dont le
désordre était respecté par ce vieillard avec cet
exquis sentiment des douleurs qui distingue les
vieilles gens, je trouvai plusieurs lettres trop illi-
sibles pour avoir été remises à mademoiselle de
Villenoix. La connaissance que je possédais de

l'écriture de Lambert me permit, à l'aide du temps, de déchiffrer les hiéroglyphes de cette sténographie créée par l'impatience et par la frénésie de la passion. Emporté par ses sentiments, il écrivait sans s'apercevoir de l'imperfection des lignes trop lentes à formuler sa pensée. Il avait dû être obligé de recopier ses essais informes où souvent les lignes se confondaient; mais peut-être aussi craignait-il de ne pas donner à ses idées des formes assez décevantes : et, dans le commencement s'y prenait-il à deux fois pour ses lettres d'amour. Quoi qu'il en soit, il a fallu toute l'ardeur de mon culte pour sa mémoire, et l'espèce de fanatisme que donne une entreprise de ce genre pour deviner et rétablir le sens des cinq lettres qui suivent. Ces papiers que je conserve avec une sorte de piété, sont les seuls témoignages matériels de son ardente passion. Mademoiselle de Villenoix a sans doute détruit les véritables lettres qui lui furent adressées, fastes éloquents du délire qu'elle causa. La première de ces lettres, qui était évidemment ce qu'on nomme un brouillon, attestait par sa forme et par son ampleur ces hésitations, ces troubles du cœur, ces craintes sans nombre éveillées par l'envie de plaire, ces changements d'expression et ces incertitudes entre toutes les pensées qui assaillent un jeune homme écrivant sa première lettre d'amour : lettre dont on se souvient toujours, dont chaque phrase est le fruit d'une rêverie, dont chaque mot excite de longues contemplations, où le sentiment le plus effréné de tous comprend la nécessité des tournures les plus modestes, et, comme un géant qui se courbe pour entrer dans une chaumière, se fait humble et

petit pour ne pas effrayer une âme de jeune fille.
Jamais antiquaire [36] n'a manié ses palimpsestes avec
plus de respect que je n'en eus à étudier, à
reconstruire ces monuments mutilés d'une souffrance et d'une joie si sacrées pour ceux qui ont
connu la même souffrance et la même joie.

I

« Mademoiselle, quand vous aurez lu cette lettre,
si toutefois vous la lisez, ma vie sera entre vos mains,
car je vous aime; et, pour moi, espérer d'être aimé,
c'est la vie. Je ne sais si d'autres n'ont point, en
vous parlant d'eux, abusé déjà des mots que
j'emploie ici pour vous peindre l'état de mon âme;
croyez cependant à la vérité de mes expressions,
elles sont faibles mais sincères. Peut-être est-ce mal
d'avouer ainsi son amour? Oui, la voix de mon cœur
me conseillait d'attendre en silence que ma passion
vous eût touchée, afin de la dévorer, si ses muets
témoignages vous déplaisent; ou pour l'exprimer
plus chastement encore que par des paroles, si je
trouvais grâce à vos yeux. Mais après avoir longtemps écouté les délicatesses desquelles s'effraie un
jeune cœur, j'ai obéi, en vous écrivant, à l'instinct
qui arrache des cris inutiles aux mourants. J'ai eu
besoin de tout mon courage pour imposer silence à
la fierté du malheur et pour franchir les barrières
que les préjugés mettent entre vous et moi. J'ai dû
comprimer bien des pensées pour vous aimer malgré votre fortune! Pour vous écrire, ne fallait-il pas
affronter ce mépris que les femmes réservent

souvent à des amours dont l'aveu ne s'accepte que comme une flatterie de plus ? Aussi faut-il s'élancer de toutes ses forces vers le bonheur, être attiré vers la vie de l'amour comme l'est une plante vers la lumière, avoir été bien malheureux pour vaincre les tortures, les angoisses de ces délibérations secrètes où la raison nous démontre de mille manières la stérilité des vœux cachés au fond du cœur, et où cependant l'espérance nous fait tout braver. J'étais si heureux de vous admirer en silence, j'étais si complètement abîmé dans la contemplation de votre belle âme, qu'en vous voyant je n'imaginais presque rien au-delà. Non, je n'aurais pas encore osé vous parler, si je n'avais entendu annoncer votre départ. A quel supplice un seul mot m'a livré ! Enfin mon chagrin m'a fait apprécier l'étendue de mon attachement pour vous, il est sans bornes. Mademoiselle, vous ne connaîtrez jamais, du moins je désire que jamais vous n'éprouviez la douleur causée par la crainte de perdre le seul bonheur qui soit éclos pour nous sur cette terre, le seul qui nous ait jeté quelque lueur dans l'obscurité de la misère. Hier, j'ai senti que ma vie n'était plus en moi, mais en vous. Il n'est plus pour moi qu'une femme dans le monde, comme il n'est plus qu'une seule pensée dans mon âme. Je n'ose vous dire à quelle alternative me réduit l'amour que j'ai pour vous. Ne voulant vous devoir qu'à vous-même, je dois éviter de me présenter accompagné de tous les prestiges du malheur : ne sont-ils pas plus actifs que ceux de la fortune sur de nobles âmes ? Je vous tairai donc bien des choses. Oui, j'ai une idée trop belle de l'amour pour le corrompre par des pensées

étrangères à sa nature. Si mon âme est digne de la
vôtre, si ma vie est pure, votre cœur en aura
quelque généreux pressentiment, et vous me com-
prendrez! Il est dans la destinée de l'homme de
s'offrir à celle qui le fait croire au bonheur; mais
votre droit est de refuser le sentiment le plus vrai,
s'il ne s'accorde pas avec les voix confuses de votre
cœur : je le sais. Si le sort que vous me ferez doit
être contraire à mes espérances, mademoiselle,
j'invoque les délicatesses de votre âme vierge, aussi
bien que l'ingénieuse pitié de la femme. Ah! je vous
en supplie à genoux, brûlez ma lettre, oubliez tout.
Ne plaisantez pas d'un sentiment respectueux et
trop profondément empreint dans l'âme pour pouvoir s'en effacer. Brisez mon cœur, mais ne le
déchirez pas! Que l'expression de mon premier
amour, d'un amour jeune et pur, n'ait retenti que
dans un cœur jeune et pur! qu'il y meure comme
une prière va se perdre dans le sein de Dieu! Je
vous dois de la reconnaissance : j'ai passé des
heures délicieuses occupé à vous voir en m'aban-
donnant aux rêveries les plus douces de ma vie; ne
couronnez donc pas cette longue et passagère
félicité par quelque moquerie de jeune fille.
Contentez-vous de ne pas me répondre. Je saurai
bien interpréter votre silence, et vous ne me verrez
plus. Si je dois être condamné à toujours comprendre le bonheur et à le perdre toujours; si je
suis, comme l'ange exilé, conservant le sentiment
des délices célestes, mais sans cesse attaché dans un
monde de douleur; eh! bien, je garderai le secret de
mon amour, comme celui de mes misères. Et,
adieu! Oui, je vous confie à Dieu, que j'implorerai

pour vous, à qui je demanderai de vous faire une belle vie; car, fussé-je chassé de votre cœur, où je suis entré furtivement à votre insu, je ne vous quitterai jamais. Autrement, quelle valeur auraient les paroles saintes de cette lettre, ma première et ma dernière prière peut-être? Si je cessais un jour de penser à vous, de vous aimer, heureux ou malheureux! ne mériterais-je pas mes angoisses? »

II

« Vous ne partez pas! Je suis donc aimé! moi, pauvre être obscur. Ma chère Pauline, vous ne connaissez pas la puissance du regard auquel je crois, et que vous m'avez jeté pour m'annoncer que j'avais été choisi par vous, par vous, jeune et belle, qui voyez le monde à vos pieds. Pour vous faire comprendre mon bonheur, il faudrait vous raconter ma vie. Si vous m'eussiez repoussé, pour moi tout était fini. J'avais trop souffert. Oui, mon amour, ce bienfaisant et magnifique amour était un dernier effort vers la vie heureuse à laquelle mon âme tendait, une âme déjà brisée par des travaux inutiles, consumée par des craintes qui me font douter de moi, rongée par des désespoirs qui m'ont souvent persuadé de mourir. Non, personne dans le monde ne sait la terreur que ma fatale imagination me cause à moi-même. Elle m'élève souvent dans les cieux, et tout à coup me laisse tomber à terre d'une hauteur prodigieuse. D'intimes élans de force, quelques rares et secrets témoignages d'une lucidité particulière, me disent parfois que je puis beaucoup. J'enveloppe alors le monde par ma pensée, je le pétris, je le façonne, je le pénètre, je le comprends ou crois le comprendre; mais soudain je me réveille seul, et me trouve dans une nuit profonde, tout chétif; j'oublie les lueurs que je viens d'entrevoir, je suis privé de secours, et surtout sans un cœur où je puisse me réfugier! Ce malheur de ma vie morale agit également sur mon existence physique. La nature de mon esprit m'y livre sans défense aux joies du bonheur comme aux affreuses clartés de la réflexion qui les détruisent en les analysant. Doué de la triste faculté de voir avec une même lucidité les obstacles et les succès, suivant ma croyance du moment, je suis heureux ou malheureux. Ainsi, lorsque je vous rencontrai, j'eus le pressentiment d'une nature angélique, je respirai l'air favorable à ma brûlante poitrine, j'entendis en moi cette voix qui ne trompe jamais, et qui m'avertissait d'une vie heureuse; mais apercevant aussi toutes les barrières qui nous séparaient, je devinai pour la première fois les préjugés du monde, je les compris alors dans toute l'étendue de leur petitesse, et les obstacles m'effrayèrent encore plus que la vue du bonheur ne m'exaltait : aussitôt, je ressentis cette réaction terrible par laquelle mon âme expansive est refoulée sur elle-même, le sourire que vous aviez fait naître sur mes lèvres se changea tout à coup en contraction amère, et je tâchai de rester froid pendant que mon sang bouillonnait agité par mille sentiments contraires. Enfin, je reconnus cette sensation mordante à laquelle vingt-trois années pleines de soupirs réprimés et d'expansions trahies ne m'ont pas encore habitué. Eh! bien,

Pauline, le regard par lequel vous m'avez annoncé le bonheur a tout à coup réchauffé ma vie et changé mes misères en félicités. Je voudrais maintenant avoir souffert davantage. Mon amour s'est trouvé grand tout à coup. Mon âme était un vaste pays auquel manquaient les bienfaits du soleil, et votre regard y a jeté soudain la lumière. Chère providence! vous serez tout pour moi, pauvre orphelin qui n'ai d'autre parent que mon oncle. Vous serez toute ma famille, comme vous êtes déjà ma seule richesse, et le monde entier pour moi. Ne m'avez-vous pas jeté toutes les fortunes de l'homme par ce chaste, par ce prodigue, par ce timide regard? Oui, vous m'avez donné une confiance, une audace incroyables. Je puis tout tenter maintenant. J'étais revenu à Blois, découragé. Cinq ans d'études au milieu de Paris m'avaient montré le monde comme une prison. Je concevais des sciences entières et n'osais en parler. La gloire me semblait un charlatanisme auquel une âme vraiment grande ne devait pas se prêter. Mes idées ne pouvaient donc passer que sous la protection d'un homme assez hardi pour monter sur les tréteaux de la presse, et parler d'une voix haute aux niais qu'il méprise. Cette intrépidité me manquait. J'allais, brisé par les arrêts de cette foule, désespérant d'être jamais écouté par elle. J'étais et trop bas et trop haut! Je dévorais mes pensées comme d'autres dévorent leurs humiliations. J'en étais arrivé à mépriser la science, en lui reprochant de ne rien ajouter au bonheur réel. Mais depuis hier, en moi tout est changé. Pour vous je convoite les palmes de la gloire et tous les triomphes du talent. Je veux, en apportant ma tête

sur vos genoux, y faire reposer les regards du
monde, comme je veux mettre dans mon amour
toutes les idées, tous les pouvoirs! La plus immense
des renommées est un bien que nulle puissance
autre que celle du génie ne saurait créer. Eh! bien,
je puis, si je le veux, vous faire un lit de lauriers.
Mais si les paisibles ovations de la science ne vous
satisfaisaient pas, je porte en moi le Glaive et la
Parole, je saurai courir dans la carrière des hon-
neurs et de l'ambition comme d'autres s'y traînent!
Parlez, Pauline, je serai tout ce que vous voudrez
que je sois. Ma volonté de fer peut tout. Je suis
aimé! Armé de cette pensée, un homme ne doit-il
pas faire tout plier devant lui? Tout est possible à
celui qui veut tout. Soyez le prix du succès, et
demain j'entre en lice. Pour obtenir un regard
comme celui que vous m'avez jeté, je franchirais le
plus profond des précipices. Vous m'avez expliqué
les fabuleuses entreprises de la chevalerie, et les
plus capricieux récits des *Mille et une Nuits*.
Maintenant, je crois aux plus fantastiques exagéra-
tions de l'amour, et à la réussite de tout ce
qu'entreprennent les prisonniers pour conquérir la
liberté. Vous avez réveillé mille vertus endormies
dans mon être : la patience, la résignation, toutes
les forces du cœur, toutes les puissances de l'âme.
Je vis par vous, et, pensée délicieuse, pour vous.
Maintenant tout a un sens, pour moi, dans cette
vie. Je comprends tout, même les vanités de la
richesse. Je me surprends à verser toutes les perles
de l'Inde à vos pieds; je me plais à vous voir
couchée, ou parmi les plus belles fleurs, ou sur le
plus moelleux des tissus, et toutes les splendeurs de

la terre me semblent à peine dignes de vous, en
faveur de qui je voudrais pouvoir disposer des
accords et des lumières que prodiguent les harpes
des séraphins et les étoiles dans les cieux. Pauvre
studieux poète! ma parole vous offre des trésors
que je n'ai pas, tandis que je ne puis vous donner
que mon cœur, où vous régnerez toujours. Là sont
tous mes biens. Mais n'existe-t-il donc pas des
trésors dans une éternelle reconnaissance, dans un
sourire dont les expressions seront incessamment
variées par un immuable bonheur, dans l'attention
constante de mon amour à deviner les vœux de
votre âme aimante? Un regard céleste ne nous a-t-il
pas dit que nous pourrions toujours nous entendre?
J'ai donc maintenant une prière à faire tous les soirs
à Dieu, prière pleine de vous : — « Faites que ma
Pauline soit heureuse! » Mais ne remplirez-vous
donc pas mes jours, comme déjà vous remplissez
mon cœur? Adieu, je ne puis vous confier qu'à
Dieu! »

III

« Pauline! dis-moi si j'ai pu te déplaire en quelque chose, hier? Abjure cette fierté de cœur qui
fait endurer secrètement les peines causées par un
être aimé. Gronde-moi! Depuis hier je ne sais
quelle crainte vague de t'avoir offensée répand de la
tristesse sur cette vie du cœur que tu m'as faite si
douce et si riche. Souvent le plus léger voile qui
s'interpose entre deux âmes devient un mur d'ai-
rain. Il n'est pas de légers crimes en amour! Si vous

avez tout le génie de ce beau sentiment, vous devez
en ressentir toutes les souffrances, et nous devons
veiller sans cesse à ne pas vous froisser par quelque
parole étourdie. Aussi, mon cher trésor, sans doute
la faute vient-elle de moi, s'il y a faute. Je n'ai pas
l'orgueil de comprendre un cœur de femme dans
toute l'étendue de sa tendresse, dans toutes les
grâces de ses dévouements; seulement, je tâcherai
de toujours deviner le prix de ce que tu voudras me
révéler dans les secrets du tien. Parle-moi, réponds-
moi, promptement? La mélancolie dans laquelle
nous jette le sentiment d'un tort est bien affreuse,
elle enveloppe la vie et fait douter de tout. Je suis
resté pendant cette matinée assis sur le bord du
chemin creux, voyant les tourelles de Villenoix, et
n'osant aller jusqu'à notre haie. Si tu savais tout ce
que j'ai vu dans mon âme! quels tristes fantômes
ont passé devant moi, sous ce ciel gris dont le froid
aspect augmentait encore mes sombres dispositions.
J'ai eu de sinistres pressentiments. J'ai eu peur de
ne pas te rendre heureuse. Il faut tout te dire, ma
chère Pauline. Il se rencontre des moments où
l'esprit qui m'anime semble se retirer de moi. Je
suis comme abandonné par ma force. Tout me pèse
alors, chaque fibre de mon corps devient inerte,
chaque sens se détend, mon regard s'amollit, ma
langue est glacée, l'imagination s'éteint, les désirs
meurent, et ma force humaine subsiste seule. Tu
serais alors là dans toute la gloire de ta beauté, tu
me prodiguerais tes plus fins sourires et tes plus
tendres paroles, il s'élèverait une puissance mauvaise qui m'aveuglerait, et me traduirait en sons
discords la plus ravissante des mélodies. En ces

moments, du moins je le crois, se dresse devant moi
je ne sais quel génie raisonneur qui me fait voir le
néant au fond des plus certaines richesses. Ce
démon impitoyable fauche toutes les fleurs, ricane
des sentiments les plus doux, en me disant : « Eh!
bien, après? » Il flétrit la plus belle œuvre en m'en
montrant le principe, et me dévoile le mécanisme
des choses en m'en cachant les résultats harmo-
nieux. En ces moments terribles où le mauvais ange
s'empare de mon être, où la lumière divine s'obscurcit en mon âme sans que j'en sache la cause, je
reste triste et je souffre, je voudrais être sourd et
muet, je souhaite la mort en y voyant un repos. Ces
heures de doute et d'inquiétude sont peut-être
nécessaires; elles m'apprennent du moins à ne pas
avoir d'orgueil, après les élans qui m'ont porté dans
les cieux où je moissonne les idées à pleines mains;
car c'est toujours après avoir longtemps parcouru
les vastes campagnes de l'intelligence, après des
méditations lumineuses que, lassé, fatigué, je roule
en ces limbes. En ce moment, mon ange, une
femme devrait douter de ma tendresse, elle le
pourrait du moins. Souvent capricieuse, maladive
ou triste, elle réclamera les caressants trésors d'une
ingénieuse tendresse, et je n'aurai pas un regard
pour la consoler! J'ai la honte, Pauline, de t'avouer
qu'alors je pourrais pleurer avec toi, mais que rien
ne m'arracherait un sourire. Et cependant, une
femme trouve dans son amour la force de taire ses
douleurs! Pour son enfant, comme pour celui
qu'elle aime, elle sait rire en souffrant. Pour toi,
Pauline, ne pourrais-je donc imiter la femme dans ses
sublimes délicatesses? Depuis hier je doute de moi-

même. Si j'ai pu te déplaire une fois, si je ne t'ai pas comprise, je tremble d'être emporté souvent ainsi par mon fatal démon hors de notre bonne sphère. Si j'avais beaucoup de ces moments affreux, si mon amour sans bornes ne savait pas racheter les heures mauvaises de ma vie, si j'étais destiné à demeurer tel que je suis?... Fatales questions! la puissance est un bien fatal présent, si toutefois ce que je sens en moi est la puissance. Pauline, éloigne-toi de moi, abandonne-moi! je préfère souffrir tous les maux de la vie à la douleur de te savoir malheureuse par moi. Mais peut-être le démon n'a-t-il pris autant d'empire sur mon âme que parce qu'il ne s'est point encore trouvé près de moi de mains douces et blanches pour le chasser. Jamais une femme ne m'a versé le baume de ses consolations, et j'ignore si, lorsqu'en ces moments de lassitude, l'amour agitera ses ailes au-dessus de ma tête, il ne répandra pas dans mon cœur de nouvelles forces. Peut-être ces cruelles mélancolies sont-elles un fruit de ma solitude, une des souffrances de l'âme abandonnée qui gémit et paie ses trésors par des douleurs inconnues. Aux légers plaisirs, les légères souffrances; aux immenses bonheurs, des maux inouïs. Quel arrêt! S'il était vrai, ne devons-nous pas frissonner pour nous, qui sommes surhumainement heureux. Si la nature nous vend les choses selon leur valeur, dans quel abîme allons-nous donc tomber? Ah! les amants les plus richement partagés sont ceux qui meurent ensemble au milieu de leur jeunesse et de leur amour! Quelle tristesse! Mon âme pressent-elle un méchant avenir? Je m'examine, et me demande s'il

se trouve quelque chose en moi qui doive t'apporter
le plus léger souci? Je t'aime peut-être en égoïste?
Je mettrai peut-être sur ta chère tête un fardeau
plus pesant que ma tendresse ne sera douce à ton
cœur. S'il existe en moi quelque puissance inexo-
rable à laquelle j'obéis, si je dois maudire quand tu
joindras les mains pour prier, si quelque triste
pensée me domine lorsque je voudrai me mettre à
tes pieds pour jouer avec toi comme un enfant, ne
seras-tu pas jalouse de cet exigeant et fantasque
génie? Comprends-tu bien, cœur à moi, que j'ai
peur de n'être pas tout à toi, que j'abdiquerais
volontiers tous les sceptres, toutes les palmes du
monde pour faire de toi mon éternelle pensée; pour
voir, dans notre délicieux amour, une belle vie et un
beau poème; pour y jeter mon âme, y engloutir mes
forces, et demander à chaque heure les joies qu'elle
nous doit? Mais voilà que reviennent en foule mes
souvenirs d'amour, les nuages de ma tristesse vont
se dissiper. Adieu. Je te quitte pour être mieux à toi.
Mon âme chérie, j'attends un mot, une parole qui
me rende la paix du cœur. Que je sache si j'ai
contristé ma Pauline, ou si quelque douteuse
expression de ton visage m'a trompé. Je ne voudrais
pas avoir à me reprocher, après toute une vie
heureuse, d'être venu vers toi sans un sourire plein
d'amour, sans une parole de miel. Affliger la femme
que l'on aime! pour moi, Pauline, c'est un crime.
Dis-moi la vérité, ne me fais pas quelque généreux
mensonge, mais désarme ton pardon de toute
cruauté. »

FRAGMENT.

« Un attachement si complet est-il un bonheur?
Oui, car des années de souffrance ne paieraient pas
une heure d'amour. Hier, ton apparente tristesse a
passé dans mon âme avec la rapidité d'une ombre
qui se projette. Étais-tu triste ou souffrais-tu? J'ai
souffert. D'où venait ce chagrin? Écris-moi vite.
Pourquoi ne l'ai-je pas deviné? Nous ne sommes
donc pas encore complètement unis par la pensée?
Je devrais, à deux lieues de toi comme à mille,
ressentir tes peines et tes douleurs. Je ne croirai pas
t'aimer tant que ma vie ne sera pas assez intimement liée à la tienne pour que nous ayons la même
vie, le même cœur, la même idée. Je dois être où tu
es, voir ce que tu vois, ressentir ce que tu ressens,
et te suivre par la pensée. N'ai-je pas déjà su, le
premier, que ta voiture avait versé, que tu étais
meurtrie? Mais aussi ce jour-là ne t'avais-je pas
quittée, je te voyais. Quand mon oncle m'a demandé
pourquoi je pâlissais, je lui ai dit : « Mademoiselle
de Villenoix vient de tomber! » Pourquoi donc
n'ai-je pas lu dans ton âme, hier? Voulais-tu me
cacher la cause de ce chagrin? Cependant j'ai cru
deviner que tu avais fait en ma faveur quelques
efforts malheureux auprès de ce redoutable Salomon qui me glace. Cet homme n'est pas de notre
ciel. Pourquoi veux-tu que notre bonheur, qui ne
ressemble en rien à celui des autres, se conforme
aux lois du monde? Mais j'aime trop tes mille
pudeurs, ta religion, tes superstitions, pour ne pas
obéir à tes moindres caprices. Ce que tu fais doit

être bien ; rien n'est plus pur que ta pensée, comme rien n'est plus beau que ton visage où se réfléchit ton âme divine. J'attendrai ta lettre avant d'aller par les chemins chercher le doux moment que tu m'accordes. Ah ! si tu savais combien l'aspect des tourelles me fait palpiter, quand enfin je les vois bordées de lueur par la lune, notre amie, notre seule confidente. »

IV

« Adieu la gloire, adieu l'avenir, adieu la vie que je rêvais ! Maintenant, ma tant aimée, ma gloire est d'être à toi, digne de toi ; mon avenir est tout entier dans l'espérance de te voir ; et ma vie ? n'est-ce pas de rester à tes pieds, de me coucher sous tes regards, de respirer en plein dans les cieux que tu m'as créés ? Toutes mes forces, toutes mes pensées doivent t'appartenir, à toi qui m'as dit ces enivrantes paroles : « Je veux tes peines ! » Ne serait-ce pas dérober des joies à l'amour, des moments au bonheur, des sentiments à ton âme divine, que de donner des heures à l'étude, des idées au monde, des poésies aux poètes ? Non, non, chère vie à moi, je veux tout te réserver, je veux t'apporter toutes les fleurs de mon âme. Existe-t-il rien d'assez beau, d'assez splendide dans les trésors de la terre et de l'intelligence pour fêter un cœur aussi riche, un cœur aussi pur que le tien, et auquel j'ose allier le mien, parfois ? Oui, parfois j'ai l'orgueil de croire que je sais aimer autant que tu aimes. Mais non, tu es un *ange-femme :* il se rencontrera toujours plus

de charme dans l'expression de tes sentiments, plus
d'harmonie dans ta voix, plus de grâce dans tes
sourires, plus de pureté dans tes regards que dans
les miens. Oui, laisse-moi penser que tu es une
création d'une sphère plus élevée que celle où je
vis; tu auras l'orgueil d'en être descendue, j'aurai
celui de t'avoir méritée, et tu ne seras peut-être pas
déchue en venant à moi, pauvre et malheureux.
Oui, si le plus bel asile d'une femme est un cœur
tout à elle, tu seras toujours souveraine dans le
mien. Aucune pensée, aucune action ne ternira
jamais ce cœur, riche sanctuaire, tant que tu
voudras y résider; mais n'y demeureras-tu pas sans
cesse? Ne m'as-tu pas dit ce mot délicieux:
Maintenant et toujours! ET NUNC ET SEMPER[37]!
J'ai gravé sous ton portrait ces paroles du Rituel,
dignes de toi, comme elles sont dignes de Dieu. Il
est *et maintenant et toujours,* comme sera mon
amour. Non, non, je n'épuiserai jamais ce qui est
immense, infini, sans bornes; et tel est le sentiment
que je sens en moi pour toi, j'en ai deviné
l'incommensurable étendue, comme nous devinons
l'espace, par la mesure d'une de ses parties. Ainsi,
j'ai eu des jouissances ineffables, des heures
entières pleines de méditations voluptueuses en me
rappelant un seul de tes gestes, ou l'accent d'une
phrase. Il naîtra donc des souvenirs sous le poids
desquels je succomberai, si déjà la souvenance
d'une heure douce et familière me fait pleurer de
joie, attendrit, pénètre mon âme, et devient une
intarissable source de bonheur. Aimer, c'est la vie
de l'ange! Il me semble que je n'épuiserai jamais le
plaisir que j'éprouve à te voir. Ce plaisir, le plus

modeste de tous, mais auquel le temps manque
toujours, m'a fait connaître les éternelles contemplations dans lesquelles restent les Séraphins et les
Esprits devant Dieu : rien n'est plus naturel, s'il
émane de son essence une lumière aussi fertile en
sentiments nouveaux que l'est celle de tes yeux, de
ton front imposant, de ta belle physionomie, céleste
image de ton âme ; l'âme, cet autre nous-mêmes
dont la forme pure, ne périssant jamais, rend alors
notre amour immortel. Je voudrais qu'il existât un
langage autre que celui dont je me sers, pour
t'exprimer les reconnaissantes délices de mon amour ;
mais s'il en est un que nous avons créé, si nos
regards sont de vivantes paroles, ne faut-il pas nous
voir pour entendre par les yeux ces interrogations
et ces réponses du cœur si vives, si pénétrantes, que
tu m'as dit un soir : — « Taisez-vous ! » quand je ne
parlais pas. T'en souviens-tu, ma chère vie ? De
loin, quand je suis dans les ténèbres de l'absence,
ne suis-je pas forcé d'employer des mots humains
trop faibles pour rendre des sensations divines ? les
mots accusent au moins les sillons qu'elles tracent
dans mon âme, comme le mot Dieu résume
imparfaitement les idées que nous avons de ce
mystérieux principe. Encore, malgré la science et
l'infini du langage, n'ai-je jamais rien trouvé dans
ses expressions qui pût te peindre la délicieuse
étreinte par laquelle ma vie se fond dans la tienne
quand je pense à toi. Puis, par quel mot finir,
lorsque je cesse de t'écrire sans pour cela te quitter ?
Que signifie adieu, à moins de mourir ? Mais la
mort serait-elle un adieu ? Mon âme ne se réunirait-
elle pas alors plus intimement à la tienne ? O mon

éternelle pensée! naguère je t'offris à genoux mon
cœur et ma vie; maintenant, quelles nouvelles
fleurs de sentiment trouverai-je donc en mon âme,
que je ne t'aie données? Ne serait-ce pas t'envoyer
une parcelle du bien que tu possèdes entièrement?
N'es-tu pas mon avenir? Combien je regrette le
passé! Ces années qui ne nous appartiennent plus,
je voudrais te les rendre toutes, et t'y faire régner
comme tu règnes sur ma vie actuelle. Mais qu'est-
ce que le temps de mon existence où je ne te
connaissais pas? Ce serait le néant, si je n'avais pas
été si malheureux. »

FRAGMENT.

« Ange aimé, quelle douce soirée que celle d'hier!
Combien de richesses dans ton cher cœur? ton
amour est donc inépuisable, comme le mien?
Chaque mot m'apportait de nouvelles joies, et
chaque regard en étendait la profondeur. L'expression calme de ta physionomie donnait un horizon
sans bornes à nos pensées. Oui, tout était alors
infini comme le ciel, et doux comme son azur. La
délicatesse de tes traits adorés se reproduisait, je ne
sais par quelle magie, dans tes gentils mouvements,
dans tes gestes menus. Je savais bien que tu étais
tout grâce et tout amour, mais j'ignorais combien tu
étais diversement gracieuse. Tout s'accordait à me
conseiller ces voluptueuses sollicitations, à me faire
demander ces premières grâces qu'une femme
refuse toujours, sans doute pour se les laisser ravir.
Mais non, toi, chère âme de ma vie, tu ne sauras

jamais d'avance ce que tu pourras accorder à mon
amour, et tu te donneras sans le vouloir peut-être!
Tu es vraie, et n'obéis qu'à ton cœur. Comme la
douceur de ta voix s'alliait aux tendres harmonies
de l'air pur et des cieux tranquilles! Pas un cri
d'oiseau, pas une brise; la solitude et nous! Les
feuillages immobiles ne tremblaient même pas dans
ces admirables couleurs du couchant qui sont tout à
la fois ombre et lumière. Tu as senti ces poésies
célestes, toi qui unissais tant de sentiments divers,
et reportais si souvent tes yeux vers le ciel pour ne
pas me répondre! Toi, fière et rieuse, humble et
despotique, te donnant tout entière en âme, en
pensée, et te dérobant à la plus timide des caresses!
Chères coquetteries du cœur! elles vibrent toujours
dans mon oreille, elles s'y roulent et s'y jouent
encore, ces délicieuses paroles à demi bégayées
comme celles des enfants, et qui n'étaient ni des
promesses, ni des aveux, mais qui laissaient à
l'amour ses belles espérances sans craintes et sans
tourments! Quel chaste souvenir dans la vie! Quel
épanouissement de toutes les fleurs qui naissent au
fond de l'âme, et qu'un rien peut flétrir, mais
qu'alors tout animait et fécondait! Ce sera toujours
ainsi, n'est-ce pas, mon aimée? En me rappelant, au
matin, les vives et fraîches douceurs qui sourdirent
en ce moment, je me sens dans l'âme un bonheur
qui me fait concevoir le véritable amour comme un
océan de sensations éternelles et toujours neuves,
où l'on se plonge avec de croissantes délices.
Chaque jour, chaque parole, chaque caresse,
chaque regard doit y ajouter le tribut de sa joie
écoulée. Oui, les cœurs assez grands pour ne rien

oublier doivent vivre, à chaque battement, de
toutes leurs félicités passées, comme de toutes celles
que promet l'avenir. Voilà ce que je rêvais autrefois, et ce n'est plus un rêve aujourd'hui. N'ai-je
pas rencontré sur cette terre un ange qui m'en a fait
connaître toutes les joies pour me récompenser
peut-être d'en avoir supporté toutes les douleurs?
Ange du ciel, je te salue par un baiser.

Je t'envoie cette hymne échappée à mon cœur,
je te la devais; mais elle te peindra difficilement
ma reconnaissance et ces prières matinales que
mon cœur adresse chaque jour à celle qui m'a dit
tout l'évangile du cœur dans ce mot divin:
« Croyez! »

V

« Comment, cœur chéri, plus d'obstacles! Nous
serons libres d'être l'un à l'autre, chaque jour, à
chaque heure, chaque moment, toujours. Nous
pourrons rester, pendant toutes les journées de
notre vie, heureux comme nous le sommes furtivement en de rares instants! Quoi! nos sentiments si
purs, si profonds, prendront les formes délicieuses
des mille caresses que j'ai rêvées. Ton petit pied se
déchaussera pour moi, tu seras toute à moi! Ce
bonheur me tue, il m'accable. Ma tête est trop
faible, elle éclate sous la violence de mes pensées. Je
pleure et je ris, j'extravague. Chaque plaisir est
comme une flèche ardente, il me perce et me brûle!
Mon imagination te fait passer devant mes yeux
ravis, éblouis, sous les innombrables et capricieuses

figures qu'affecte la volupté. Enfin, toute notre vie
est là, devant moi, avec ses torrents, ses repos, ses
joies ; elle bouillonne, elle s'étale, elle dort ; puis elle
se réveille jeune, fraîche. Je nous vois tous deux
unis, marchant du même pas, vivant de la même
pensée ; toujours au cœur l'un de l'autre, nous
comprenant, nous entendant comme l'écho reçoit et
redit les sons à travers les espaces ! Peut-on vivre
longtemps en dévorant ainsi sa vie à toute heure ?
Ne mourrons-nous pas dans le premier embrassement ? Et que sera-ce donc, si déjà nos âmes se
confondaient dans ce doux baiser du soir, qui nous
enlevait nos forces ; ce baiser sans durée, dénoue-
men de tous mes désirs, interprète impuissant de
tant de prières échappées à mon âme pendant nos
heures de séparation, et cachées au fond de mon
cœur comme des remords ? Moi, qui revenais me
coucher dans la haie pour entendre le bruit de tes
pas quand tu retournais au château, je vais donc
pouvoir t'admirer à mon aise, agissant, riant,
jouant, causant, allant. Joies sans fin ! Tu ne sais
pas tout ce que je sens de jouissances à te voir allant
et venant : il faut être homme pour éprouver ces
sensations profondes. Chacun de tes mouvements
me donne plus de plaisir que n'en peut prendre une
mère à voir son enfant joyeux ou endormi. Je t'aime
de tous les amours ensemble. La grâce de ton
moindre geste est toujours nouvelle pour moi. Il me
semble que je passerais les nuits à respirer ton
souffle, je voudrais me glisser dans tous les actes de
ta vie, être la substance même de tes pensées, je
voudrais être toi-même. Enfin, je ne te quitterai
donc plus ! Aucun sentiment humain ne troublera

plus notre amour, infini dans ses transformations et pur comme tout ce qui est un; notre amour vaste comme la mer, vaste comme le ciel! Tu es à moi! toute à moi! Je pourrai donc regarder au fond de tes yeux pour y deviner la chère âme qui s'y cache et s'y révèle tour à tour, pour y épier tes désirs! Ma bien-aimée, écoute certaines choses que je n'osais te dire encore, mais que je puis t'avouer aujourd'hui. Je sentais en moi je ne sais quelle pudeur d'âme qui s'opposait à l'entière expression de mes sentiments, et je tâchais de les revêtir des formes de la pensée. Mais, maintenant, je voudrais mettre mon cœur à nu, te dire toute l'ardeur de mes rêves, te dévoiler la bouillante ambition de mes sens irrités par la solitude où j'ai vécu, toujours enflammés par l'attente du bonheur, et réveillés par toi, par toi si douce de formes, si attrayante en tes manières! Mais est-il possible d'exprimer combien je suis altéré de ces félicités inconnues que donne la possession d'une femme aimée, et auxquelles deux âmes étroitement unies par l'amour doivent prêter une force de cohésion effrénée! Sache-le, ma Pauline, je suis resté pendant des heures entières dans une stupeur causée par la violence de mes souhaits passionnés, restant perdu dans le senti-ment d'une caresse comme dans un gouffre sans fond. En ces moments, ma vie entière, mes pensées, mes forces, se fondent, s'unissent dans ce que je nomme un désir, faute de mots pour exprimer un délire sans nom! Et maintenant, je puis t'avouer que le jour où j'ai refusé la main que tu me tendais par un si joli mouvement, triste sagesse qui t'a fait douter de mon amour, j'étais dans un de ces

moments de folie où l'on médite un meurtre pour
posséder une femme. Oui, si j'avais senti la délicieuse pression que tu m'offrais, aussi vivement que
ta voix retentissait dans mon cœur, je ne sais où
m'aurait conduit la violence de mes désirs. Mais je
puis me taire et souffrir beaucoup. Pourquoi parler
de ces douleurs quand mes contemplations vont
devenir des réalités? Il me sera donc maintenant
permis de faire de toute notre vie une seule caresse?
Chérie aimée, il se rencontre tel effet de lumière sur
tes cheveux noirs qui me ferait rester, les larmes
dans les yeux, pendant de longues heures occupé à
voir ta chère personne, si tu ne me disais pas en te
retournant : « Finis, tu me rends honteuse. »
Demain, notre amour se saura donc! Ah! Pauline,
ces regards des autres à supporter, cette curiosité
publique me serre le cœur. Allons à Villenoix,
restons-y loin de tout. Je voudrais qu'aucune
créature ayant face humaine n'entrât dans le
sanctuaire où tu seras à moi; je voudrais même
qu'après nous il n'existât plus, qu'il fût détruit.
Oui, je voudrais dérober à la nature entière un
bonheur que nous sommes seuls à comprendre,
seuls à sentir, et qui est tellement immense que je
m'y jette pour y mourir : c'est un abîme. Ne
t'effraie pas des larmes qui on mouillé cette lettre,
c'est des larmes de joie. Mon seul bonheur, nous ne
nous quitterons donc plus! »

En 1823, j'allais de Paris en Touraine par la
diligence. A Mer [38], le conducteur prit un voyageur
pour Blois. En le faisant entrer dans la partie de la
voiture où je me trouvais, il lui dit en plaisantant :

— Vous ne serez pas gêné là, monsieur Lefebvre!
En effet, j'étais seul. En entendant ce nom, en
voyant un vieillard à cheveux blancs qui paraissait
au moins octogénaire, je pensai tout naturellement
à l'oncle de Lambert. Après quelques questions
insidieuses, j'appris que je ne me trompais pas. Le
bonhomme venait de faire ses vendanges à Mer, il
retournait à Blois. Aussitôt je lui demandai des
nouvelles de mon ancien *faisant*. Au premier mot,
la physionomie du vieil Oratorien, déjà grave et
sévère comme celle d'un soldat qui aurait beaucoup
souffert, devint triste et brune; les rides de son
front se contractèrent légèrement; il serra ses
lèvres, me jeta un regard équivoque et me dit : —
Vous ne l'avez pas revu depuis le collège?

— Non, ma foi, répondis-je. Mais nous sommes
aussi coupables l'un que l'autre, s'il y a oubli. Vous
le savez, les jeunes gens mènent une vie si
aventureuse et si passionnée en quittant les bancs
de l'école, qu'il faut se retrouver pour savoir
combien l'on s'aime encore. Cependant, parfois, un
souvenir de jeunesse arrive, et il est impossible de
s'oublier tout à fait, surtout lorsqu'on a été aussi
amis que nous l'étions Lambert et moi. On nous
avait appelés *le Poète-et-Pythagore!*

Je lui dis mon nom, mais en l'entendant la figure
du bonhomme se rembrunit encore.

— Vous ne connaissez donc pas son histoire?
reprit-il. Mon pauvre neveu devait épouser la plus
riche héritière de Blois, mais la veille de son
mariage il est devenu fou.

— Lambert, fou! m'écriai-je frappé de stupeur.
Et par quel événement? C'était la plus riche

mémoire, la tête la plus fortement organisée, le
jugement le plus sagace que j'aie rencontrés! Beau
génie, un peu trop passionné peut-être pour la
mysticité; mais le meilleur cœur du monde! Il lui
est donc arrivé quelque chose de bien extraordinaire?

— Je vois que vous l'avez bien connu, me dit le
bonhomme.

Depuis Mer jusqu'à Blois, nous parlâmes alors
de mon pauvre camarade, en faisant de longues
digressions par lesquelles je m'instruisis des particularités que j'ai déjà rapportées pour présenter les
faits dans un ordre qui les rendît intéressants.
J'appris à son oncle le secret de nos études, la
nature des occupations de son neveu; puis le
vieillard me raconta les événements survenus dans
la vie de Lambert depuis que je l'avais quitté. A
entendre monsieur Lefebvre, Lambert aurait donné
quelques marques de folie avant son mariage; mais
ces symptômes lui étant communs avec tous ceux
qui aiment passionnément, ils me parurent moins
caractéristiques lorsque je connus et la violence
de son amour et mademoiselle de Villenoix. En
province, où les idées se raréfient, un homme plein
de pensées neuves et dominé par un système,
comme l'était Louis, pouvait passer au moins pour
un original. Son langage devait surprendre d'autant
plus qu'il parlait plus rarement. Il disait : *Cet
homme n'est pas de mon ciel,* là où les autres
disaient : *Nous ne mangerons pas un minot de sel
ensemble.* Chaque homme de talent a ses idiotismes
particuliers. Plus large est le génie, plus tranchées
sont les bizarreries qui constituent les divers degrés

d'*originalité*. En province, un original passe pour un homme à moitié fou. Les premières paroles de monsieur Lefebvre me firent donc douter de la folie de mon camarade. Tout en écoutant le vieillard, je critiquais intérieurement son récit. Le fait le plus grave était survenu quelques jours avant le mariage des deux amants. Louis avait eu quelques accès de catalepsie bien caractérisés. Il était resté pendant cinquante-neuf heures immobile, les yeux fixes, sans manger ni parler; état purement nerveux dans lequel tombent quelques personnes en proie à de violentes passions; phénomène rare, mais dont les effets sont bien parfaitement connus des médecins. S'il y avait quelque chose d'extraordinaire, c'est que Louis n'eût pas eu déjà plusieurs accès de cette maladie, à laquelle le prédisposaient son habitude de l'extase et la nature de ses idées. Mais sa constitution extérieure et intérieure était si parfaite qu'elle avait sans doute résisté jusqu'alors à l'abus de ses forces. L'exaltation à laquelle dut le faire arriver l'attente du plus grand plaisir physique, encore agrandie chez lui par la chasteté du corps et par la puissance de l'âme, avait bien pu déterminer cette crise dont les résultats ne sont pas plus connus que la cause. Les lettres que le hasard a conservées accusent d'ailleurs assez bien sa transition de l'idéalisme pur dans lequel il vivait au sensualisme le plus aigu. Jadis, nous avions qualifié d'admirable ce phénomène humain dans lequel Lambert voyait la séparation fortuite de nos deux natures, et les symptômes d'une absence complète de l'être intérieur usant de ses facultés inconnues sous l'empire d'une cause inobservée. Cette maladie, abîme tout aussi profond que le sommeil, se rattachait au système de preuves que Lambert avait données dans son *Traité de la Volonté*. Au moment où monsieur Lefebvre me parla du premier accès de Louis, je me souvins tout à coup d'une conversation que nous eûmes à ce sujet, après la lecture d'un livre de médecine.

— Une méditation profonde, une belle extase sont peut-être, dit-il en terminant, des catalepsies en herbe.

Le jour où il formula si brièvement cette pensée, il avait tâché de lier les phénomènes moraux entre eux par une chaîne d'effets, en suivant pas à pas tous les actes de l'intelligence, commençant par les simples mouvements de l'instinct purement animal qui suffit à tant d'êtres, surtout à certains hommes dont les forces passent toutes dans un travail purement mécanique ; puis, allant à l'agrégation des pensées, arrivant à la comparaison, à la réflexion, à la méditation, enfin à l'extase et à la catalepsie. Certes, Lambert crut avec la naïve conscience du jeune âge avoir fait le plan d'un beau livre en échelonnant ainsi ces divers degrés des puissances intérieures de l'homme. Je me rappelle que, par une de ces fatalités qui font croire à la prédestination, nous attrapâmes le grand Martyrologe où sont contenus les faits les plus curieux sur l'abolition complète de la vie corporelle à laquelle l'homme peut arriver dans les paroxysmes de ses facultés intérieures. En réfléchissant aux effets du fanatisme, Lambert fut alors conduit à penser que les collections d'idées auxquelles nous donnons le nom de sentiments pouvaient bien être le jet matériel de

quelque fluide que produisent les hommes plus ou
moins abondamment, suivant la manière dont leurs
organes en absorbent les substances génératrices
dans les milieux où ils vivent. Nous nous passion-
nâmes pour la catalepsie, et, avec l'ardeur que les
enfants mettent dans leurs entreprises, nous
essayâmes de supporter la douleur *en pensant à
autre chose.* Nous nous fatiguâmes beaucoup à faire
quelques expériences assez analogues à celles dues
aux convulsionnaires dans le siècle dernier, fanatisme religieux qui servira quelque jour à la science
humaine. Je montais sur l'estomac de Lambert, et
m'y tenais plusieurs minutes sans lui causer la plus
légère douleur ; mais, malgré ces folles tentatives,
nous n'eûmes aucun accès de catalepsie. Cette
digression m'a paru nécessaire pour expliquer mes
premiers doutes, que monsieur Lefebvre dissipa
complètement.

— Lorsque son accès fut passé, me dit-il, mon
neveu tomba dans une terreur profonde, dans une
mélancolie que rien ne put dissiper. Il se crut
impuissant. Je me mis à le surveiller avec l'attention d'une mère pour son enfant, et le surpris
heureusement au moment où il allait pratiquer sur
lui-même l'opération à laquelle Origène crut devoir
son talent. Je l'emmenai promptement à Paris pour
le confier aux soins de M. Esquirol [39]. Pendant le
voyage, Louis resta plongé dans une somnolence
presque continuelle, et ne me reconnut plus. A
Paris, les médecins le regardèrent comme incurable,
et conseillèrent unanimement de le laisser dans la
plus profonde solitude, en évitant de troubler le
silence nécessaire à sa guérison improbable, et de le

mettre dans une salle fraîche où le jour serait
constamment adouci. — Mademoiselle de Villenoix,
à qui j'avais caché l'état de Louis, reprit-il en
clignant les yeux, mais dont le mariage passait pour
être rompu, vint à Paris, et apprit la décision des
médecins. Aussitôt elle désira voir mon neveu, qui
la reconnut à peine ; puis elle voulut, d'après la
coutume des belles âmes, se consacrer à lui donner
les soins nécessaires à sa guérison. « Elle y aurait été
obligée, disait-elle, s'il eût été son mari ; devait-elle
faire moins pour son amant ? » Aussi a-t-elle
emmené Louis à Villenoix, où ils demeurent depuis
deux ans.

Au lieu de continuer mon voyage, je m'arrêtai
donc à Blois dans le dessein d'aller voir Louis. Le
bonhomme Lefebvre ne me permit pas de descendre ailleurs que dans sa maison, où il me montra
la chambre de son neveu, les livres et tous les objets
qui lui avaient appartenu. A chaque chose, il
échappait au vieillard une exclamation douloureuse
par laquelle il accusait les espérances que le génie
précoce de Lambert lui avait fait concevoir, et le
deuil affreux où le plongeait cette perte irréparable.

— Ce jeune homme savait tout, mon cher
monsieur ! dit-il en posant sur une table le volume
où sont contenues les œuvres de Spinosa. Comment
une tête si bien organisée a-t-elle pu se détraquer ?

— Mais, monsieur, lui répondis-je, ne serait-ce
pas un effet de sa vigoureuse organisation ? S'il est
réellement en proie à cette crise encore inobservée
dans tous ses modes et que nous appelons *folie*, je
suis tenté d'en attribuer la cause à sa passion. Ses
études, son genre de vie avaient porté ses forces et

ses facultés à un degré de puissance au-delà duquel
la plus légère surexcitation devait faire céder la
nature ; l'amour les aura donc brisées ou élevées à
une nouvelle expression que peut-être calomnions-
nous en la qualifiant sans la connaître. Enfin, peut-
être a-t-il vu dans les plaisirs de son mariage un
obstacle à la perfection de ses sens intérieurs et à
son vol à travers les mondes spirituels.

— Mon cher monsieur, répliqua le vieillard
après m'avoir attentivement écouté, votre raisonne-
ment est sans doute fort logique ; mais quand je le
comprendrais, ce triste savoir me consolerait-il de la
perte de mon neveu ?

L'oncle de Lambert était un de ces hommes qui
ne vivent que par le cœur.

Le lendemain, je partis pour Villenoix. Le
bonhomme m'accompagna jusqu'à la porte de
Blois. Quand nous fûmes dans le chemin qui mène
à Villenoix, il s'arrêta pour me dire : — Vous
pensez bien que je n'y vais point. Mais, vous, n'oubliez pas ce que je vous ai dit. En présence de
mademoiselle de Villenoix, n'ayez pas l'air de vous
apercevoir que Louis est fou.

Il resta sans bouger à la place où je venais de le
quitter, et d'où il me regarda jusqu'à ce qu'il m'eût
perdu de vue. Je ne cheminai pas sans de profondes
émotions vers le château de Villenoix. Mes
réflexions croissaient à chaque pas dans cette route
que Louis avait tant de fois faite, le cœur plein
d'espérance, l'âme exaltée par tous les aiguillons de
l'amour. Les buissons, les arbres, les caprices de
cette route tortueuse dont les bords étaient déchirés
par de petits ravins, acquirent un intérêt prodigieux

pour moi. J'y voulais retrouver les impressions et les pensées de mon pauvre camarade. Sans doute ces conversations du soir, au bord de cette brèche où sa maîtresse venait le retrouver, avaient initié mademoiselle de Villenoix aux secrets de cette âme et si noble et si vaste, comme je le fus moi-même quelques années auparavant. Mais le fait qui me préoccupait le plus, et donnait à mon pèlerinage un immense intérêt de curiosité parmi les sentiments presque religieux qui me guidaient, était cette magnifique croyance de mademoiselle de Villenoix que le bonhomme m'avait expliquée : avait-elle, à la longue, contracté la folie de son amant, ou était-elle entrée si avant dans son âme, qu'elle en pût comprendre toutes les pensées, même les plus confuses? Je me perdais dans cet admirable problème de sentiment qui dépassait les plus belles inspirations de l'amour et ses dévouements les plus beaux. Mourir l'un pour l'autre est un sacrifice presque vulgaire. Vivre fidèle à un seul amour est un héroïsme qui a rendu mademoiselle Dupuis immortelle. Lorsque Napoléon-le-Grand et lord Byron ont eu des successeurs là où ils avaient aimé, il est permis d'admirer cette veuve de Bolingbroke; mais mademoiselle Dupuis pouvait vivre par les souvenirs de plusieurs années de bonheur, tandis que mademoiselle de Villenoix, n'ayant connu de l'amour que ses premières émotions, m'offrait le type du dévouement dans sa plus large expression. Devenue presque folle, elle était sublime; mais comprenant, expliquant la folie, elle ajoutait aux beautés d'un grand cœur un chef-d'œuvre de passion digne d'être étudié. Lorsque j'aperçus les hautes tourelles du château, dont l'aspect avait dû faire si souvent tressaillir le pauvre Lambert, mon cœur palpita vivement. Je m'étais associé, pour ainsi dire, à sa vie et à sa situation en me rappelant tous les événements de notre jeunesse. Enfin, j'arrivai dans une grande cour déserte, et pénétrai jusque dans le vestibule du château sans avoir rencontré personne. Le bruit de mes pas fit venir une femme âgée, à laquelle je remis la lettre que monsieur Lefebvre avait écrite à mademoiselle de Villenoix. Bientôt la même femme revint me chercher, et m'introduisit dans une salle basse, dallée en marbre blanc et noir, dont les persiennes étaient fermées, et au fond de laquelle je vis indistinctement Louis Lambert.

— Asseyez-vous, monsieur, me dit une voix douce qui allait au cœur.

Mademoiselle de Villenoix se trouvait à côté de moi sans que je l'eusse aperçue, et m'avait apporté sans bruit une chaise que je ne pris pas d'abord. L'obscurité était si forte que, dans le premier moment, mademoiselle de Villenoix et Louis me firent l'effet de deux masses noires qui tranchaient sur le fond de cette atmosphère ténébreuse. Je m'assis, en proie à ce sentiment qui nous saisit presque malgré nous sous les sombres arcades d'une église. Mes yeux, encore frappés par l'éclat du soleil, ne s'accoutumèrent que graduellement à cette nuit factice.

— Monsieur, lui dit-elle, est ton ami de collège.

Lambert ne répondit pas. Je pus enfin le voir, et il m'offrit un de ces spectacles qui se gravent à jamais dans la mémoire. Il se tenait debout, les

deux coudes appuyés sur la saillie formée par la
boiserie, en sorte que son buste paraissait fléchir
sous le poids de sa tête inclinée. Ses cheveux, aussi
longs que ceux d'une femme, tombaient sur ses
épaules, et entouraient sa figure de manière à lui
donner de la ressemblance avec les bustes qui
représentent les grands hommes du siècle de
Louis XIV. Son visage était d'une blancheur parfaite. Il frottait habituellement une de ses jambes
sur l'autre par un mouvement machinal que rien
n'avait pu réprimer, et le frottement continuel des
deux os produisait un bruit affreux. Auprès de lui
se trouvait un sommier de mousse posé sur une
planche.

— Il lui arrive très rarement de se coucher, me
dit mademoiselle de Villenoix, quoique chaque fois
il dorme pendant plusieurs jours.

Louis se tenait debout comme je le voyais, jour et
nuit, les yeux fixes, sans jamais baisser et relever les
paupières comme nous en avons l'habitude. Après
avoir demandé à mademoiselle de Villenoix si un
peu plus de jour ne causerait aucune douleur à
Lambert, sur sa réponse, j'ouvris légèrement la
persienne, et pus voir alors l'expression de la
physionomie de mon ami. Hélas! déjà ridé, déjà
blanchi, enfin déjà plus de lumière dans ses yeux,
devenus vitreux comme ceux d'un aveugle. Tous
ses traits semblaient tirés par une convulsion vers le
haut de sa tête. J'essayai de lui parler à plusieurs
reprises; mais il ne m'entendit pas. C'était un
débris arraché à la tombe, une espèce de conquête
faite par la vie sur la mort, ou par la mort sur la vie.
J'étais là depuis une heure environ, plongé dans

une indéfinissable rêverie, en proie à mille idées
affligeantes. J'écoutais mademoiselle de Villenoix
qui me racontait dans tous ses détails cette vie
d'enfant au berceau. Tout à coup Louis cessa de
frotter ses jambes l'une contre l'autre, et dit d'une
voix lente : — *Les anges sont blancs!*

Je ne puis expliquer l'effet produit sur moi par
cette parole, par le son de cette voix tant aimée,
dont les accents attendus péniblement me paraissaient à jamais perdus pour moi. Malgré moi mes
yeux se remplirent de larmes. Un pressentiment
involontaire passa rapidement dans mon âme et me
fit douter que Louis eût perdu la raison. J'étais
cependant bien certain qu'il ne me voyait ni ne
m'entendait; mais les harmonies de sa voix, qui
semblaient accuser un bonheur divin, communi-
quèrent à ces mots d'irrésistibles pouvoirs. Incom-
plète révélation d'un monde inconnu, sa phrase
retentit dans nos âmes comme quelque magnifique
sonnerie d'église au milieu d'une nuit profonde. Je
ne m'étonnai plus que mademoiselle de Villenoix
crût Louis parfaitement sain d'entendement. Peut-
être la vie de l'âme avait-elle anéanti la vie du
corps. Peut-être sa compagne avait-elle, comme je
l'eus alors, de vagues intuitions de cette nature
mélodieuse et fleurie que nous nommons dans sa
plus large expression : LE CIEL. Cette femme, cet
ange restait toujours là, assise devant un métier à
tapisserie, et chaque fois qu'elle tirait son aiguille
elle regardait Lambert en exprimant un sentiment
triste et doux. Hors d'état de supporter cet affreux
spectacle, car je ne savais pas, comme mademoiselle
de Villenoix, en deviner tous les secrets, je sortis, et

nous allâmes nous promener ensemble pendant quelques moments pour parler d'elle et de Lambert.

— Sans doute, me dit-elle, Louis doit paraître fou ; mais il ne l'est pas, si le nom de fou doit appartenir seulement à ceux dont, par des causes inconnues, le cerveau se vicie, et qui n'offrent aucune raison de leurs actes. Tout est parfaitement coordonné chez mon mari. S'il ne vous a pas reconnu physiquement, ne croyez pas qu'il ne vous ait point vu. Il a réussi à se dégager de son corps, et nous aperçoit sous une autre forme, je ne sais laquelle. Quand il parle, il exprime des choses merveilleuses. Seulement, assez souvent, il achève par la parole une idée commencée dans son esprit, ou commence une proposition qu'il achève mentalement. Aux autres hommes, il paraîtrait aliéné ; pour moi, qui vis dans sa pensée, toutes ses idées sont lucides. Je parcours le chemin fait par son esprit, et, quoique je n'en connaisse pas tous les détours, je sais me trouver néanmoins au but avec lui. A qui n'est-il pas, maintes fois, arrivé de penser à une chose futile et d'être entraîné vers une pensée grave par des idées ou par des souvenirs qui s'enroulent ? Souvent, après avoir parlé d'un objet frivole, innocent point de départ de quelque rapide méditation, un penseur oublie ou tait les liaisons abstraites qui l'ont conduit à sa conclusion, et reprend la parole en ne montrant que le dernier anneau de cette chaîne de réflexions. Les gens vulgaires à qui cette vélocité de vision mentale est inconnue, ignorant le travail intérieur de l'âme, se mettent à rire du rêveur, et le traitent de fou s'il est

coutumier de ces sortes d'oublis. Louis est toujours
ainsi : sans cesse il voltige à travers les espaces de la
pensée, et s'y promène avec une vivacité d'hirondelle, je sais le suivre dans ses détours. Voilà
l'histoire de sa folie. Peut-être un jour Louis
reviendra-t-il à cette vie dans laquelle nous végé-
tons ; mais s'il respire l'air des cieux avant le temps
où il nous sera permis d'y exister, pourquoi
souhaiterions-nous de le revoir parmi nous ?
Contente d'entendre battre son cœur, tout mon
bonheur est d'être auprès de lui. N'est-il pas tout à
moi ? Depuis trois ans, à deux reprises, je l'ai
possédé pendant quelques jours : en Suisse où je
l'ai conduit, et au fond de la Bretagne dans une île
où je l'ai mené prendre des bains de mer. J'ai été
deux fois bien heureuse ! Je puis vivre par mes
souvenirs.

— Mais, lui dis-je, écrivez-vous les paroles qui
lui échappent ?

— Pourquoi ? me répondit-elle.

Je gardai le silence, les sciences humaines étaient
bien petites devant cette femme.

— Dans le temps où il se mit à parler, reprit-
elle, je crois avoir recueilli ses premières phrases,
mais j'ai cessé de le faire ; je n'y entendais rien
alors.

Je les lui demandai par un regard ; elle me
comprit, et voici ce que je pus sauver de l'oubli.

I

Ici-bas, tout est le produit d'une SUBSTANCE
ÉTHÉRÉE, *base commune de plusieurs phénomènes*

*connus sous les noms impropres d'Électricité, Chaleur,
Lumière, Fluide galvanique, magnétique, etc.
L'universalité des transmutations de cette* Substance
constitue ce que l'on appelle vulgairement la Matière.

II

Le Cerveau est le matras [40] *où l'*ANIMAL *transporte ce que, suivant la force de cet appareil, chacune
de ses organisations peut absorber de cette*
SUBSTANCE, *et d'où elle sort transformée en Volonté.*

*La Volonté est un fluide, attribut de tout être doué
de mouvement. De là les innombrables formes qu'affecte l'*ANIMAL, *et qui sont les effets de sa combinaison avec la* SUBSTANCE. *Ses instincts sont le produit
des nécessités que lui imposent les milieux où il se
développe. De là ses variétés.*

III

*En l'homme, la Volonté devient une force qui lui est
propre, et qui surpasse en intensité celle de toutes les
espèces.*

IV

Par sa constante alimentation, la Volonté tient à la
SUBSTANCE *qu'elle retrouve dans toutes les transmutations en les pénétrant par la Pensée, qui est un*

produit particulier de la Volonté humaine, combinée
avec les modifications de la SUBSTANCE.

V

Du plus ou moins de perfection de l'appareil
humain, viennent les innombrables formes qu'affecte la
Pensée.

VI

La Volonté s'exerce par des organes vulgairement
nommés les cinq sens, qui n'en sont qu'un seul, la
faculté de voir. Le tact comme le goût, l'ouïe comme
l'odorat, est une vue adaptée aux transformations de
la SUBSTANCE *que l'homme peut saisir dans ses deux*
états, transformée et non transformée.

VII

Toutes les choses qui tombent par la Forme dans le
domaine du sens unique, la faculté de voir, se réduisent
à quelques corps élémentaires dont les principes sont
dans l'air, dans la lumière ou dans les principes de
l'air et de la lumière. Le son est une modification de
l'air ; toutes les couleurs sont des modifications de la
lumière ; tout parfum est une combinaison d'air et de
lumière ; ainsi les quatre expressions de la matière par
rapport à l'homme, le son, la couleur, le parfum et la
forme, ont une même origine ; car le jour n'est pas loin

où l'on reconnaîtra la filiation des principes de la lumière dans ceux de l'air. La pensée qui tient à la lumière s'exprime par la parole qui tient au son. Pour lui, tout provient donc de la SUBSTANCE *dont les transformations ne diffèrent que par le* NOMBRE, *par un certain dosage dont les proportions produisent les individus ou les choses de ce que l'on nomme les* RÈGNES.

VIII

Quand la SUBSTANCE *est absorbée en un Nombre suffisant, elle fait de l'homme un appareil d'une énorme puissance, qui communique avec le principe même de la* SUBSTANCE, *et agit sur la nature organisée à la manière des grands courants qui absorbent les petits. La volition met en œuvre cette force indépendante de la pensée, et qui, par sa concentration, obtient quelques-unes des propriétés de la* SUBSTANCE, *comme la rapidité de la lumière, comme la pénétration de l'électricité, comme la faculté de saturer les corps, et auxquelles il faut ajouter l'intelligence de ce qu'elle peut. Mais il est en l'homme un phénomène primitif et dominateur qui ne souffre aucune analyse. On décomposera l'homme en entier, l'on trouvera peut-être les éléments de la Pensée et de la Volonté ; mais on rencontrera toujours, sans pouvoir le résoudre, cet X contre lequel je me suis autrefois heurté. Cet X est la* PAROLE, *dont la communication brûle et dévore ceux qui ne sont pas préparés à la recevoir. Elle engendre incessamment la* SUBSTANCE.

IX

La colère, comme toutes nos expressions passionnées, est un courant de la force humaine qui agit électriquement ; sa commotion, quand il se dégage, agit sur les personnes présentes, même sans qu'elles en soient le but ou la cause. Ne se rencontre-t-il pas des hommes qui, par une décharge de leur volition, cohobent [41] les sentiments des masses ?

X

Le fanatisme et tous les sentiments sont des Forces Vives. Ces forces, chez certains êtres, deviennent des fleuves de Volonté qui réunissent et entraînent tout.

XI

Si l'espace existe, certaines facultés donnent le pouvoir de le franchir avec une telle vitesse que leurs effets équivalent à son abolition. De ton lit aux frontières du monde, il n'y a que deux pas : LA VOLONTÉ — LA FOI !

XII

Les faits ne sont rien, ils n'existent pas, il ne subsiste de nous que des Idées.

XIII

Le monde des Idées se divise en trois sphères : celle de l'Instinct, celle des Abstractions, celle de la Spécialité [42].

XIV

La plus grande partie de l'Humanité visible, la partie la plus faible, habite la sphère de l'Instinctivité. Les Instinctifs naissent, travaillent et meurent sans s'élever au second degré de l'intelligence humaine, l'Abstraction.

XV

A l'Abstraction commence la Société. Si l'Abstraction comparée à l'Instinct est une puissance presque divine, elle est une faiblesse inouïe, comparée au don de Spécialité qui peut seul expliquer Dieu. L'Abstraction comprend toute une nature en germe plus virtuellement que la graine ne contient le système d'une plante et ses produits. De l'abstraction naissent les lois, les arts, les intérêts, les idées sociales. Elle est la gloire et le fléau du monde : la gloire, elle a créé les sociétés ; le fléau, elle dispense l'homme d'entrer dans la Spécialité, qui est un des chemins de l'Infini. L'homme juge tout par ses abstractions, le bien, le mal, la vertu, le crime. Ses formules de droit sont ses balances, sa justice est aveugle : celle de Dieu voit, tout est là. Il se trouve

nécessairement des êtres intermédiaires qui séparent le
Règne des Instinctifs du Règne des Abstractifs, et chez
lesquels l'Instinctivité se mêle à l'Abstractivité dans
des proportions infinies. Les uns ont plus d'Instincti-
vité que d'Abstractivité, et vice versa, *que les autres.*
Puis, il est des êtres chez lesquels les deux actions se
neutralisent en agissant par des forces égales.

XVI

La Spécialité consiste à voir les choses du monde
matériel aussi bien que celles du monde spirituel dans
leurs ramifications originelles et conséquentielles. Les
plus beaux génies humains sont ceux qui sont partis des
ténèbres de l'Abstraction pour arriver aux lumières de
la Spécialité. (Spécialité, species, *vue, spéculer, voir*
tout, et d'un seul coup; Speculum, *miroir ou moyen*
d'apprécier une chose en la voyant tout entière.) Jésus
était Spécialiste, il voyait le fait dans ses racines et
dans ses productions, dans le passé qui l'avait
engendré, dans le présent où il se manifestait, dans
l'avenir où il se développait; sa vue pénétrait
l'entendement d'autrui. La perfection de la vue
intérieure enfante le don de Spécialité. La Spécialité
emporte l'intuition. L'intuition est une des facultés de
l'homme intérieur dont le Spécialisme est un
attribut. Elle agit par une imperceptible sensation
ignorée de celui qui lui obéit : Napoléon s'en allant
instinctivement de sa place avant qu'un boulet n'y
arrive.

XVII

*Entre la sphère du Spécialisme et celle de l'Abstrac-
tivité se trouvent, comme entre celle-ci et celle de
l'Instinctivité, des êtres chez lesquels les divers attributs des deux règnes se confondent et produisent des
mixtes : les hommes de génie.*

XVIII

*Le Spécialiste est nécessairement la plus parfaite
expression de l'*HOMME*, l'anneau qui lie le monde
visible aux mondes supérieurs : il agit, il voit et il sent
par son* INTÉRIEUR*. L'Abstractif pense. L'Instinctif
agit.*

XIX

De là trois degrés pour l'homme : Instinctif*, il est
au-dessous de la mesure ;* Abstractif*, il est au niveau ;*
Spécialiste*, il est au-dessus. Le Spécialisme ouvre à
l'homme sa véritable carrière, l'infini commence à
poindre en lui, là il entrevoit sa destinée.*

XX

Il existe trois mondes : le NATUREL*, le* SPIRI-
TUEL*, le* DIVIN*. L'Humanité transite dans le Monde
Naturel, qui n'est fixe ni dans son essence ni dans ses*

*facultés. Le Monde Spirituel est fixe dans son essence
et mobile dans ses facultés. Le Monde Divin est fixe
dans ses facultés et dans son essence. Il existe donc
nécessairement un culte matériel, un culte spirituel, un
culte divin; trois formes qui s'expriment par l'Action,
par la Parole, par la Prière, autrement dit, le Fait,
l'Entendement et l'Amour. L'Instinctif veut des faits,
l'Abstractif s'occupe des idées; le Spécialiste voit la
fin, il aspire à Dieu qu'il pressent ou contemple.*

XXI

*Aussi, peut-être un jour le sens inverse de l'*Et
Verbum caro factum est, *sera-t-il le résumé
d'un nouvel évangile qui dira :* Et la chair se
fera le Verbe, elle deviendra LA
PAROLE DE DIEU.

XXII

*La résurrection se fait par le vent du ciel qui balaie
les mondes. L'ange porté par le vent ne dit pas : —
Morts, levez-vous ! Il dit : — Que les vivants se
lèvent !*

Telles sont les pensées auxquelles j'ai pu, non
sans de grandes peines, donner les formes en
rapport avec notre entendement. Il en est d'autres
desquelles Pauline se souvenait plus particulièrement, je ne sais par quelle raison, et que j'ai
transcrites; mais elles font le désespoir de l'esprit,

quand, sachant de quelle intelligence elles procèdent, on cherche à les comprendre. J'en citerai
quelques-unes, pour achever le dessin de cette
figure, peut-être aussi parce que dans ces dernières
idées la formule de Lambert embrasse-t-elle mieux
les mondes que la précédente, qui semble s'appliquer seulement au mouvement zoologique. Mais
entre ces deux fragments, il est une corrélation
évidente aux yeux des personnes, assez rares
d'ailleurs, qui se plaisent à plonger dans ces sortes
de gouffres intellectuels.

I

*Tout ici-bas n'existe que par le Mouvement et par
le Nombre.*

II

*Le Mouvement est en quelque sorte le Nombre
agissant.*

III

*Le Mouvement est le produit d'une force engendrée
par la Parole et par une résistance qui est la Matière.
Sans la résistance, le Mouvement aurait été sans
résultat, son action eût été infinie. L'attraction de
Newton n'est pas une loi, mais un effet de la loi
générale du Mouvement universel.*

IV

Le Mouvement, en raison de la résistance, produit une combinaison qui est la vie; dès que l'un ou l'autre est plus fort, la vie cesse.

V

Nulle part le Mouvement n'est stérile, partout il engendre le Nombre; mais il peut être neutralisé par une résistance supérieure, comme dans le minéral.

VI

Le Nombre qui produit toutes les variétés engendre également l'harmonie, qui, dans sa plus haute accep-tion, est le rapport entre les parties et l'Unité.

VII

Sans le Mouvement, tout serait une seule et même chose. Ses produits, identiques dans leur essence, ne diffèrent que par le Nombre qui a produit les facultés.

VIII

L'homme tient aux facultés, l'ange tient à l'essence.

IX

En unissant son corps à l'action élémentaire, l'homme peut arriver à s'unir à la lumière par son INTÉRIEUR.

X

Le Nombre est un témoin intellectuel qui n'appartient qu'à l'homme, et par lequel il peut arriver à la connaissance de la Parole.

XI

Il est un nombre que l'Impur ne franchit pas, le Nombre où la création est finie.

XII

L'Unité a été le point de départ de tout ce qui fut produit ; il en est résulté des Composés, mais la fin doit être identique au commencement. De là cette formule spirituelle : *Unité composée, Unité variable, Unité fixe.*

XIII

L'Univers est donc la variété dans l'Unité. Le

Mouvement est le moyen, le Nombre est le résultat. La fin est le retour de toutes choses à l'unité, qui est Dieu.

XIV

TROIS *et* SEPT *sont les deux plus grands nombres* spirituels.

XV

TROIS *est la formule des Mondes créés. Il est le signe* spirituel *de la création comme il est le signe* matériel *de la circonférence. En effet, Dieu n'a procédé que par des lignes circulaires. La ligne droite est l'attribut de l'infini; aussi l'homme qui pressent l'infini la reproduit-il dans ses œuvres. Deux est le Nombre de la génération.* TROIS *est le Nombre de l'existence, qui comprend la génération et le produit. Ajoutez le Quaternaire, vous avez le* SEPT, *qui est la formule du ciel. Dieu est au-dessus, il est l'Unité.*

Après être allé revoir encore une fois Lambert, je quittai sa femme et revins en proie à des idées si contraires à la vie sociale que je renonçai, malgré ma promesse, à retourner à Villenoix. La vue de Louis avait exercé sur moi je ne sais quelle influence sinistre. Je redoutai de me retrouver dans cette atmosphère enivrante où l'extase était contagieuse. Chacun aurait éprouvé comme moi l'envie de se précipiter dans l'infini, de même que les soldats se tuaient tous dans la guérite où s'était suicidé l'un d'eux au camp de Boulogne. On sait que Napoléon fut obligé de faire brûler ce bois, dépositaire d'idées arrivées à l'état de miasmes mortels. Peut-être en était-il de la chambre de Louis comme de cette guérite? Ces deux faits seraient des preuves de plus en faveur de son système sur la transmission de la Volonté. J'y ressentis des troubles extraordinaires qui surpassèrent les effets les plus fantastiques causés par le thé, le café, l'opium, par le sommeil et la fièvre, agents mystérieux dont les terribles actions embrasent si souvent nos têtes. Peut-être aurais-je pu transformer en un livre complet ces débris de pensées, compréhensibles seulement pour certains esprits habitués à se pencher sur le bord des abîmes, dans l'espérance d'en apercevoir le fond. La vie de cet immense cerveau, qui sans doute a craqué de toutes parts comme un empire trop vaste, y eût été développée dans le récit des visions de cet être, incomplet par trop de force ou par faiblesse; mais j'ai mieux aimé rendre compte de mes impressions que de faire une œuvre plus ou moins poétique [43].

Lambert mourut à l'âge de vingt-huit ans, le 25 septembre 1824, entre les bras de son amie. Elle le fit ensevelir dans une des îles du parc de Villenoix. Son tombeau consiste en une simple croix de pierre, sans nom, sans date. Fleur née sur le bord d'un gouffre, elle devait y tomber inconnue avec ses couleurs et ses parfums inconnus. Comme beaucoup de gens incompris, n'avait-il pas souvent voulu se plonger avec orgueil dans le néant pour y perdre les secrets de sa vie! Cependant mademoiselle de Villenoix aurait bien eu le droit d'inscrire sur cette croix les noms de Lambert, en y indiquant les siens. Depuis la perte de son mari, cette nouvelle union n'est-elle pas son espérance de toutes les heures? Mais les vanités de la douleur sont étrangères aux âmes fidèles. Villenoix tombe en ruines. La femme de Lambert ne l'habite plus, sans doute pour mieux s'y voir comme elle y fut jadis. Ne lui a-t-on pas entendu dire naguère : — J'ai eu son cœur, à Dieu son génie!

Au château de Saché, juin-juillet 1832[44].

Les Proscrits

Almae Sorori [45].

En 1308, il existait peu de maisons sur le Terrain [46] formé par les alluvions et par les sables de la Seine, en haut de la Cité, derrière l'église Notre-Dame. Le premier qui osa se bâtir un logis sur cette grève soumise à de fréquentes inondations, fut un sergent de la ville de Paris qui avait rendu quelques menus services à messieurs du chapitre Notre-Dame; en récompense, l'évêque lui bailla vingt-cinq perches [47] de terre, et le dispensa de toute censive ou redevance pour le fait de ses constructions. Sept ans avant le jour où commence cette histoire, Joseph Tirechair, l'un des plus rudes sergents de Paris, comme son nom le prouve, avait donc, grâce à ses droits dans les amendes par lui perçues pour les délits commis ès rues de la Cité, bâti sa maison au bord de la Seine, précisément à l'extrémité de la rue du Port-Saint-Landry. Afin de garantir de tout dommage les marchandises déposées sur le port, la ville avait construit une espèce de pile en maçonnerie qui se voit encore sur quelques vieux plans de Paris, et qui préservait le pilotis du port en soutenant à la tête du Terrain les efforts des eaux et des glaces; le sergent en avait

profité pour asseoir son logis, en sorte qu'il fallait
monter plusieurs marches pour arriver chez lui.
Semblable à toutes les maisons du temps, cette
bicoque était surmontée d'un toit pointu qui
figurait au-dessus de la façade la moitié supérieure
d'une losange[48]. Au regret des historiographes, il
existe à peine un ou deux modèles de ces toits à
Paris. Une ouverture ronde éclairait le grenier dans
lequel la femme du sergent faisait sécher le linge du
Chapitre, car elle avait l'honneur de blanchir
Notre-Dame, qui n'était certes pas une mince
pratique. Au premier étage étaient deux chambres
qui, bon an, mal an, se louaient aux étrangers à
raison de quarante sous parisis pour chacune, prix
exorbitant justifié d'ailleurs par le luxe que Tirechair avait mis dans leur ameublement. Des tapisseries de Flandre garnissaient les murailles ; un
grand lit orné d'un tour en serge verte, semblable à
ceux des paysans, était honorablement fourni de
matelas et recouvert de bons draps en toile fine.
Chaque réduit avait son chauffe-doux, espèce de
poêle dont la description est inutile. Le plancher
soigneusement entretenu par les apprenties de la
Tirechair, brillait comme le bois d'une châsse. Au
lieu d'escabelles, les locataires avaient pour sièges
de grandes *chaires* en noyer sculpté, provenues sans
doute du pillage de quelque château. Deux bahuts
incrustés en étain, une table à colonnes torses,
complétaient un mobilier digne des chevaliers
bannerets les mieux huppés que leurs affaires
amenaient à Paris. Les vitraux de ces deux
chambres donnaient sur la rivière. Par l'une, vous
n'eussiez pu voir que les rives de la Seine et les trois

îles désertes dont les deux premières ont été réunies
plus tard et forment l'île Saint-Louis aujourd'hui,
la troisième était l'île Louviers [49]. Par l'autre, vous
auriez aperçu à travers une échappée du port Saint-
Landry, le quartier de la Grève, le pont Notre-
Dame avec ses maisons, les hautes tours du
Louvre récemment bâties par Philippe-Auguste, et
qui dominaient ce Paris chétif et pauvre, lequel
suggère à l'imagination des poètes modernes tant de
fausses merveilles [50]. Le bas de la maison à Tirechair, pour nous servir de l'expression alors en
usage, se composait d'une grande chambre où
travaillait sa femme, et par où les locataires étaient
obligés de passer pour se rendre chez eux, en
gravissant un escalier pareil à celui d'un moulin.
Puis derrière, se trouvaient la cuisine et la chambre
à coucher, qui avaient vue sur la Seine. Un petit
jardin conquis sur les eaux étalait au pied de cette
humble demeure ses carrés de choux verts, ses
oignons et quelques pieds de rosiers défendus par
des pieux formant une espèce de haie. Une cabane
construite en bois et en boue servait de niche à un
gros chien, le gardien nécessaire de cette maison
isolée. A cette niche commençait une enceinte où
criaient des poules dont les œufs se vendaient aux
chanoines. Çà et là, sur le Terrain fangeux ou sec,
suivant les caprices de l'atmosphère parisienne,
s'élevaient quelques petits arbres incessamment
battus par le vent, tourmentés, cassés par les
promeneurs; des saules vivaces, des joncs et de
hautes herbes. Le Terrain, la Seine, le Port, la
maison étaient encadrés à l'ouest par l'immense
basilique de Notre-Dame, qui projetait au gré du

soleil son ombre froide sur cette terre. Alors comme aujourd'hui, Paris n'avait pas de lieu plus solitaire, de paysage plus solennel ni plus mélancolique. La grande voix des eaux, le chant des prêtres ou le sifflement du vent troublaient seuls cette espèce de bocage, où parfois se faisaient aborder quelques couples amoureux pour se confier leurs secrets, lorsque les offices retenaient à l'église les gens du chapitre.

Par une soirée du mois d'avril, en l'an 1308, Tirechair rentra chez lui singulièrement fâché. Depuis trois jours il trouvait tout en ordre sur la voie publique. En sa qualité d'homme de police, rien ne l'affectait plus que de se voir inutile. Il jeta sa hallebarde avec humeur, grommela de vagues paroles en dépouillant sa jaquette mi-partie de rouge et de bleu, pour endosser un mauvais hoqueton de camelot[51]. Après avoir pris dans la huche un morceau de pain sur lequel il étendit une couche de beurre, il s'établit sur un banc, examina ses quatre murs blanchis à la chaux, compta les solives de son plancher[52], inventoria ses ustensiles de ménage appendus à des clous, maugréa d'un soin qui ne lui laissait rien à dire, et regarda sa femme, laquelle ne soufflait mot en repassant les aubes et les surplis de la sacristie.

— Par mon salut, dit-il pour entamer la conversation, je ne sais, Jacqueline, où tu vas pêcher tes apprenties. En voilà une, ajouta-t-il en montrant une ouvrière qui plissait assez maladroitement une nappe d'autel, en vérité, plus je la mire, plus je pense qu'elle ressemble à une fille folle de son corps, et non à une bonne grosse serve de campagne. Elle a des mains aussi blanches que celles d'une dame! Jour de Dieu, ses cheveux sentent le parfum, je crois! et ses chausses sont fines comme celles d'une reine. Par la double corne de Mahom, les choses céans ne vont pas à mon gré.

L'ouvrière se prit à rougir, et guigna Jacqueline d'un air qui exprimait une crainte mêlée d'orgueil. La blanchisseuse répondit à ce regard par un sourire, quitta son ouvrage, et d'une voix aigrelette:

— Ah çà! dit-elle à son mari, ne m'impatiente pas! Ne vas-tu point m'accuser de quelques manigances? Trotte sur ton pavé tant que tu voudras, et ne te mêle de ce qui se passe ici que pour dormir en paix, boire ton vin, et manger ce que je te mets sur la table; sinon, je ne me charge plus de t'entretenir en joie et en santé. Trouvez-moi dans toute la ville un homme plus heureux que ce singe-là! ajouta-t-elle en lui faisant une grimace de reproche. Il a de l'argent dans son escarcelle, il a pignon sur Seine, une vertueuse hallebarde d'un côté, une honnête femme de l'autre, une maison aussi propre, aussi nette que mon œil; et ça se plaint comme un pèlerin ardé du feu Saint-Antoine!

— Ah! reprit le sergent, crois-tu, Jacqueline, que j'aie envie de voir mon logis rasé, ma hallebarde aux mains d'un autre et ma femme au pilori?

Jacqueline et la délicate ouvrière pâlirent.

— Explique-toi donc, reprit vivement la blanchisseuse, et fais voir ce que tu as dans ton sac. Je m'aperçois bien, mon gars, que depuis quelques jours tu loges une sottise dans ta pauvre cervelle. Allons, viens çà! et défile-moi ton chapelet. Il faut que tu sois bien couard pour redouter le moindre

grabuge en portant la hallebarde du parloir aux
bourgeois[53], et en vivant sous la protection du
chapitre. Les chanoines mettraient le diocèse en
interdit si Jacqueline se plaignait à eux de la plus
mince avanie.

En disant cela, elle marcha droit au sergent et le
prit par le bras : — Viens donc, ajouta-t-elle en le
faisant lever et l'emmenant sur les degrés.

Quand ils furent au bord de l'eau, dans leur
jardinet, Jacqueline regarda son mari d'un air
moqueur : — Apprends, vieux truand, que quand
cette belle dame sort du logis, il entre une pièce
d'or dans notre épargne.

— Oh! oh! fit le sergent qui resta pensif et coi
devant sa femme. Mais il reprit bientôt : — Eh!
donc, nous sommes perdus. Pourquoi cette femme
vient-elle chez nous?

— Elle vient voir le joli petit clerc que nous
avons là-haut, reprit Jacqueline en montrant la
chambre dont la fenêtre avait vue sur la vaste
étendue de la Seine.

— Malédiction! s'écria le sergent. Pour quelques
traîtres écus, tu m'auras ruiné, Jacqueline. Est-ce là
un métier que doive faire la sage et prude femme
d'un sergent? Mais fût-elle comtesse ou baronne,
cette dame ne saurait nous tirer du traquenard où
nous serons tôt ou tard emboisés[54]! N'aurons-nous
pas contre nous un mari puissant et grandement
offensé? Car jarnidieu! elle est bien belle.

— Oui-da, elle est veuve, vilain oison! Comment
oses-tu soupçonner ta femme de vilenie et de
bêtise? Cette dame n'a jamais parlé à notre gentil
clerc, elle se contente de le voir et de penser à lui.

Pauvre enfant! sans elle, il serait déjà mort de faim, car elle est quasiment sa mère. Et lui, le chérubin, il est aussi facile de le tromper que de bercer un nouveau-né. Il croit que ses deniers vont toujours, et il les a déjà deux fois mangés depuis six mois.

— Femme, répondit gravement le sergent en lui montrant la place de Grève, te souviens-tu d'avoir vu d'ici le feu dans lequel on a rôti l'autre jour cette Danoise?

— Eh! bien, dit Jacqueline effrayée.

— Eh! bien, reprit Tirechair, les deux étrangers que nous aubergeons sentent le roussi. Il n'y a chapitre, comtesse, ni protection qui tiennent. Voilà Pâques venu, l'année finie, il faut mettre nos hôtes à la porte, et vite et tôt. Apprendras-tu donc à un sergent à reconnaître le gibier de potence? Nos deux hôtes avaient pratiqué la Porrette, cette hérétique de Danemark ou de Norvège de qui tu as entendu d'ici le dernier cri. C'était une courageuse diablesse, elle n'a point sourcillé sur son fagot, ce qui prouvait abondamment son accointance avec le diable : je l'ai vue comme je te vois, elle prêchait encore l'assistance, disant qu'elle était dans le ciel et voyait Dieu. Hé! bien, depuis ce jour, je n'ai point dormi tranquillement sur mon grabat. Le seigneur couché au-dessus de nous est plus sûrement sorcier que chrétien. Foi de sergent! j'ai le frisson quand ce vieux[55] passe près de moi; la nuit, jamais il ne dort; si je m'éveille, sa voix retentit comme le bourdonnement des cloches, et je lui entends faire ses conjurations dans la langue de l'enfer; lui as-tu jamais vu manger une honnête croûte de pain, une fouace[56] faite par la main d'un talmellier catholique? Sa peau brune a été cuite et hâlée par le feu de l'enfer. Jour de Dieu! ses yeux exercent un charme, comme ceux des serpents! Jacqueline, je ne veux pas de ces deux hommes chez moi. Je vis trop près de la justice pour ne pas savoir qu'il faut ne jamais rien avoir à démêler avec elle. Tu mettras nos deux locataires à la porte : le vieux parce qu'il m'est suspect, le jeune parce qu'il est trop mignon. L'un et l'autre ont l'air de ne point hanter les chrétiens, ils ne vivent certes pas comme nous vivons; le petit regarde toujours la lune, les étoiles et les nuages, en sorcier qui guette l'heure de monter sur son balai; l'autre sournois se sert bien certainement de ce pauvre enfant pour quelque sortilège. Mon bouge est déjà sur la rivière, j'ai assez de cette cause de ruine sans y attirer le feu du ciel ou l'amour d'une comtesse. J'ai dit. Ne bronche pas.

Malgré le despotisme qu'elle exerçait au logis, Jacqueline resta stupéfaite en entendant l'espèce de réquisitoire fulminé par le sergent contre ses deux hôtes. En ce moment, elle regarda machinalement la fenêtre de la chambre où logeait le vieillard, et frissonna d'horreur en y rencontrant tout à coup la face sombre et mélancolique, le regard profond qui faisaient tressaillir le sergent, quelque habitué qu'il fût à voir des criminels.

A cette époque, petits et grands, clercs et laïques, tout tremblait à la pensée d'un pouvoir surnaturel. Le mot de magie était aussi puissant que la lèpre pour briser les sentiments, rompre les liens sociaux, et glacer la pitié dans les cœurs les plus généreux. La femme du sergent pensa soudain qu'elle n'avait jamais vu ses deux hôtes faisant acte de créature humaine. Quoique la voix du plus jeune fût douce et mélodieuse comme les sons d'une flûte, elle l'entendait si rarement, qu'elle fut tentée de la prendre pour l'effet d'un sortilège. En se rappelant l'étrange beauté de ce visage blanc et rose, en revoyant par le souvenir cette chevelure blonde et les feux humides de ce regard, elle crut y reconnaître les artifices du démon. Elle se souvint d'être restée pendant des journées entières sans avoir entendu le plus léger bruit chez les deux étrangers. Où étaient-ils pendant ces longues heures? Tout à coup, les circonstances les plus singulières revinrent en foule à sa mémoire. Elle fut complètement saisie par la peur, et voulut voir une preuve de magie dans l'amour que la riche dame portait à ce jeune Godefroid, pauvre orphelin venu de Flandre à Paris pour étudier à l'Université. Elle mit promptement la main dans une de ses poches, en tira vivement quatre livres tournois en grands blancs, et regarda les pièces par un sentiment d'avarice mêlé de crainte.

— Ce n'est pourtant pas là de la fausse monnaie? dit-elle en montrant les sous d'argent à son mari.

— Puis, ajouta-t-elle, comment les mettre hors de chez nous après avoir reçu d'avance le loyer de l'année prochaine?

— Tu consulteras le doyen du chapitre, répondit le sergent. N'est-ce pas à lui de nous dire comment nous devons nous comporter avec des êtres extraordinaires?

— Oh! oui, bien extraordinaires, s'écria Jacqueline. Voyez la malice! venir se gîter dans le giron même de Notre-Dame! Mais, reprit-elle, avant de consulter le doyen, pourquoi ne pas prévenir cette noble et digne dame du danger qu'elle court?

En achevant ces paroles, Jacqueline et le sergent, qui n'avait pas perdu un coup de dent, rentrèrent au logis. Tirechair, en homme vieilli dans les ruses de son métier, feignit de prendre l'inconnue pour une véritable ouvrière; mais cette indifférence apparente laissait percer la crainte d'un courtisan qui respecte un royal incognito. En ce moment, six heures sonnèrent au clocher de Saint-Denis-du-Pas, petite église qui se trouvait entre Notre-Dame et le port Saint-Landry, la première cathédrale bâtie à Paris, au lieu même où saint Denis a été mis sur le gril[57], disent les chroniques. Aussitôt l'heure vola de cloche en cloche par toute la Cité. Tout à coup des cris confus s'élevèrent sur la rive gauche de la Seine, derrière Notre-Dame, à l'endroit où fourmillaient les écoles de l'Université. A ce signal, le vieil hôte de Jacqueline se remua dans sa chambre. Le sergent, sa femme et l'inconnue entendirent ouvrir et fermer brusquement une porte, et le pas lourd de l'étranger retentit sur les marches de l'escalier intérieur. Les soupçons du sergent donnaient à l'apparition de ce personnage un si haut intérêt, que les visages de Jacqueline et du sergent offrirent tout à coup une expression bizarre dont fut saisie la dame. Rapportant, comme toutes les personnes qui aiment, l'effroi du couple à son protégé, l'inconnue attendit avec une sorte d'inquiétude l'événement qu'annonçait la peur de ses prétendus maîtres.

L'étranger resta pendant un instant sur le seuil
de la porte pour examiner les trois personnes qui
étaient dans la salle, en paraissant y chercher son
compagnon. Le regard qu'il y jeta, quelque insouciant qu'il fût, troubla les cœurs. Il était vraiment
impossible à tout le monde, et même à un homme
ferme, de ne pas avouer que la nature avait départi
des pouvoirs exorbitants à cet être en apparence
surnaturel. Quoique ses yeux fussent assez profondément enfoncés sous les grands arceaux dessinés
par ses sourcils, ils étaient comme ceux d'un milan
enchâssés dans des paupières si larges et bordés
d'un cercle noir si vivement marqué sur le haut de
sa joue, que leurs globes semblaient être en saillie.
Cet œil magique avait je ne sais quoi de despotique
et de perçant qui saisissait l'âme par un regard
pesant et plein de pensées, un regard brillant et
lucide comme celui des serpents ou des oiseaux;
mais qui stupéfiait, qui écrasait par la véloce
communication d'un immense malheur ou de
quelque puissance surhumaine. Tout était en harmonie avec ce regard de plomb et de feu, fixe et
mobile, sévère et calme. Si dans ce grand œil d'aigle
les agitations terrestres paraissaient en quelque
sorte éteintes, le visage maigre et sec portait aussi
les traces de passions malheureuses et de grands
événements accomplis. Le nez tombait droit et se
prolongeait de telle sorte que les narines semblaient
le retenir. Les os de la face étaient nettement
accusés par des rides droites et longues qui
creusaient les joues décharnées. Tout ce qui formait
un creux dans sa figure paraissait sombre. Vous
eussiez dit le lit d'un torrent où la violence des eaux

écoulées était attestée par la profondeur des sillons qui trahissaient quelque lutte horrible, éternelle. Semblables à la trace laissée par les rames d'une barque sur les ondes, de larges plis partant de chaque côté de son nez accentuaient fortement son visage, et donnaient à sa bouche, ferme et sans sinuosités, un caractère d'amère tristesse. Au-dessus de l'ouragan peint sur ce visage, son front tranquille s'élançait avec une sorte de hardiesse et le couronnait comme d'une coupole en marbre. L'étranger gardait cette attitude intrépide et sérieuse que contractent les hommes habitués au malheur, faits par la nature pour affronter avec impassibilité les foules furieuses, et pour regarder en face les grands dangers. Il semblait se mouvoir dans une sphère à lui, d'où il planait au-dessus de l'humanité. Ainsi que son regard, son geste possédait une irrésistible puissance; ses mains décharnées étaient celles d'un guerrier; s'il fallait baisser les yeux quand les siens plongeaient sur vous, il fallait également trembler quand sa parole ou son geste s'adressaient à votre âme. Il marchait entouré d'une majesté silencieuse qui le faisait prendre pour un despote sans gardes, pour quelque Dieu sans rayons. Son costume ajoutait encore aux idées qu'inspiraient les singularités de sa démarche ou de sa physionomie. L'âme, le corps et l'habit s'harmoniaient[58] ainsi de manière à impressionner les imaginations les plus froides. Il portait une espèce de surplis en drap noir, sans manches, qui s'agrafait par-devant et descendait jusqu'à mi-jambe, en lui laissant le col nu, sans rabat. Son justaucorps et ses bottines, tout était noir. Il avait sur la tête une

calotte en velours semblable à celle d'un prêtre, et
qui traçait une ligne circulaire au-dessus de son
front sans qu'un seul cheveu s'en échappât. C'était
le deuil le plus rigide et l'habit le plus sombre
qu'un homme pût prendre. Sans une longue épée
qui pendait à son côté, soutenue par un ceinturon
de cuir que l'on apercevait à la fente du surtout
noir, un ecclésiastique l'eût salué comme un frère.
Quoiqu'il fût de taille moyenne, il paraissait grand;
mais en le regardant au visage, il était gigantesque.

— L'heure a sonné, la barque attend, ne vien-
drez-vous pas?

A ces paroles prononcées en mauvais français,
mais qui furent facilement entendues au milieu du
silence, un léger frémissement retentit dans l'autre
chambre, et le jeune homme en descendit avec la
rapidité d'un oiseau. Quand Godefroid se montra,
le visage de la dame s'empourpra, elle trembla,
tressaillit, et se fit un voile de ses mains blanches.
Toute femme eût partagé cette émotion en contemplant un homme de vingt ans environ, mais dont la
taille et les formes étaient si frêles qu'au premier
coup d'œil vous eussiez cru voir un enfant ou
quelque jeune fille déguisée. Son chaperon noir,
semblable au béret des Basques, laissait apercevoir
un front blanc comme de la neige où la grâce et
l'innocence étincelaient en exprimant une suavité
divine, reflet d'une âme pleine de foi. L'imagination des poètes aurait voulu y chercher cette étoile
que, dans je ne sais quel conte, une mère pria la fée
marraine d'empreindre sur le front de son enfant
abandonné comme Moïse au gré des flots. L'amour
respirait dans les milliers de boucles blondes qui

retombaient sur ses épaules. Son cou, véritable cou
de cygne, était blanc et d'une admirable rondeur.
Ses yeux bleus, pleins de vie et limpides, semblaient réfléchir le ciel. Les traits de son visage, la
coupe de son front étaient d'un fini, d'une délicatesse à ravir un peintre. La fleur de beauté qui,
dans les figures de femmes, nous cause d'intaris-
sables émotions, cette exquise pureté des lignes,
cette lumineuse auréole posée sur des traits adorés,
se mariaient à des teintes mâles, à une puissance
encore adolescente, qui formaient de délicieux
contrastes. C'était enfin un de ces visages mélodieux qui, muets, nous parlent et nous attirent;
néanmoins, en le contemplant avec un peu d'attention, peut-être y aurait-on reconnu l'espèce de
flétrissure qu'imprime une grande pensée ou la
passion, dans une verdeur mate qui le faisait
ressembler à une jeune feuille se dépliant au soleil.
Aussi, jamais opposition ne fut-elle plus brusque ni
plus vive que l'était celle offerte par la réunion de
ces deux êtres. Il semblait voir[59] un gracieux et
faible arbuste né dans le creux d'un vieux saule,
dépouillé par le temps, sillonné par la foudre,
décrépit, un de ces saules majestueux, l'admiration
des peintres; le timide arbrisseau s'y met à l'abri
des orages. L'un était un Dieu, l'autre était un
ange[60]; celui-ci le poète qui sent, celui-là le poète
qui traduit; un prophète souffrant, un lévite en
prières. Tous deux passèrent en silence.

— Avez-vous vu comme il l'a sifflé? s'écria le
sergent de ville au moment où le pas des deux
étrangers ne s'entendit plus sur la grève. N'est-ce
point un diable et son page?

— Ouf! répondit Jacqueline, j'étais oppressée. Jamais je n'avais examiné nos hôtes si attentivement. Il est malheureux, pour nous autres femmes, que le démon puisse prendre un si gentil visage!

— Oui, jette-lui de l'eau bénite, s'écria Tire-chair, et tu le verras se changer en crapaud. Je vais aller tout dire à l'officialité.

En entendant ce mot, la dame se réveilla de la rêverie dans laquelle elle était plongée, et regarda le sergent qui mettait sa casaque bleu et rouge.

— Où courez-vous? dit-elle.

— Informer la justice que nous logeons des sorciers, bien à notre corps défendant.

L'inconnue se prit à sourire.

— Je suis la comtesse Mahaut, dit-elle en se levant avec une dignité qui rendit le sergent tout pantois. Gardez-vous de faire la plus légère peine à vos hôtes. Honorez surtout le vieillard, je l'ai vu chez le roi votre seigneur qui l'a courtoisement accueilli, vous seriez mal avisé de lui causer le moindre encombre. Quant à mon séjour chez vous, n'en sonnez mot, si vous aimez la vie.

La comtesse se tut et retomba dans sa méditation. Elle releva bientôt la tête, fit un signe à Jacqueline, et toutes deux montèrent à la chambre de Godefroid. La belle comtesse regarda le lit, les chaires de bois, le bahut, les tapisseries, la table, avec un bonheur semblable à celui du banni qui contemple, au retour, les toits pressés de sa ville natale, assise au pied d'une colline.

— Si tu ne m'as pas trompée, dit-elle à Jacqueline, je te promets cent écus d'or.

— Tenez, madame, répondit l'hôtesse, le pauvre ange est sans méfiance, voici tout son bien!

Disant cela, Jacqueline ouvrait un tiroir de la table, et montrait quelques parchemins.

— O Dieu de bonté! s'écria la comtesse en saisissant un contrat qui attira soudain son attention et où elle lut : GOTHOFREDUS COMES GANTIACUS (*Godefroid, comte de Gand*).

Elle laissa tomber le parchemin, passa la main sur son front mais, se trouvant sans doute compromise de laisser voir son émotion à Jacqueline, elle reprit une contenance froide.

— Je suis contente! dit-elle.

Puis elle descendit et sortit de la maison. Le sergent et sa femme se mirent sur le seuil de leur porte, et lui virent prendre le chemin du port. Un bateau se trouvait amarré près de là. Quand le frémissement du pas de la comtesse put être entendu, un marinier se leva soudain, aida la belle ouvrière à s'asseoir sur un banc, et rama de manière à faire voler le bateau comme une hirondelle, en aval de la Seine.

— Es-tu bête! dit Jacqueline en frappant familièrement sur l'épaule du sergent. Nous avons gagné ce matin cent écus d'or.

— Je n'aime pas plus loger des seigneurs que loger des sorciers. Je ne sais qui des uns ou des autres nous mène plus vitement au gibet, répondit Tirechair en prenant sa hallebarde. Je vais, reprit-il, aller faire ma ronde du côté de Champfleury. Ah! que Dieu nous protège, et me fasse rencontrer quelque galloise [61] ayant mis ce soir ses anneaux

d'or pour briller dans l'ombre comme un ver
luisant!

Jacqueline, restée seule au logis, monta précipitamment dans la chambre du seigneur inconnu
pour tâcher d'y trouver quelques renseignements
sur cette mystérieuse affaire. Semblable à ces
savants qui se donnent des peines infinies pour
compliquer les principes clairs et simples de la
nature, elle avait déjà bâti un roman informe qui lui
servait à expliquer la réunion de ces trois personnages sous son pauvre toit. Elle fouilla le bahut,
examina tout, et ne put rien découvrir d'extraordinaire. Elle vit seulement sur la table une écritoire et
quelques feuilles de parchemin; mais comme elle
ne savait pas lire, cette trouvaille ne pouvait lui rien
apprendre. Un sentiment de femme la ramena dans
la chambre du beau jeune homme, d'où elle aperçut
par la croisée ses deux hôtes qui traversaient la
Seine dans le bateau du passeur.

— Ils sont comme deux statues, se dit-elle. Ah!
ah! ils abordent devant la rue du Fouarre. Est-il
leste, le petit mignon! il a sauté à terre comme un
bouvreuil. Près de lui, le vieux ressemble à quelque
saint de pierre de la cathédrale. Ils vont à l'ancienne école des Quatre-Nations. Prest! je ne les
vois plus. — C'est là qu'il respire, ce pauvre
chérubin! ajouta-t-elle en regardant les meubles de
la chambre. Est-il galant et plaisant! Ah! ces
seigneurs, c'est autrement fait que nous.

Et Jacqueline descendit après avoir passé la main
sur la couverture du lit, épousseté le bahut, et s'être
demandé pour la centième fois depuis six mois: —
A quoi diable passe-t-il toutes ses saintes journées?

Il ne peut pas toujours regarder dans le bleu du
temps et dans les étoiles que Dieu a pendues là-haut
comme des lanternes. Le cher enfant a du chagrin.
Mais pourquoi le vieux maître et lui ne se parlent-ils
presque point ? Puis elle se perdit dans ses pensées,
qui, dans sa cervelle de femme, se brouillèrent
comme un écheveau de fil.

Le vieillard et le jeune homme étaient entrés
dans une des écoles qui rendaient à cette époque la
rue du Fouarre si célèbre en Europe. L'illustre
Sigier [62], le plus fameux docteur en Théologie
mystique de l'Université de Paris, montait à sa
chaire au moment où les deux locataires de
Jacqueline arrivèrent à l'ancienne école des Quatre-
Nations, dans une grande salle basse, de plain-pied
avec la rue. Les dalles froides étaient garnies de
paille fraîche, sur laquelle un bon nombre d'étu-
diants avaient tous un genou appuyé, l'autre relevé,
pour sténographier l'improvisation du maître à
l'aide de ces abréviations qui font le désespoir des
déchiffreurs modernes. La salle était pleine, non
seulement d'écoliers, mais encore des hommes les
plus distingués du clergé, de la cour et de l'ordre
judiciaire. Il s'y trouvait des savants étrangers, des
gens d'épée et de riches bourgeois. Là se rencontraient ces faces larges, ces fronts protubérants, ces
barbes vénérables qui nous inspirent une sorte de
religion pour nos ancêtres à l'aspect des portraits
du Moyen Age. Des visages maigres aux yeux
brillants et enfoncés, surmontés de crânes jaunis
dans les fatigues d'une scolastique impuissante, la
passion favorite du siècle, contrastaient avec de
jeunes têtes ardentes, avec des hommes graves, avec

des figures guerrières, avec les joues rubicondes de quelques financiers. Ces leçons, ces dissertations, ces thèses soutenues par les génies les plus brillants du treizième et du quatorzième siècle, excitaient l'enthousiasme de nos pères; elles étaient leurs combats de taureaux, leurs Italiens, leur tragédie, leurs grands danseurs, tout leur théâtre enfin. Les représentations de mystères ne vinrent qu'après ces luttes spirituelles qui peut-être engendrèrent la scène française. Une éloquente inspiration qui réunissait l'attrait de la voix humaine habilement maniée, les subtilités de l'éloquence et des recherches hardies dans les secrets de Dieu, satisfaisait alors à toutes les curiosités, émouvait les âmes, et composait le spectacle à la mode. La Théologie ne résumait pas seulement les sciences, elle était la science même, comme le fut autrefois la Grammaire chez les Grecs, et présentait un fécond avenir à ceux qui se distinguaient dans ces duels, où, comme Jacob, les orateurs combattaient avec l'esprit de Dieu. Les ambassades, les arbitrages entre les souverains, les chancelleries, les dignités ecclésiastiques, appartenaient aux hommes dont la parole s'était aiguisée dans les controverses théologiques. La chaire était la tribune de l'époque. Ce système vécut jusqu'au jour où Rabelais immola l'ergotisme[63] sous ses terribles moqueries comme Cervantes tua la chevalerie avec une comédie écrite.

Pour comprendre ce siècle extraordinaire, l'esprit qui en dicta les chefs-d'œuvre inconnus aujourd'hui, quoique immenses, enfin pour s'en expliquer tout jusqu'à la barbarie, il suffit d'étudier les constitutions de l'Université de Paris, et d'exami-

ner l'enseignement bizarre alors en vigueur. La
Théologie se divisait en deux Facultés, celle de
Théologie proprement dite, et celle de Décret.
La Faculté de Théologie avait trois sections : la
Scolastique, la Canonique et la Mystique. Il serait
fastidieux d'expliquer les attributions de ces diverses parties de la science, puisqu'une seule, la
Mystique, est le sujet de cette étude. La Théologie mystique embrassait l'ensemble des *révélations divines* et l'explication des *mystères*. Cette
branche de l'ancienne théologie est secrètement
restée en honneur parmi nous. Jacob Bœhm,
Swedenborg, Martinez Pasqualis, Saint-Martin,
Molinos, mesdames Guyon, Bourignon et Krude-
ner, la grande secte des Extatiques, celle des
Illuminés[64], ont, à diverses époques, dignement
conservé les doctrines de cette science, dont le but a
quelque chose d'effrayant et de gigantesque.
Aujourd'hui, comme au temps du docteur Sigier, il
s'agit de donner à l'homme des ailes pour pénétrer
dans le sanctuaire où Dieu se cache à nos regards.

Cette digression était nécessaire pour l'intelligence de la scène à laquelle le vieillard et le jeune
homme partis du terrain Notre-Dame venaient
assister; puis elle défendra de tout reproche cette
Étude, que certaines personnes hardies à juger
pourraient soupçonner de mensonge et taxer
d'hyperbole.

Le docteur Sigier était de haute taille et dans la
force de l'âge. Sauvée de l'oubli par les fastes
universitaires, sa figure offrait de frappantes analogies avec celle de Mirabeau. Elle était marquée au
sceau d'une éloquence impétueuse, animée, ter-

rible. Le docteur avait au front les signes d'une croyance religieuse et d'une ardente foi qui manquèrent à son Sosie. Sa voix possédait de plus une douceur persuasive, un timbre éclatant et flatteur.

En ce moment, le jour que les croisées à petits vitraux garnis de plomb répandaient avec parcimonie, colorait cette assemblée de teintes capricieuses en y créant çà et là de vigoureux contrastes par le mélange de la lueur et des ténèbres. Ici des yeux étincelaient en des coins obscurs; là de noires chevelures, caressées par des rayons, semblaient lumineuses au-dessus de quelques visages ensevelis dans l'ombre; puis, plusieurs crânes découronnés, conservant une faible ceinture de cheveux blancs, apparaissaient au-dessus de la foule comme des créneaux argentés par la lune. Toutes les têtes, tournées vers le docteur, restaient muettes, impatientes. Les voix monotones des autres professeurs dont les écoles étaient voisines, retentissaient dans la rue silencieuse comme le murmure des flots de la mer. Le pas des deux inconnus qui arrivèrent en ce moment attira l'attention générale. Le docteur Sigier, prêt à prendre la parole, vit le majestueux vieillard debout, lui chercha de l'œil une place, et n'en trouvant pas, tant la foule était grande, il descendit, vint à lui d'un air respectueux, et le fit asseoir sur l'escalier de la chaire en lui prêtant son escabeau. L'assemblée accueillit cette faveur par un long murmure d'approbation, en reconnaissant dans le vieillard le héros d'une admirable thèse récemment soutenue à la Sorbonne. L'inconnu jeta sur l'auditoire, au-dessus duquel il planait, ce profond regard qui racontait tout un poème de malheurs, et ceux qu'il atteignit éprouvèrent d'indéfinissables tressaillements. L'enfant qui suivit le vieillard s'assit sur une des marches, et s'appuya contre la chaire, dans une pose ravissante de grâce et de tristesse. Le silence devint profond, le seuil de la porte, la rue même, furent obstrués en peu d'instants par une foule d'écoliers qui désertèrent les autres classes.

Le docteur Sigier devait résumer, en un dernier discours, les théories qu'il avait données sur la résurrection, sur le ciel et l'enfer, dans ses leçons précédentes. Sa curieuse doctrine répondait aux sympathies de l'époque, et satisfaisait à ces désirs immodérés du merveilleux qui tourmentent les hommes à tous les âges du monde. Cet effort de l'homme pour saisir un infini qui échappe sans cesse à ses mains débiles, ce dernier assaut de la pensée avec elle-même, était une œuvre digne d'une assemblée où brillaient alors toutes les lumières de ce siècle, où scintillait peut-être la plus vaste des imaginations humaines. D'abord le docteur rappela simplement, d'un ton doux et sans emphase, les principaux points précédemment établis.

« Aucune intelligence ne se trouvait égale à une autre. L'homme était-il en droit de demander compte à son créateur de l'inégalité des forces morales données à chacun? Sans vouloir pénétrer tout à coup les desseins de Dieu, ne devait-on pas reconnaître en fait que, par suite de leurs dissemblances générales, les intelligences se divisaient en de grandes sphères? Depuis la sphère où brillait le moins d'intelligence jusqu'à la plus translucide où les âmes apercevaient le chemin pour aller à Dieu, n'existait-il pas une gradation réelle de spiritualité? les esprits appartenant à une même sphère ne s'entendaient-ils pas fraternellement, en âme, en chair, en pensée, en sentiment? »

Là, le docteur développait de merveilleuses théories relatives aux sympathies [65]. Il expliquait dans un langage biblique les phénomènes de l'amour, les répulsions instinctives, les attractions vives qui méconnaissent les lois de l'espace, les cohésions soudaines des âmes qui semblent se reconnaître. Quant aux divers degrés de force dont étaient susceptibles nos affections, il les résolvait par la place plus ou moins rapprochée du centre que les êtres occupaient dans leurs cercles respectifs. Il révélait mathématiquement une grande pensée de Dieu dans la coordination des différentes sphères humaines. Par l'homme, disait-il, ces sphères créaient un monde intermédiaire entre l'intelligence de la brute et l'intelligence des anges. Selon lui, la Parole *divine* nourrissait la Parole *spirituelle,* la Parole *spirituelle* nourrissait la Parole *animée,* la Parole *animée* nourrissait la Parole *animale,* la Parole *animale* nourrissait la Parole *végétale,* et la Parole *végétale* exprimait la vie de la parole *stérile.* Les successives transformations de chrysalide que Dieu imposait ainsi à nos âmes, et cette espèce de vie infusoire qui, d'une zone à l'autre, se communiquait toujours plus vive, plus spirituelle, plus clairvoyante, développait confusément, mais assez merveilleusement peut-être pour ses auditeurs inexpérimentés, le mouvement imprimé par le Très-Haut à la Nature. Secouru par de nombreux passages empruntés aux livres sacrés,

et desquels il se servait pour se commenter lui-
même, pour exprimer par des images sensibles les
raisonnements abstraits qui lui manquaient, il
secouait l'esprit de Dieu comme une torche à
travers les profondeurs de la création, avec une
éloquence qui lui était propre et dont les accents
sollicitaient la conviction de son auditoire. Dérou-
lant ce mystérieux système dans toutes ses conséquences, il donnait la clef de tous les symboles,
justifiait les vocations, les dons particuliers, les
génies, les talents humains. Devenant tout à coup
physiologiste par instinct, il rendait compte des
ressemblances animales inscrites sur les figures
humaines, par des analogies primordiales et par le
mouvement ascendant de la création. Il vous faisait
assister au jeu de la nature, assignait une mission,
un avenir aux minéraux, à la plante, à l'animal. La
Bible à la main, après avoir spiritualisé la Matière
et matérialisé l'Esprit, après avoir fait entrer la
volonté de Dieu en tout, et imprimé du respect
pour ses moindres œuvres, il admettait la possibilité
de parvenir par la foi d'une sphère à une autre.

Telle fut la première partie de son discours, il en
appliqua par d'adroites digressions les doctrines au
système de la féodalité. La poésie religieuse et
profane, l'éloquence abrupte du temps avaient une
large carrière dans cette immense théorie, où
venaient se fondre tous les systèmes philosophiques
de l'antiquité, mais d'où le docteur les faisait sortir,
éclaircis, purifiés, changés. Les faux dogmes des
deux principes et ceux du panthéisme tombaient
sous sa parole qui proclamait l'unité divine en
laissant à Dieu et à ses anges la connaissance des

fins dont les moyens éclataient si magnifiques aux yeux de l'homme. Armé des démonstrations par lesquelles il expliquait le monde matériel, le docteur Sigier construisait un monde spirituel dont les sphères graduellement élevées nous séparaient de Dieu, comme la plante était éloignée de nous par une infinité de cercles à franchir. Il peuplait le ciel, les étoiles, les astres, le soleil. Au nom de saint Paul, il investissait les hommes d'une puissance nouvelle, il leur était permis de monter de monde en monde jusqu'aux sources de la vie éternelle. L'échelle mystique de Jacob était tout à la fois la formule religieuse de ce secret divin et la preuve traditionnelle du fait. Il voyageait dans les espaces en entraînant les âmes passionnées sur les ailes de sa parole, et faisait sentir l'infini à ses auditeurs, en les plongeant dans l'océan céleste. Le docteur expliquait ainsi logiquement l'enfer par d'autres cercles disposés en ordre inverse des sphères brillantes qui aspiraient à Dieu, où la souffrance et les ténèbres remplaçaient la lumière et l'esprit. Les tortures se comprenaient aussi bien que les délices. Les termes de comparaison existaient dans les transitions de la vie humaine, dans ses diverses atmosphères de douleur et d'intelligence. Ainsi les fabulations les plus extraordinaires de l'enfer et du purgatoire se trouvaient naturellement réalisées. Il déduisait admirablement les raisons fondamentales de nos vertus. L'homme pieux, cheminant dans la pauvreté, fier de sa conscience, toujours en paix avec lui-même, et persistant à ne pas se mentir dans son cœur, malgré les spectacles du vice triomphant, était un ange puni, déchu, qui se souvenait de son

origine, pressentait sa récompense, accomplissait sa
tâche et obéissait à sa belle mission. Les sublimes
résignations du christianisme apparaissent alors
dans toute leur gloire. Il mettait les martyrs sur les
bûchers ardents, et les dépouillait presque de leurs
mérites, en les dépouillant de leurs souffrances. Il
montrait l'ange *intérieur* dans les cieux, tandis que
l'homme *extérieur* était brisé par le fer des bourreaux. Il peignait, il faisait reconnaître à certains
signes célestes, des anges parmi les hommes. Il
allait alors arracher dans les entrailles de l'entendement le véritable sens du mot *chute,* qui se retrouve
en tous les langages. Il revendiquait les plus fertiles
traditions, afin de démontrer la vérité de notre
origine. Il expliquait avec lucidité la passion que
tous les hommes ont de s'élever, de monter,
ambition instinctive, révélation perpétuelle de notre
destinée. Il faisait épouser d'un regard l'univers
entier, et décrivait la substance de Dieu même,
coulant à pleins bords comme un fleuve immense,
du centre aux extrémités, des extrémités vers le
centre. La nature était une et compacte. Dans
l'œuvre la plus chétive en apparence, comme dans
la plus vaste, tout obéissait à cette loi. Chaque
création en reproduisait en petit une image exacte,
soit la sève de la plante, soit le sang de l'homme,
soit le cours des astres. Il entassait preuve sur
preuve, et configurait toujours sa pensée par un
tableau mélodieux de poésie. Il marchait, d'ailleurs,
hardiment au-devant des objections. Ainsi lui-
même foudroyait sous une éloquente interrogation
les monuments de nos sciences et les superfétations
humaines, à la construction desquelles les sociétés

employaient les éléments du monde terrestre. Il demandait si nos guerres, si nos malheurs, si nos dépravations empêchaient le grand mouvement imprimé par Dieu à tous les mondes? Il faisait rire de l'impuissance humaine en montrant nos efforts effacés partout. Il évoquait les mânes de Tyr, de Carthage, de Babylone; il ordonnait à Babel, à Jérusalem de comparaître; il y cherchait, sans les trouver, les sillons éphémères de la charrue civilisatrice. L'humanité flottait sur le monde, comme un vaisseau dont le sillage disparaît sous le niveau paisible de l'Océan.

Telles étaient les idées fondamentales du discours prononcé par le docteur Sigier, idées qu'il enveloppa dans le langage mystique et le latin bizarre en usage à cette époque. Les Écritures dont il avait fait une étude particulière lui fournissaient les armes sous lesquelles il apparaissait à son siècle pour en presser la marche. Il couvrait comme d'un manteau sa hardiesse sous un grand savoir, et sa philosophie sous la sainteté de ses mœurs. En ce moment, après avoir mis son audience face à face avec Dieu, après avoir fait tenir le monde dans une pensée, et dévoilé presque la pensée du monde, il contempla l'assemblée silencieuse, palpitante, et interrogea l'étranger par un regard. Aiguillonné sans doute par la présence de cet être singulier, il ajouta ces paroles, dégagées ici de la latinité corrompue du Moyen Age.

— Où croyez-vous que l'homme puisse prendre ces vérités fécondes, si ce n'est au sein de Dieu même? Que suis-je? Le faible traducteur d'une seule ligne léguée par le plus puissant des apôtres, une seule ligne entre mille également brillantes de lumière. Avant nous tous, saint Paul avait dit : *In Deo vivimus, movemur et sumus.* (Nous vivons, nous sommes, nous marchons dans Dieu même.) Aujourd'hui, moins croyants et plus savants, ou moins instruits et plus incrédules, nous demanderions à l'apôtre, à quoi bon ce mouvement perpétuel? Où va cette vie distribuée par zones? Pourquoi cette intelligence qui commence par les perceptions confuses du marbre, et va, de sphère en sphère, jusqu'à l'homme, jusqu'à l'ange, jusqu'à Dieu? Où est la source, où est la mer? Si la vie, arrivée à Dieu à travers les mondes et les étoiles, à travers la matière et l'esprit, redescend vers un autre but? Vous voudriez voir l'univers des deux côtés. Vous adoreriez le souverain, à condition de vous asseoir sur son trône un moment. Insensés que nous sommes! nous refusons aux animaux les plus intelligents le don de comprendre nos pensées et le but de nos actions, nous sommes sans pitié pour les créatures des sphères inférieures, nous les chassons de notre monde, nous leur dénions la faculté de deviner la pensée humaine, et nous voudrions connaître la plus élevée de toutes les idées, l'idée de l'idée! Eh! bien, allez, partez! montez par la foi de globe en globe, volez dans les espaces! La pensée, l'amour et la foi en sont les clefs mystérieuses. Traversez les cercles, parvenez au trône! Dieu est plus clément que vous ne l'êtes, il a ouvert son temple à toutes ses créations. Mais n'oubliez pas l'exemple de Moïse! Déchaussez-vous pour entrer dans le sanctuaire, dépouillez-vous de toute souillure, quittez bien complètement votre

corps, autrement vous seriez consumés, car Dieu...
Dieu, c'est la lumière!

Au moment où le docteur Sigier, la face ardente,
la main levée, prononçait cette grande parole, un
rayon de soleil pénétra par un vitrail ouvert, et fit
jaillir comme par magie une source brillante, une
longue et triangulaire bande d'or qui revêtit l'assemblée comme d'une écharpe. Toutes les mains
battirent, car les assistants acceptèrent cet effet du
soleil couchant comme un miracle. Un cri unanime
s'éleva : — *Vivat! vivat!* Le ciel lui-même semblait
applaudir. Godefroid, saisi de respect, regardait
tour à tour le vieillard et le docteur Sigier qui se
parlaient à voix basse.

— Gloire au maître! disait l'étranger.

— Qu'est une gloire passagère? répondait Sigier.

— Je voudrais éterniser ma reconnaissance,
répliqua le vieillard.

— Eh bien, une ligne de vous? reprit le docteur,
ce sera me donner l'immortalité humaine.

— Hé! peut-on donner ce qu'on n'a point?
s'écria l'inconnu.

Accompagnés par la foule qui, semblable à des
courtisans autour de leurs rois, se pressait sur leurs
pas, en laissant entre elle et ces trois personnages
une respectueuse distance, Godefroid, le vieillard et
Sigier marchèrent vers la rive fangeuse où dans ce
temps il n'y avait point encore de maisons, et où le
passeur les attendait. Le docteur et l'étranger ne
s'entretenaient ni en latin ni en langue gauloise, ils
parlaient gravement un langage inconnu. Leurs
mains s'adressaient tour à tour aux cieux et à la
terre. Plus d'une fois, Sigier à qui les détours du

rivage étaient familiers, guidait avec un soin particulier le vieillard vers les planches étroites jetées
comme des ponts sur la boue ; l'assemblée les épiait
avec curiosité, et quelques écoliers enviaient le
privilège du jeune enfant qui suivait ces deux
souverains de la parole. Enfin le docteur salua le
vieillard et vit partir le bateau du passeur.

Au moment où la barque flotta sur la vaste
étendue de la Seine en imprimant ses secousses à
l'âme, le soleil, semblable à un incendie qui
s'allumait à l'horizon, perça les nuages, versa sur les
campagnes des torrents de lumière, colora de ses
tons rouges, de ses reflets bruns et les cimes
d'ardoises et les toits de chaume, borda de feu les
tours de Philippe-Auguste, inonda les cieux, teignit
les eaux, fit resplendir les herbes, réveilla les
insectes à moitié endormis. Cette longue gerbe de
lumière embrasa les nuages. C'était comme le
dernier vers de l'hymne quotidien. Tout cœur
devait tressaillir, alors la nature fut sublime. Après
avoir contemplé ce spectacle, l'étranger eut ses
paupières humectées par la plus faible de toutes les
larmes humaines. Godefroid pleurait aussi, sa main
palpitante rencontra celle du vieillard qui se
retourna, lui laissa voir son émotion ; mais, sans
doute pour sauver sa dignité d'homme qu'il crut
compromise, il lui dit d'une voix profonde : — Je
pleure mon pays, je suis banni ! Jeune homme, à
cette heure même j'ai quitté ma patrie. Mais là-bas,
à cette heure, les lucioles sortent de leurs frêles
demeures, et se suspendent comme autant de
diamants aux rameaux des glaïeuls [66]. A cette heure,
la brise douce comme la plus douce poésie, s'élève

d'une vallée trempée de lumière, en exhalant de
suaves parfums. A l'horizon, je voyais une ville
d'or, semblable à la *Jérusalem* céleste, une ville dont
le nom ne doit pas sortir de ma bouche. Là,
serpente aussi une rivière. Cette ville et ses
monuments, cette rivière dont les ravissantes
perspectives, dont les nappes d'eau bleuâtre se
confondaient, se mariaient, se dénouaient, lutte
harmonieuse qui réjouissait ma vue et m'inspirait
l'amour, où sont-ils? A cette heure, les ondes
prenaient sous le ciel du couchant des teintes
fantastiques, et figuraient de capricieux tableaux.
Les étoiles distillaient une lumière caressante, la
lune tendait partout ses pièges gracieux, elle donnait une autre vie aux arbres, aux couleurs, aux
formes, et diversifiait les eaux brillantes, les collines
muettes, les édifices éloquents. La ville parlait,
scintillait; elle me rappelait, elle! Des colonnes de
fumée se dressaient auprès des colonnes antiques
dont les marbres étincelaient de blancheur au sein
de la nuit; les lignes de l'horizon se dessinaient
encore à travers les vapeurs du soir, tout était
harmonie et mystère. La nature ne me disait pas
adieu, elle voulait me garder. Ah! c'était tout pour
moi : ma mère et mon enfant, mon épouse et ma
gloire! Les cloches, elles-mêmes, pleuraient alors
ma proscription. O terre merveilleuse! elle est aussi
belle que le ciel! Depuis cette heure, j'ai eu l'univers
pour cachot. Ma chère patrie, pourquoi m'as-tu
proscrit? — Mais j'y triompherai! s'écria-t-il en
jetant ce mot avec un tel accent de conviction, et
d'un timbre si éclatant, que le batelier tressaillit en
croyant entendre le son d'une trompette.

Le vieillard était debout, dans une attitude prophétique et regardait dans les airs vers le sud, en montrant sa patrie à travers les régions du ciel. La pâleur ascétique de son visage avait fait place à la rougeur du triomphe, ses yeux étincelaient, il était sublime comme un lion hérissant sa crinière.

— Et toi, pauvre enfant! reprit-il en regardant Godefroid dont les joues étaient bordées par un chapelet de gouttes brillantes, as-tu donc comme moi étudié la vie sur des pages sanglantes? Pourquoi pleurer? Que peux-tu regretter à ton âge?

— Hélas! dit Godefroid, je regrette une patrie plus belle que toutes les patries de la terre, une patrie que je n'ai point vue et dont j'ai souvenir. Oh! si je pouvais fendre les espaces à plein vol, j'irais...

— Où? dit le Proscrit.

— Là-haut, répondit l'enfant.

En entendant ce mot, l'étranger tressaillit, arrêta son regard lourd sur le jeune homme, et le fit taire. Tous deux ils s'entretinrent par une inexplicable effusion d'âme en écoutant leurs vœux au sein d'un fécond silence, et voyagèrent fraternellement comme deux colombes qui parcourent les cieux d'une même aile, jusqu'au moment où la barque, en touchant le sable du Terrain, les tira de leur profonde rêverie. Tous deux, ensevelis dans leurs pensées, marchèrent en silence vers la maison du sergent.

— Ainsi, disait en lui-même le grand étranger, ce pauvre petit se croit un ange banni du ciel. Et qui parmi nous aurait le droit de le détromper? Sera-ce moi? Moi qui suis enlevé si souvent par un

pouvoir magique loin de la terre; moi qui appar-
tiens à Dieu; moi qui suis pour moi-même un
mystère. N'ai-je donc pas vu le plus beau des anges
vivant dans cette boue? Cet enfant est-il donc plus
ou moins insensé que je le suis? A-t-il fait un pas
plus hardi dans la foi? Il croit, sa croyance le
conduira sans doute en quelque sentier lumineux
semblable à celui dans lequel je marche. Mais, s'il
est beau comme un ange, n'est-il pas trop faible
pour résister à de si rudes combats!

Intimidé par la présence de son compagnon, dont
la voix foudroyante lui exprimait ses propres
pensées, comme l'éclair traduit les volontés du ciel,
l'enfant se contentait de regarder les étoiles avec les
yeux d'un amant. Accablé par un luxe de sensibilité
qui lui écrasait le cœur, il était là, faible et craintif,
comme un moucheron inondé de soleil. La voix de
Sigier leur avait célestement déduit à tous deux les
mystères du monde moral; le grand vieillard devait
les revêtir de gloire; l'enfant les sentait en lui-
même sans pouvoir en rien exprimer; tous trois, ils
exprimaient par de vivantes images la Science, la
Poésie et le Sentiment.

En rentrant au logis, l'étranger s'enferma dans sa
chambre, alluma sa lampe inspiratrice, et se confia
au terrible démon du travail, en demandant des
mots au silence, des idées à la nuit[67]. Godefroid
s'assit au bord de sa fenêtre, regarda tour à tour les
reflets de la lune dans les eaux, étudia les mystères
du ciel. Livré à l'une de ces extases qui lui étaient
familières, il voyagea de sphère en sphère, de
visions en visions, écoutant et croyant entendre de
sourds frémissements et des voix d'anges, voyant

ou croyant voir des lueurs divines au sein desquelles il se perdait, essayant de parvenir au point
éloigné, source de toute lumière, principe de toute
harmonie. Bientôt la grande clameur de Paris
propagée par les eaux de la Seine s'apaisa, les
lueurs s'éteignirent une à une en haut des maisons,
le silence régna dans toute son étendue, et la vaste
cité s'endormit comme un géant fatigué. Minuit
sonna. Le plus léger bruit, la chute d'une feuille ou
le vol d'un *choucas* changeant de place dans les
cimes de Notre-Dame, eussent alors rappelé l'esprit
de l'étranger sur la terre, eussent fait quitter à
l'enfant les hauteurs célestes vers lesquelles son
âme était montée sur les ailes de l'extase. En ce
moment, le vieillard entendit avec horreur dans la
chambre voisine un gémissement qui se confondit
avec la chute d'un corps lourd que l'oreille expérimentée du banni reconnut pour être un cadavre [68].
Il sortit précipitamment, entra chez Godefroid, le
vit gisant comme une masse informe, aperçut une
longue corde serrée à son cou et qui serpentait à
terre. Quand il l'eut dénouée, l'enfant ouvrit les
yeux.

— Où suis-je? demanda-t-il avec une expression
de plaisir.

— Chez vous, dit le vieillard en regardant avec
surprise le cou de Godefroid, le clou auquel la
corde avait été attachée, et qui se trouvait encore au
bout.

— Dans le ciel, répondit l'enfant d'une voix
délicieuse.

— Non, sur la terre! répliqua le vieillard.

Godefroid marcha dans la ceinture de lumière

tracée par la lune à travers la chambre dont le vitrail était ouvert, il revit la Seine frémissante, les saules et les herbes du Terrain. Une nuageuse atmosphère s'élevait au-dessus des eaux comme un dais de fumée. A ce spectacle pour lui désolant, il se croisa les mains sur la poitrine et prit une attitude de désespoir; le vieillard vint à lui, l'étonnement peint sur la figure.

— Vous avez voulu vous tuer? lui demanda-t-il.

— Oui, répondit Godefroid en laissant l'étranger lui passer à plusieurs reprises les mains sur le cou pour examiner l'endroit où les efforts de la corde avaient porté.

Malgré de légères contusions, le jeune homme avait dû peu souffrir. Le vieillard présuma que le clou avait promptement cédé au poids du corps, et que ce fatal essai s'était terminé par une chute sans danger.

— Pourquoi donc, cher enfant, avez-vous tenté de mourir?

— Ah! répondit Godefroid ne retenant plus les larmes qui roulaient dans ses yeux, j'ai entendu la voix d'en haut! Elle m'appelait par mon nom! Elle ne m'avait pas encore nommé; mais cette fois, elle me conviait au ciel! Oh! combien cette voix est douce! — Ne pouvant m'élancer dans les cieux, ajouta-t-il avec un geste naïf, j'ai pris pour aller à Dieu la seule route que nous ayons.

— Oh! enfant, enfant sublime! s'écria le vieillard en enlaçant Godefroid dans ses bras et le pressant avec enthousiasme sur son cœur. Tu es poète, tu sais monter intrépidement sur l'ouragan! Ta poésie, à toi, ne sort pas de ton cœur! Tes vives,

tes ardentes pensées, tes créations marchent et
grandissent dans ton âme. Va, ne livre pas tes idées
au vulgaire! sois l'autel, la victime et le prêtre tout
ensemble! Tu connais les cieux, n'est-ce pas? Tu as
vu ces myriades d'anges aux blanches plumes, aux
sistres d'or qui tous tendent d'un vol égal vers le
trône, et tu as admiré souvent leurs ailes qui, sous
la voix de Dieu, s'agitent comme les touffes
harmonieuses des forêts sous la tempête. Oh!
combien l'espace sans bornes est beau! dis?

Le vieillard serra convulsivement la main de
Godefroid, et tous deux contemplèrent le firma-
ment dont les étoiles semblaient verser de cares-
santes poésies qu'ils entendaient.

— Oh! voir Dieu, s'écria doucement Godefroid.

— Enfant! reprit tout à coup l'étranger d'une
voix sévère, as-tu donc si tôt oublié les enseignements sacrés de notre bon maître le docteur Sigier?
Pour revenir, toi dans ta patrie céleste, et moi dans
ma patrie terrestre, ne devons-nous pas obéir à la
voix de Dieu? Marchons résignés dans les rudes
chemins où son doigt puissant a marqué notre
route. Ne frémis-tu pas du danger auquel tu t'es
exposé? Venu sans ordre, ayant dit : *Me voilà!*
avant le temps, ne serais-tu pas retombé dans un
monde inférieur à celui dans lequel ton âme voltige
aujourd'hui? Pauvre chérubin égaré, ne devrais-tu
pas bénir Dieu de t'avoir fait vivre dans une sphère
où tu n'entends que de célestes accords? N'es-tu
pas pur comme un diamant, beau comme une
fleur? Ah! si, semblable à moi, tu ne connaissais
que la cité des douleurs! A m'y promener, je me
suis usé le cœur. Oh! fouiller dans les tombes pour

leur demander d'horribles secrets; essuyer des mains altérées de sang, les compter pendant toutes les nuits, les contempler levées vers moi, en implorant un pardon que je ne puis accorder; étudier les convulsions de l'assassin et les derniers cris de sa victime; écouter d'épouvantables bruits et d'affreux silences; le silence d'un père dévorant ses fils morts; interroger le rire des damnés; chercher quelques formes humaines parmi des masses décolorées que le crime a roulées et tordues; apprendre des mots que les hommes vivants n'entendent pas sans mourir; toujours évoquer les morts, pour toujours les traduire et les juger, est-ce donc une vie?

— Arrêtez! s'écria Godefroid, je ne saurais vous regarder, vous écouter davantage! Ma raison s'égare, ma vue s'obscurcit. Vous allumez en moi un feu qui me dévore.

— Je dois cependant continuer, reprit le vieillard en secouant sa main par un mouvement extraordinaire qui produisit sur le jeune homme l'effet d'un charme.

Pendant un moment, l'étranger fixa sur Godefroid ses grands yeux éteints et abattus; puis, il étendit le doigt vers la terre : vous eussiez cru voir alors un gouffre entrouvert à son commandement. Il resta debout, éclairé par les indécis et vagues reflets de la lune qui firent resplendir son front d'où s'échappa comme une lueur solaire. Si d'abord une expression presque dédaigneuse se perdit dans les sombres plis de son visage, bientôt son regard contracta cette fixité qui semble indiquer la présence d'un objet invisible aux organes ordinaires de la vue. Certes, ses yeux contemplèrent alors les lointains tableaux que nous garde la tombe. Jamais peut-être cet homme n'eut une apparence si grandiose. Une lutte terrible bouleversa son âme, vint réagir sur sa forme extérieure; et quelque puissant qu'il parût être, il plia comme une herbe qui se courbe sous la brise messagère des orages. Godefroid resta silencieux, immobile, enchanté; une force inexplicable le cloua sur le plancher; et, comme lorsque notre attention nous arrache à nous-même, dans le spectacle d'un incendie ou d'une bataille, il ne sentit plus son propre corps.

— Veux-tu que je te dise la destinée au-devant de laquelle tu marchais, pauvre ange d'amour? Écoute! Il m'a été donné de voir les espaces immenses, les abîmes sans fin où vont s'engloutir les créations humaines, cette mer sans rives où court notre grand fleuve d'hommes et d'anges. En parcourant les régions des éternels supplices, j'étais préservé de la mort par le manteau d'un Immortel, ce vêtement de gloire dû au génie et que se passent les siècles, moi, chétif! Quand j'allais par les campagnes de lumière où se pressent les heureux, l'amour d'une femme, les ailes d'un ange, me soutenaient; porté sur son cœur, je pouvais goûter ces plaisirs ineffables dont l'étreinte est plus dangereuse pour nous, mortels, que ne le sont les angoisses du monde mauvais. En accomplissant mon pèlerinage à travers les sombres régions d'en bas, j'étais parvenu de douleur en douleur, de crime en crime, de punitions en punitions, de silences atroces en cris déchirants sur le gouffre supérieur aux cercles de l'Enfer. Déjà, je voyais dans le

lointain la clarté du Paradis qui brillait à une
distance énorme, j'étais dans la nuit, mais sur les
limites du jour. Je volais, emporté par mon guide,
entraîné par une puissance semblable à celle qui
pendant nos rêves nous ravit dans les sphères
invisibles aux yeux du corps. L'auréole qui ceignait
nos fronts faisait fuir les ombres sur notre passage,
comme une impalpable poussière. Loin de nous, les
soleils de tous les univers jetaient à peine la faible
lueur des lucioles de mon pays. J'allais atteindre les
champs de l'air où, vers le paradis, les masses de
lumière se multiplient, où l'on fend facilement
l'azur, où les innombrables mondes jaillissent
comme des fleurs dans une prairie. Là, sur la
dernière ligne circulaire qui appartenait encore aux
fantômes que je laissais derrière moi, semblables à
des chagrins qu'on veut oublier, je vis une grande
ombre. Debout et dans une attitude ardente, cette
âme dévorait les espaces du regard, ses pieds
restaient attachés par le pouvoir de Dieu sur le
dernier point de cette ligne où elle accomplissait
sans cesse la tension pénible par laquelle nous
projetons nos forces lorsque nous voulons prendre
notre élan, comme des oiseaux prêts à s'envoler. Je
reconnus un homme, il ne nous regarda, ne nous
entendit pas; tous ses muscles tressaillaient et
haletaient; par chaque parcelle de temps, il semblait éprouver sans faire un seul pas la fatigue de
traverser l'infini qui le séparait du paradis où sa vue
plongeait sans cesse, où il croyait entrevoir une
image chérie. Sur la dernière porte de l'Enfer
comme sur la première, je lus une expression de
désespoir dans l'espérance. Le malheureux était si

horriblement écrasé par je ne sais quelle force, que
sa douleur passa dans mes os et me glaça. Je me
réfugiai près de mon guide dont la protection me
rendit à la paix et au silence. Semblable à la mère
dont l'œil perçant voit le milan dans les airs ou l'y
devine, l'ombre poussa un cri de joie. Nous
regardâmes là où il regardait, et nous vîmes comme
un saphir flottant au-dessus de nos têtes dans les
abîmes de lumière. Cette éclatante étoile descendait
avec la rapidité d'un rayon de soleil quand il
apparaît au matin sur l'horizon, et que ses premières clartés glissent furtivement sur notre terre.
La SPLENDEUR devint distincte, elle grandit; j'aperçus bientôt le nuage glorieux au sein duquel vont
les anges, espèce de fumée brillante émanée de leur
divine substance, et qui çà et là pétille en langues
de feu. Une noble tête, de laquelle il est impossible
de supporter l'éclat sans avoir revêtu le manteau, le
laurier, la palme, attribut des Puissances, s'élevait
au-dessus de cette nuée aussi blanche, aussi pure
que la neige. C'était une lumière dans la lumière!
Ses ailes en frémissant semaient d'éblouissantes
oscillations dans les sphères par lesquelles il passait,
comme passe le regard de Dieu à travers les
mondes. Enfin je vis l'archange dans sa gloire! La
fleur d'éternelle beauté qui décore les anges de
l'Esprit brillait en lui. Il tenait à la main une palme
verte, et de l'autre un glaive flamboyant; la palme,
pour en décorer l'ombre pardonnée; le glaive, pour
faire reculer l'Enfer entier par un seul geste. A son
approche, nous sentîmes les parfums du ciel qui
tombèrent comme une rosée. Dans la région où
demeura l'Ange, l'air prit la couleur des opales, et

s'agita par des ondulations dont le principe venait de lui. Il arriva, regarda l'ombre, lui dit : — A demain! Puis il se retourna vers le ciel par un mouvement gracieux, étendit ses ailes, franchit les sphères comme un vaisseau fend les ondes en laissant à peine voir ses blanches voiles à des exilés laissés sur quelque plage déserte. L'ombre poussa d'effroyables cris auxquels les damnés répondirent depuis le cercle le plus profondément enfoncé dans l'immensité des mondes de douleur jusqu'à celui plus paisible à la surface duquel nous étions. La plus poignante de toutes les angoisses avait fait un appel à toutes les autres. La clameur se grossit des rugissements d'une mer de feu qui servait comme de base à la terrible harmonie des innombrables millions d'âmes souffrantes. Puis tout à coup l'ombre prit son vol à travers la *cité dolente* et descendit de sa place jusqu'au fond même de l'Enfer; elle remonta subitement, revint, se replongea dans les cercles infinis, les parcourut dans tous les sens, semblable à un vautour qui, mis pour la première fois dans une volière, s'épuise en efforts superflus. L'ombre avait le droit d'errer ainsi, et pouvait traverser les zones de l'Enfer, glaciales, fétides, brûlantes, sans participer à leurs souffrances; elle glissait dans cette immensité comme un rayon du soleil se fait jour au sein de l'obscurité. — Dieu ne lui a point infligé de punition, me dit le maître; mais aucune de ces âmes de qui tu as successivement contemplé les tortures, ne voudrait changer son supplice contre l'espérance sous laquelle cette âme succombe. En ce moment, l'ombre revint près de nous, ramenée par une force

invincible qui la condamnait à sécher sur le bord
des enfers. Mon divin guide, qui devina ma
curiosité, toucha de son rameau le malheureux
occupé peut-être à mesurer le siècle de peine qui se
trouvait entre ce moment et ce lendemain toujours
fugitif. L'ombre tressaillit, et nous jeta un regard
plein de toutes les larmes qu'elle avait déjà versées.
— « Vous voulez connaître mon infortune ? dit-elle
d'une voix triste, oh ! j'aime à la raconter. Je suis
ici, Térésa est là-haut ! voilà tout. Sur terre, nous
étions heureux, nous étions toujours unis. Quand je
vis pour la première fois ma chère Térésa Donati,
elle avait dix ans. Nous nous aimâmes alors, sans
savoir ce qu'était l'amour. Notre vie fut une même
vie : je pâlissais de sa pâleur, j'étais heureux de sa
joie ; ensemble, nous nous livrâmes au charme de
penser, de sentir, et l'un par l'autre nous apprîmes
l'amour. Nous fûmes mariés dans Crémone, jamais
nous ne connûmes nos lèvres que parées des perles
du sourire, nos yeux rayonnèrent toujours ; nos
chevelures ne se séparèrent pas plus que nos vœux ;
toujours nos deux têtes se confondaient quand nous
lisions, toujours nos pas s'unissaient quand nous
marchions. La vie fut un long baiser, notre maison
fut une couche. Un jour, Térésa pâlit et me dit
pour la première fois : — Je souffre ! Et je ne
souffrais pas ! Elle ne se releva plus. Je vis, sans
mourir, ses beaux traits s'altérer, ses cheveux d'or
s'endolorir [69]. Elle souriait pour me cacher ses
douleurs ; mais je les lisais dans l'azur de ses yeux
dont je savais interpréter les moindres tremble-
ments. Elle me disait : — Honorino, je t'aime ! au
moment où ses lèvres blanchirent ; enfin, elle serrait

encore ma main dans ses mains quand la mort les
glaça. Aussitôt je me tuai pour qu'elle ne couchât
pas seule dans le lit du sépulcre, sous son drap de
marbre. Elle est là-haut, Térésa, moi, je suis ici. Je
voulais ne pas la quitter, Dieu nous a séparés;
pourquoi donc nous avoir unis sur la terre? Il est
jaloux. Le paradis a été sans doute bien plus beau
du jour où Térésa y est montée. La voyez-vous?
Elle est triste dans son bonheur, elle est sans moi!
Le paradis doit être bien désert pour elle. » —
Maître, dis-je en pleurant, car je pensais à mes
amours, au moment où celui-ci souhaitera le
paradis pour Dieu seulement, ne sera-t-il pas
délivré? Le père de la poésie inclina doucement la
tête en signe d'assentiment. Nous nous éloignâmes
en fendant les airs, sans faire plus de bruit que les
oiseaux qui passent quelquefois sur nos têtes quand
nous sommes étendus à l'ombre d'un arbre. Nous
eussions vainement tenté d'empêcher l'infortuné de
blasphémer ainsi. Un des malheurs des anges des
ténèbres est de ne jamais voir la lumière, même
quand ils en sont environnés. Celui-ci n'aurait pas
compris nos paroles.

En ce moment, le pas rapide de plusieurs
chevaux retentit au milieu du silence, le chien
aboya, la voix grondeuse du sergent lui répondit;
des cavaliers descendirent, frappèrent à la porte, et
le bruit s'éleva tout à coup avec la violence d'une
détonation inattendue. Les deux proscrits, les deux
poètes tombèrent sur terre de toute la hauteur qui
nous sépare des cieux. Le douloureux brisement de
cette chute courut comme un autre sang dans leurs
veines mais en sifflant, en y roulant des pointes

acérées et cuisantes. Pour eux, la douleur fut en quelque sorte une commotion électrique. La lourde et sonore démarche d'un homme d'armes dont l'épée, dont la cuirasse et les éperons produisaient un cliquetis ferrugineux [70] retentit dans l'escalier; puis un soldat se montra bientôt devant l'étranger surpris.

— Nous pouvons rentrer à Florence, dit cet homme dont la grosse voix parut douce en prononçant des mots italiens.

— Que dis-tu? demanda le grand vieillard.

— Les *blancs* triomphent!

— Ne te trompes-tu pas? reprit le poète.

— Non, cher Dante! répondit le soldat dont la voix guerrière exprima les frissonnements des batailles et les joies de la victoire.

— A Florence! à Florence! O ma Florence! cria vivement DANTE ALIGHIERI qui se dressa sur ses pieds, regarda dans les airs, crut voir l'Italie, et devint gigantesque.

— Et moi! quand serai-je dans le ciel? dit Godefroid qui restait un genou en terre devant le poète immortel, comme un ange en face du sanctuaire.

— Viens à Florence, lui dit Dante d'un son de voix compatissant. Va! quand tu verras ses amoureux paysages du haut de Fiesole, tu te croiras au paradis.

Le soldat se mit à sourire. Pour la première, pour la seule fois peut-être, la sombre et terrible figure de Dante respira une joie; ses yeux et son front exprimaient les peintures de bonheur qu'il a si magnifiquement prodiguées dans son Paradis. Il lui semblait peut-être entendre la voix de Béatrix. En ce moment, le pas léger d'une femme et le frémissement d'une robe retentirent dans le silence. L'aurore jetait alors ses premières clartés. La belle comtesse Mahaut entra, courut à Godefroid.

— Viens, mon enfant, mon fils! il m'est maintenant permis de t'avouer! Ta naissance est reconnue, tes droits sont sous la protection du roi de France, et tu trouveras un paradis dans le cœur de ta mère.

— Je reconnais *la voix* du ciel, cria l'enfant ravi.

Ce cri réveilla Dante, qui regarda le jeune homme enlacé dans les bras de la comtesse; il les salua par un regard et laissa son compagnon d'étude sur le sein maternel.

— Partons! s'écria-t-il d'une voix tonnante. Mort aux Guelfes!

Paris, octobre 1831[71].

Jésus-Christ en Flandre

A Marceline Desbordes-Valmore [72]

A vous, fille de la Flandre, et qui en êtes une des gloires modernes, cette naïve tradition des Flandres.

DE BALZAC.

A une époque assez indéterminée de l'histoire brabançonne, les relations entre l'île de Cadzant et les côtes de la Flandre étaient entretenues par une barque destinée au passage des voyageurs. Capitale de l'île, Midelbourg[73], plus tard si célèbre dans les annales du protestantisme, comptait à peine deux ou trois cents feux. La riche Ostende était un havre inconnu, flanqué d'une bourgade chétivement peuplée par quelques pêcheurs, par de pauvres négociants et par des corsaires impunis. Néanmoins le bourg d'Ostende, composé d'une vingtaine de maisons et de trois cents cabanes, chaumines ou taudis construits avec des débris de navires naufragés, jouissait d'un gouverneur, d'une milice, de fourches patibulaires[74], d'un couvent, d'un bourgmestre, enfin de tous les organes d'une civilisation avancée. Qui régnait alors en Brabant, en Flandre, en Belgique? Sur ce point, la tradition est muette. Avouons-le? cette histoire se ressent étrangement du vague, de l'incertitude, du merveilleux que les orateurs favoris des veillées flamandes se sont amusés maintes fois à répandre dans leurs gloses aussi diverses de poésie que contradictoires par les détails. Dite d'âge en âge, répétée de foyer en foyer par les aïeules, par les conteurs de jour et de nuit, cette chronique a reçu de chaque siècle une teinte différente. Semblable à ces monuments arrangés suivant le caprice des architectures de chaque époque, mais dont les masses noires et frustes plaisent aux poètes, elle ferait le désespoir des commentateurs, des éplucheurs de mots, de faits et de dates. Le narrateur y croit, comme tous les esprits superstitieux de la Flandre y ont cru, sans en être ni plus doctes ni plus infirmes. Seulement, dans l'impossibilité de mettre en harmonie toutes les versions, voici le fait dépouillé peut-être de sa naïveté romanesque impossible à reproduire, mais avec ses hardiesses que l'histoire désavoue, avec sa moralité que la religion approuve, son fantastique, fleur d'imagination, son sens caché dont peut s'accommoder le sage. A chacun sa pâture et le soin de trier le bon grain de l'ivraie.

La barque qui servait à passer les voyageurs de l'île de Cadzant à Ostende allait quitter le rivage. Avant de détacher la chaîne de fer qui retenait sa chaloupe à une pierre de la petite jetée où l'on s'embarquait, le patron donna du cor à plusieurs reprises, afin d'appeler les retardataires, car ce voyage était son dernier. La nuit approchait, les derniers feux du soleil couchant permettaient à peine d'apercevoir les côtes de Flandre et de distinguer dans l'île les passagers attardés, errant soit le long des murs en terre dont les champs étaient environnés, soit parmi les hauts joncs des marais. La barque était pleine, un cri s'éleva :

— Qu'attendez-vous? Partons. En ce moment, un homme apparut à quelques pas de la jetée; le pilote, qui ne l'avait entendu ni venir, ni marcher, fut assez surpris de le voir. Ce voyageur semblait s'être levé de terre tout à coup, comme un paysan qui se serait couché dans un champ en attendant l'heure du départ et que la trompette aurait réveillé. Était-ce un voleur? était-ce quelque homme de douane ou de police? Quand il arriva sur la jetée où la barque était amarrée, sept personnes placées debout à l'arrière de la chaloupe s'empressèrent de s'asseoir sur les bancs, afin de s'y trouver seules et de ne pas laisser l'étranger se mettre avec elles. Ce fut une pensée instinctive et rapide, une de ces pensées d'aristocratie qui viennent au cœur des gens riches. Quatre de ces personnages appartenaient à la plus haute noblesse des Flandres. D'abord un jeune cavalier, accompagné de deux beaux lévriers et portant sur ses cheveux longs une toque ornée de pierreries, faisait retentir ses éperons dorés et frisait de temps en temps sa moustache avec impertinence, en jetant des regards dédaigneux au reste de l'équipage. Une altière demoiselle tenait un faucon sur son poing, et ne parlait qu'à sa mère ou à un ecclésiastique du haut rang, leur parent sans doute. Ces personnes faisaient grand bruit et conversaient ensemble, comme si elles eussent été seules dans la barque. Néanmoins, auprès d'elles se trouvait un homme très important dans le pays, un gros bourgeois de Bruges, enveloppé dans un grand manteau. Son domestique, armé jusqu'aux dents, avait mis près de lui deux sacs pleins d'argent. A côté d'eux se trouvait encore un homme de science,

docteur à l'université de Louvain, flanqué de son
clerc. Ces gens, qui se méprisaient les uns les
autres, étaient séparés de l'avant par le banc des
rameurs.

Lorsque le passager en retard mit le pied dans la
barque, il jeta un regard rapide sur l'arrière, n'y vit
pas de place, et alla en demander une à ceux qui se
trouvaient sur l'avant du bateau. Ceux-là étaient de
pauvres gens. A l'aspect d'un homme à tête nue,
dont l'habit et le haut-de-chausses en camelot [75]
brun, dont le rabat en toile de lin empesé n'avait
aucun ornement, qui ne tenait à la main ni toque ni
chapeau, sans bourse ni épée à la ceinture, tous le
prirent pour un bourgmestre sûr de son autorité,
bourgmestre bon homme et doux comme quelques-
uns de ces vieux Flamands dont la nature et le
caractère ingénus nous ont été si bien conservés par
les peintres du pays. Les pauvres passagers accueil-
lirent alors l'inconnu par des démonstrations res-
pectueuses qui excitèrent des railleries chuchotées
entre les gens de l'arrière. Un vieux soldat, homme
de peine et de fatigue, donna sa place sur le banc à
l'étranger, s'assit au bord de la barque, et s'y
maintint en équilibre par la manière dont il appuya
ses pieds contre une de ces traverses de bois qui
semblables aux arêtes d'un poisson servent à lier les
planches des bateaux. Une jeune femme, mère d'un
petit enfant, et qui paraissait appartenir à la classe
ouvrière d'Ostende, se recula pour faire assez de
place au nouveau venu. Ce mouvement n'accusa ni
servilité, ni dédain. Ce fut un de ces témoignages
d'obligeance par lesquels les pauvres gens, habitués
à connaître le prix d'un service et les délices de la

fraternité, révèlent la franchise et le naturel de leurs âmes, si naïves dans l'expression de leurs qualités et de leurs défauts ; aussi l'étranger les remercia-t-il par un geste plein de noblesse. Puis il s'assit entre cette jeune mère et le vieux soldat. Derrière lui se trouvaient un paysan et son fils, âgé de dix ans. Une pauvresse ayant un bissac presque vide, vieille et ridée, en haillons, type de malheur et d'insouciance, gisait sur le bec de la barque, accroupie dans un gros paquet de cordages. Un des rameurs, vieux marinier, qui l'avait connue belle et riche, l'avait fait entrer, suivant l'admirable dicton du peuple, *pour l'amour de Dieu.*

— Grand merci, Thomas, avait dit la vieille, je dirai pour toi ce soir deux *Pater* et deux *Ave* dans ma prière.

Le patron donna du cor encore une fois, regarda la campagne muette, jeta la chaîne dans le bateau, courut le long du bord jusqu'au gouvernail, en prit la barre, resta debout ; puis, après avoir contemplé le ciel, il dit d'une voix forte à ses rameurs, quand ils furent en pleine mer : — Ramez, ramez fort, et dépêchons ! la mer sourit à un mauvais grain, la sorcière ! Je sens la houle au mouvement du gouvernail, et l'orage à mes blessures.

Ces paroles, dites en termes de marine, espèce de langue intelligible seulement pour des oreilles accoutumées au bruit des flots, imprimèrent aux rames un mouvement précipité, mais toujours cadencé ; mouvement unanime, différent de la manière de ramer précédente, comme le trot d'un cheval l'est de son galop. Le beau monde assis à l'arrière prit plaisir à voir tous ces bras nerveux, ces visages bruns aux yeux de feu, ces muscles tendus, et ces différentes forces humaines agissant de concert, pour leur faire traverser le détroit moyennant un faible péage. Loin de déplorer cette misère, ils se montrèrent les rameurs en riant des expressions grotesques que la manœuvre imprimait à leurs physionomies tourmentées. A l'avant, le soldat, le paysan et la vieille contemplaient les mariniers avec cette espèce de compassion naturelle aux gens qui, vivant de labeur, connaissent les rudes angoisses et les fiévreuses fatigues du travail. Puis, habitués à la vie en plein air, tous avaient compris, à l'aspect du ciel, le danger qui les menaçait, tous étaient donc sérieux. La jeune mère berçait son enfant, en lui chantant une vieille hymne[76] d'église pour l'endormir.

— Si nous arrivons, dit le soldat au paysan, le bon Dieu aura mis de l'entêtement à nous laisser en vie.

— Ah! il est le maître, répondit la vieille; mais je crois que son bon plaisir est de nous appeler près de lui. Voyez là-bas cette lumière? Et, par un geste de tête, elle montrait le couchant, où des bandes de feu tranchaient vivement sur des nuages bruns nuancés de rouge qui semblaient bien près de déchaîner quelque vent furieux. La mer faisait entendre un murmure sourd, une espèce de mugissement intérieur, assez semblable à la voix d'un chien quand il ne fait que gronder. Après tout, Ostende n'était pas loin. En ce moment, le ciel et la mer offraient un de ces spectacles auxquels il est peut-être impossible à la peinture comme à la parole de donner plus de durée qu'ils n'en ont réellement. Les créations humaines veulent des

contrastes puissants. Aussi les artistes demandent-
ils ordinairement à la nature ses phénomènes les
plus brillants, désespérant sans doute de rendre la
grande et belle poésie de son allure ordinaire,
quoique l'âme humaine soit souvent aussi profondément remuée dans le calme que dans le mouvement, et par le silence autant que par la tempête. Il
y eut un moment où, sur la barque, chacun se tut et
contempla la mer et le ciel, soit par pressentiment,
soit pour obéir à cette mélancolie religieuse qui
nous saisit presque tous à l'heure de la prière, à la
chute du jour, à l'instant où la nature se tait, où les
cloches parlent. La mer jetait une lueur blanche et
blafarde, mais changeante et semblable aux couleurs de l'acier. Le ciel était généralement grisâtre.
A l'ouest, de longs espaces étroits simulaient des
flots de sang, tandis qu'à l'orient des lignes
étincelantes, marquées comme par un pinceau fin,
étaient séparées par des nuages plissés comme des
rides sur le front d'un vieillard. Ainsi, la mer et le
ciel offraient partout un fond terne, tout en demi-
teintes, qui faisait ressortir les feux sinistres du
couchant. Cette physionomie de la nature inspirait
un sentiment terrible. S'il est permis de glisser les
audacieux tropes[77] du peuple dans la langue écrite,
on répéterait ce que disait le soldat, que le temps
était en déroute, ou, ce que lui répondit le paysan,
que le ciel avait la mine d'un bourreau. Le vent
s'éleva tout à coup vers le couchant, et le patron,
qui ne cessait de consulter la mer, la voyant s'enfler
à l'horizon, s'écria : — Hau ! hau ! A ce cri, les
matelots s'arrêtèrent aussitôt et laissèrent nager
leurs rames.

— Le patron a raison, dit froidement Thomas quand la barque portée en haut d'une énorme vague redescendit comme au fond de la mer entrouverte.

A ce monument extraordinaire, à cette colère soudaine de l'océan, les gens de l'arrière devinrent blêmes, et jetèrent un cri terrible : — Nous périssons !

— Oh ! pas encore, leur répondit tranquillement le patron.

En ce moment, les nuées se déchirèrent sous l'effort du vent, précisément au-dessus de la barque. Les masses grises s'étant étalées avec une sinistre promptitude à l'orient et au couchant, la lueur du crépuscule y tomba d'aplomb par une crevasse due au vent d'orage, et permit d'y voir les visages. Les passagers, nobles ou riches, mariniers et pauvres, restèrent un moment surpris à l'aspect du dernier venu. Ses cheveux d'or, partagés en deux bandeaux sur son front tranquille et serein, retombaient en boucles nombreuses sur ses épaules, en découpant sur la grise atmosphère une figure sublime de douceur et où rayonnait l'amour divin. Il ne méprisait pas la mort, il était certain de ne pas périr. Mais si d'abord les gens de l'arrière oublièrent un instant la tempête dont l'implacable fureur les menaçait, ils revinrent bientôt à leurs sentiments d'égoïsme et aux habitudes de leur vie.

— Est-il heureux, ce stupide bourgmestre, de ne pas s'apercevoir du danger que nous courons tous ! Il est là comme un chien, et mourra sans agonie, dit le docteur.

A peine avait-il dit cette phrase assez judicieuse,

que la tempête déchaîna ses légions. Les vents
soufflèrent de tous les côtés, la barque tournoya
comme une toupie, et la mer y entra.

— Oh! mon pauvre enfant! mon enfant! Qui
sauvera mon enfant? s'écria la mère d'une voix
déchirante.

— Vous-même, répondit l'étranger.

Le timbre de cet organe pénétra le cœur de la
jeune femme, il y mit un espoir; elle entendit cette
suave parole malgré les sifflements de l'orage,
malgré les cris poussés par les passagers.

— Sainte Vierge de Bon-Secours, qui êtes à
Anvers, je vous promets mille livres de cire et une
statue, si vous me tirez de là, s'écria le bourgeois à
genoux sur des sacs d'or.

— La Vierge n'est pas plus à Anvers qu'ici, lui
répondit le docteur.

— Elle est dans le ciel, répliqua une voix qui
semblait sortir de la mer.

— Qui donc a parlé?

— C'est le diable, s'écria le domestique, il se
moque de la Vierge d'Anvers.

— Laissez-moi donc là votre Sainte Vierge, dit
le patron aux passagers. Empoignez-moi les écopes
et videz-moi l'eau de la barque. Et vous autres,
reprit-il en s'adressant aux matelots, ramez ferme!
Nous avons un moment de répit, au nom du diable
qui vous laisse en ce monde, soyons nous-mêmes
notre providence. Ce petit canal est furieusement
dangereux, on le sait, voilà trente ans que je le
traverse. Est-ce de ce soir que je me bats avec la
tempête?

Puis, debout à son gouvernail, le patron continua

de regarder alternativement sa barque, la mer et le ciel.

— Il se moque toujours de tout, le patron, dit Thomas à voix basse.

— Dieu nous laissera-t-il mourir avec ces misérables? demanda l'orgueilleuse jeune fille au beau cavalier.

— Non, non, noble demoiselle. Écoutez-moi? Il l'attira par la taille, et lui parlant à l'oreille : — Je sais nager, n'en dites rien! Je vous prendrai par vos beaux cheveux, et vous conduirai doucement au rivage; mais je ne puis sauver que vous.

La demoiselle regarda sa vieille mère. La dame était à genoux et demandait quelque absolution à l'évêque qui ne l'écoutait pas. Le chevalier lut dans les yeux de sa belle maîtresse un faible sentiment de piété filiale, et lui dit d'une voix sourde : — Soumettez-vous aux volontés de Dieu! S'il veut appeler votre mère à lui, ce sera sans doute pour son bonheur... en l'autre monde, ajouta-t-il d'une voix encore plus basse. — Et pour le nôtre en celui-ci, pensa-t-il. La dame de Rupelmonde possédait sept fiefs, outre la baronnie de Gâvres. La demoiselle écouta la voix de sa vie, les intérêts de son amour parlant par la bouche du bel aventurier, jeune mécréant qui hantait les églises, où il cherchait une proie, une fille à marier ou de beaux deniers comptants. L'évêque bénissait les flots, et leur ordonnait de se calmer en désespoir de cause; il songeait à sa concubine qui l'attendait avec quelque délicat festin, qui peut-être en ce moment se mettait au bain, se parfumait, s'habillait de velours, ou faisait agrafer ses colliers et ses pierre-

ries. Loin de songer aux pouvoirs de la sainte
Église, et de consoler ces chrétiens en les exhortant
à se confier à Dieu, l'évêque pervers mêlait des
regrets mondains et des paroles d'amour aux saintes
paroles du bréviaire. La lueur qui éclairait ces pâles
visages permit de voir leurs diverses expressions,
quand la barque, enlevée dans les airs par une
vague, puis rejetée au fond de l'abîme, puis secouée
comme une feuille frêle, jouet de la bise en
automne, craqua dans sa coque et parut près de se
briser. Ce fut alors des cris horribles suivis d'affreux silences. L'attitude des personnes assises à
l'avant du bateau contrasta singulièrement avec
celle des gens riches ou puissants. La jeune mère
serrait son enfant contre son sein chaque fois que
les vagues menaçaient d'engloutir la fragile embar-
cation; mais elle croyait à l'espérance que lui avait
jetée au cœur la parole dite par l'étranger; chaque
fois, elle tournait ses regards vers cet homme, et
puisait dans son visage une foi nouvelle, la foi forte
d'une femme faible, la foi d'une mère. Vivant par la
parole divine, par la parole d'amour échappée à cet
homme, la naïve créature attendait avec confiance
l'exécution de cette espèce de promesse, et ne
redoutait presque plus le péril. Cloué sur le bord de
la chaloupe, le soldat ne cessait de contempler cet
être singulier sur l'impassibilité duquel il modelait
sa figure rude et basanée en déployant son intelligence et sa volonté, dont les puissants ressorts
s'étaient peu viciés pendant le cours d'une vie
passive et machinale; jaloux de se montrer tranquille et calme autant que ce courage supérieur, il
finit par s'identifier, à son insu peut-être, au

238 Jésus-Christ en Flandre

principe secret de cette puissance intérieure. Puis
son admiration devint un fanatisme instinctif, un
amour sans bornes, une croyance en cet homme
semblable à l'enthousiasme que les soldats ont pour
leur chef, quand il est homme de pouvoir, environné par l'éclat des victoires, et qu'il marche au
milieu des éclatants prestiges du génie. La vieille
pauvresse disait à voix basse : — Ah! pécheresse
infâme que je suis! Ai-je souffert assez pour expier
les plaisirs de ma jeunesse? Ah! pourquoi, malheureuse, as-tu mené la belle vie d'une Galloise, as-tu
mangé le bien de Dieu avec des gens d'église, le
bien des pauvres avec les torçonniers et maltô-
tiers [78]? Ah! j'ai eu grand tort. O mon Dieu! mon
Dieu! laissez-moi finir mon enfer sur cette terre de
malheur. Ou bien : — Sainte Vierge, mère de Dieu,
prenez pitié de moi!

— Consolez-vous, la mère, le bon Dieu n'est pas
un lombard. Quoique j'aie tué, peut-être à tort et à
travers, les bons et les mauvais, je ne crains pas la
résurrection.

— Ah! monsieur l'anspessade, sont-elles heu-
reuses, ces belles dames, d'être auprès d'un évêque,
d'un saint homme! reprit la vieille, elles auront
l'absolution de leurs péchés. Oh! si je pouvais
entendre la voix d'un prêtre me disant : — Vos
péchés vous seront remis, je le croirais!

L'étranger se tourna vers elle, et son regard
charitable la fit tressaillir.

— Ayez la foi, lui dit-il, et vous serez sauvée.

— Que Dieu vous récompense, mon bon Seigneur, lui répondit-elle. Si vous dites vrai, j'irai

pour vous et pour moi en pèlerinage à Notre-Dame-de-Lorette, pieds nus.

Les deux paysans, le père et le fils, restaient silencieux, résignés et soumis à la volonté de Dieu, en gens accoutumés à suivre instinctivement, comme les animaux, le branle donné à la Nature. Ainsi, d'un côté les richesses, l'orgueil, la science, la débauche, le crime, toute la société humaine telle que la font les arts, la pensée, l'éducation, le monde et ses lois; mais aussi, de ce côté seulement, les cris, la terreur, mille sentiments divers combattus par des doutes affreux, là, seulement, les angoisses de la peur. Puis, au-dessus de ces existences, un homme puissant, le patron de la barque, ne doutant de rien, le chef, le roi fataliste, se faisant sa propre providence et criant : — « Sainte Écope!... » et non pas : — « Sainte Vierge!... » enfin, défiant l'orage et luttant avec la mer corps à corps. A l'autre bout de la nacelle, des faibles!... la mère berçant dans son sein un petit enfant qui souriait à l'orage; une fille, jadis joyeuse, maintenant livrée à d'horribles remords; un soldat criblé de blessures, sans autre récompense que sa vie mutilée pour prix d'un dévouement infatigable; il avait à peine un morceau de pain trempé de pleurs; néanmoins il se riait de tout et marchait sans soucis, heureux quand il noyait sa gloire au fond d'un pot de bière ou qu'il la racontait à des enfants qui l'admiraient, il commettait gaiement à Dieu le soin de son avenir; enfin, deux paysans, gens de peine et de fatigue, le travail incarné, le labeur dont vivait le monde. Ces simples créatures étaient insouciantes de la pensée et de ses trésors, mais prêtes à les

abîmer dans une croyance, ayant la foi d'autant
plus robuste qu'elles n'avaient jamais rien discuté,
ni analysé ; natures vierges où la conscience était
restée pure et le sentiment puissant ; le remords, le
malheur, l'amour, le travail avaient exercé, purifié,
concentré, décuplé, leur volonté, la seule chose qui,
dans l'homme, ressemble à ce que les savants
nomment une âme.

Quand la barque, conduite par la miraculeuse
adresse du pilote, arriva presque en vue d'Ostende,
à cinquante pas du rivage, elle en fut repoussée par
une convulsion de la tempête, et chavira soudain.
L'étranger au lumineux visage dit alors à ce petit
monde de douleur : — Ceux qui ont la foi seront
sauvés ; qu'ils me suivent !

Cet homme se leva, marcha d'un pas ferme sur
les flots. Aussitôt la jeune mère prit son enfant dans
ses bras et marcha près de lui sur la mer. Le soldat
se dressa soudain en disant dans son langage de
naïveté : — Ah ! nom d'une pipe ! je te suivrais au
diable. Puis, sans paraître étonné, il marcha sur la
mer. La vieille pécheresse, croyant à la toute-
puissance de Dieu, suivit l'homme et marcha sur la
mer. Les deux paysans se dirent : — Puisqu'ils
marchent sur l'eau, pourquoi ne ferions-nous pas
comme eux ? Ils se levèrent et coururent après eux
en marchant sur la mer. Thomas voulut les imiter ;
mais sa foi chancelant, il tomba plusieurs fois dans
la mer, se releva ; puis, après trois épreuves, il
marcha sur la mer. L'audacieux pilote s'était
attaché comme un *remora* [79] sur le plancher de sa
barque. L'avare avait eu la foi et s'était levé ; mais il
voulut emporter son or, et son or l'emporta au fond

de la mer. Se moquant du charlatan et des imbéciles qui l'écoutaient, au moment où il vit l'inconnu proposant aux passagers de marcher sur la mer, le savant se prit à rire et fut englouti par l'océan. La jeune fille fut entraînée dans l'abîme par son amant. L'évêque et la vieille dame allèrent au fond, lourds de crimes, peut-être, mais plus lourds encore d'incrédulité, de confiance en de fausses images, lourds de dévotions, légers d'aumônes et de vraie religion.

La troupe fidèle qui foulait d'un pied ferme et sec la plaine des eaux courroucées entendait autour d'elle les horribles sifflements de la tempête. D'énormes lames venaient se briser sur son chemin. Une force invincible coupait l'océan. A travers le brouillard, ces fidèles apercevaient dans le lointain, sur le rivage, une petite lumière faible qui tremblotait par la fenêtre d'une cabane de pêcheurs. Chacun, en marchant courageusement vers cette lueur, croyait entendre son voisin criant à travers les mugissements de la mer : — Courage! Et cependant, attentif à son danger, personne ne disait mot. Ils atteignirent ainsi le bord de la mer. Quand ils furent tous assis au foyer du pêcheur, ils cherchèrent en vain leur guide lumineux. Assis sur le haut d'un rocher, au bas duquel l'ouragan jeta le pilote attaché sur sa planche par cette force que déploient les marins aux prises avec la mort, l'HOMME descendit, recueillit le naufragé presque brisé; puis il dit en étendant une main secourable sur sa tête : — Bon pour cette fois-ci, mais n'y revenez plus, ce serait d'un trop mauvais exemple.

Il prit le marin sur ses épaules et le porta jusqu'à la chaumière du pêcheur. Il frappa pour le malheureux, afin qu'on lui ouvrît la porte de ce modeste asile, puis le Sauveur disparut. En cet endroit, fut bâti, pour les marins, le couvent de la *Merci,* où se vit longtemps l'empreinte que les pieds de Jésus-Christ avaient, dit-on, laissée sur le sable. En 1793, lors de l'entrée des Français en Belgique, des moines emportèrent cette précieuse relique, l'attestation de la dernière visite que Jésus ait faite à la Terre [80].

Ce fut là que, fatigué de vivre, je me trouvais quelque temps après la révolution de 1830. Si vous m'eussiez demandé la raison de mon désespoir, il m'aurait été presque impossible de la dire, tant mon âme était devenue molle et fluide. Les ressorts de mon intelligence se détendaient sous la brise d'un vent d'ouest. Le ciel versait un froid noir, et les nuées brunes qui passaient au-dessus de ma tête donnaient une expression sinistre à la nature. L'immensité de la mer, tout me disait : — Mourir aujourd'hui, mourir demain, ne faudra-t-il pas toujours mourir ? et, alors... J'errais donc en pensant à un avenir douteux, à mes espérances déchues. En proie à ces idées funèbres, j'entrai machinalement dans cette église du couvent, dont les tours grises m'apparaissaient alors comme des fantômes à travers les brumes de la mer. Je regardai sans enthousiasme cette forêt de colonnes assemblées dont les chapiteaux feuillus soutiennent des arcades légères, élégant labyrinthe. Je marchai tout insouciant dans les nefs latérales qui se déroulaient devant moi comme des portiques tournant sur eux-mêmes. La lumière incertaine d'un jour d'automne permettait à peine de voir en haut des voûtes les clefs sculptées, les nervures délicates qui dessinaient si purement les angles de tous les cintres gracieux. Les orgues étaient muettes. Le bruit seul de mes pas réveillait les graves échos cachés dans les chapelles noires. Je m'assis auprès d'un des quatre piliers qui soutiennent la coupole, près du chœur. De là, je pouvais saisir l'ensemble de ce monument que je contemplai sans y attacher aucune idée. L'effet mécanique de mes yeux me faisait seul embrasser le dédale imposant de tous les piliers, les roses immenses miraculeusement attachées comme des réseaux au-dessus des portes latérales ou du grand portail, les galeries aériennes où de petites colonnes menues séparaient les vitraux enchâssés par des arcs, par des trèfles ou par des fleurs, joli filigrane en pierre. Au fond du chœur, un dôme de verre étincelait comme s'il était bâti de pierres précieuses habilement serties. A droite et à gauche, deux nefs profondes opposaient à cette voûte, tour à tour blanche et coloriée, leurs ombres noires au sein desquelles se dessinaient faiblement les fûts indistincts de cent colonnes grisâtres. A force de regarder ces arcades merveilleuses, ces arabesques, ces festons, ces spirales, ces fantaisies sarrasines qui s'entrelaçaient les unes dans les autres, bizarrement éclairées, mes perceptions devinrent confuses. Je me trouvai, comme sur la limite des illusions et de la réalité, pris dans les pièges de l'optique et presque étourdi par la multitude des aspects. Insensiblement ces pierres découpées se voilèrent, je ne les vis plus qu'à

travers un nuage formé par une poussière d'or,
semblable à celle qui voltige dans les bandes
lumineuses tracées par un rayon de soleil dans une
chambre. Au sein de cette atmosphère vaporeuse
qui rendit toutes les formes indistinctes, la dentelle
des roses resplendit tout à coup. Chaque nervure,
chaque arête sculptée, le moindre trait s'argenta. Le
soleil alluma des feux dans les vitraux dont les
riches couleurs scintillèrent. Les colonnes s'agitèrent, leurs chapiteaux s'ébranlèrent doucement.
Un tremblement caressant disloqua l'édifice, dont
les frises se remuèrent avec de gracieuses précau-
tions. Plusieurs gros piliers eurent des mouvements
graves comme est la danse d'une douairière qui,
sur la fin d'un bal, complète par complaisance les
quadrilles. Quelques colonnes minces et droites se
mirent à rire et à sauter, parées de leurs couronnes
de trèfles. Des cintres pointus se heurtèrent avec les
hautes fenêtres longues et grêles, semblables à ces
dames du moyen âge qui portaient les armoiries de
leurs maisons peintes sur leurs robes d'or. La danse
de ces arcades mitrées avec ces élégantes croisées
ressemblait aux luttes d'un tournoi. Bientôt chaque pierre vibra dans l'église, mais sans changer
de place. Les orgues parlèrent, et me firent
entendre une harmonie divine à laquelle se
mêlèrent des voix d'anges, musique inouïe, accompagnée par la sourde basse-taille des cloches dont
les tintements annoncèrent que les deux tours
colossales se balançaient sur leurs bases carrées. Ce
sabbat étrange me sembla la chose du monde la
plus naturelle, et je ne m'en étonnai pas après avoir
vu Charles X à terre. J'étais moi-même doucement

agité comme sur une escarpolette qui me communiquait une sorte de plaisir nerveux, et il me serait
impossible d'en donner une idée. Cependant, au
milieu de cette chaude bacchanale, le chœur de la
cathédrale me parut froid comme si l'hiver y eût
régné. J'y vis une multitude de femmes vêtues de
blanc, mais immobiles et silencieuses. Quelques
encensoirs répandirent une odeur douce qui pénétra mon âme en la réjouissant. Les cierges flam-
boyèrent. Le lutrin, aussi gai qu'un chantre pris de
vin, sauta comme un chapeau chinois[1]. Je compris
que la cathédrale tournait sur elle-même avec tant
de rapidité que chaque objet semblait y rester à sa
place. Le Christ colossal, fixé sur l'autel, me
souriait avec une malicieuse bienveillance qui me
rendit craintif, je cessai de le regarder pour admirer
dans le lointain une bleuâtre vapeur qui se glissa à
travers les piliers, en leur imprimant une grâce
indescriptible. Enfin plusieurs ravissantes figures
de femmes s'agitèrent dans les frises. Les enfants
qui soutenaient de grosses colonnes, battirent eux-
mêmes des ailes. Je me sentis soulevé par une
puissance divine qui me plongea dans une joie
infinie, dans une extase molle et douce. J'aurais, je
crois, donné ma vie pour prolonger la durée de
cette fantasmagorie, quand tout à coup une voix
criarde me dit à l'oreille : — Réveille-toi, suis-
moi[2] !

Une femme desséchée me prit la main et me
communiqua le froid le plus horrible aux nerfs. Ses
os se voyaient à travers la peau ridée de sa figure
blême et presque verdâtre. Cette petite vieille
froide portait une robe noire traînée dans la

poussière et gardait à son cou quelque chose de
blanc que je n'osais examiner. Ses yeux fixes, levés
vers le ciel, ne laissaient voir que le blanc des
prunelles. Elle m'entraînait à travers l'église et
marquait son passage par des cendres qui tombaient de sa robe. En marchant, ses os claquèrent
comme ceux d'un squelette. A mesure que nous
marchions, j'entendais derrière moi le tintement
d'une clochette dont les sons pleins d'aigreur
retentirent dans mon cerveau, comme ceux d'un
harmonica.

— Il faut souffrir, il faut souffrir, me disait-elle.

Nous sortîmes de l'église, et traversâmes les rues
les plus fangeuses de la ville ; puis, elle me fit entrer
dans une maison noire où elle m'attira en criant de
sa voix, dont le timbre était fêlé comme celui d'une
cloche cassée : — Défends-moi, défends-moi!

Nous montâmes un escalier tortueux. Quand elle
eut frappé à une porte obscure, un homme muet,
semblable aux familiers de l'inquisition, ouvrit cette
porte. Nous nous trouvâmes bientôt dans une
chambre tendue de vieilles tapisseries trouées,
pleine de vieux linges, de mousselines fanées, de
cuivres dorés.

— Voilà d'éternelles richesses, dit-elle.

Je frémis d'horreur en voyant alors distinctement,
à la lueur d'une longue torche et de deux cierges,
que cette femme devait être récemment sortie d'un
cimetière. Elle n'avait pas de cheveux. Je voulus
fuir, elle fit mouvoir son bras de squelette et
m'entoura d'un cercle de fer armé de pointes. A ce
mouvement, un cri poussé par des millions de voix,
le hurrah des morts, retentit près de nous!

— Je veux te rendre heureux à jamais, dit-elle.
Tu es mon fils!

Nous étions assis devant un foyer dont les
cendres étaient froides. Alors la petite vieille me
serra la main si fortement que je dus rester là. Je la
regardai fixement, et tâchai de deviner l'histoire de
sa vie en examinant les nippes au milieu desquelles
elle croupissait. Mais existait-elle [x3]? C'était vraiment un mystère. Je voyais bien que jadis elle avait
dû être jeune et belle, parée de toutes les grâces de
la simplicité, véritable statue grecque au front
virginal.

— Ah! ah! lui dis-je, maintenant je te reconnais.
Malheureuse, pourquoi t'es-tu prostituée aux hommes? Dans l'âge des passions, devenue riche, tu as
oublié ta pure et suave jeunesse, tes dévouements
sublimes, tes mœurs innocentes, tes croyances
fécondes, et tu as abdiqué ton pouvoir primitif, ta
suprématie tout intellectuelle pour les pouvoirs de
la chair. Quittant tes vêtements de lin, ta couche de
mousse, tes grottes éclairées par de divines
lumières, tu as étincelé de diamants, de luxe et de
luxure. Hardie, fière, voulant tout, obtenant tout et
renversant tout sur ton passage, comme une prostituée en vogue qui court au plaisir, tu as été
sanguinaire comme une reine hébétée de volonté.
Ne te souviens-tu pas d'avoir été souvent stupide
par moments. Puis tout à coup merveilleusement
intelligente, à l'exemple de l'Art sortant d'une
orgie. Poète, peintre, cantatrice, aimant les cérémo-
nies splendides, tu n'as peut-être protégé les arts
que par caprice, et seulement pour dormir sous des
lambris magnifiques? Un jour, fantasque et inso-

lente, toi qui devais être chaste et modeste, n'as-tu pas tout soumis à ta pantoufle, et ne l'as-tu pas jetée sur la tête des souverains qui avaient ici-bas le pouvoir, l'argent et le talent! Insultant à l'homme et prenant joie à voir jusqu'où allait la bêtise humaine, tantôt tu disais à tes amants de marcher à quatre pattes, de te donner leurs biens, leurs trésors, leurs femmes même, quand elles valaient quelque chose! Tu as, sans motif, dévoré des millions d'hommes, tu les as jetés comme des nuées sablonneuses de l'Occident sur l'Orient. Tu es descendue des hauteurs de la pensée pour t'asseoir à côté des rois. Femme, au lieu de consoler les hommes, tu les as tourmentés, affligés! Sûre d'en obtenir, tu demandais du sang! Tu pouvais cependant te contenter d'un peu de farine, élevée comme tu le fus, à manger des gâteaux et à mettre de l'eau dans ton vin. Originale en tout, tu défendais jadis à tes amants épuisés de manger, et ils ne mangeaient pas. Pourquoi extravaguais-tu jusqu'à vouloir l'impossible? Semblable à quelque courtisane gâtée par ses adorateurs, pourquoi t'es-tu affolée de niaiseries et n'as-tu pas détrompé les gens qui expliquaient ou justifiaient toutes tes erreurs? Enfin, tu as eu tes dernières passions! Terrible comme l'amour d'une femme de quarante ans, tu as rugi! tu as voulu étreindre l'univers entier dans un dernier embrassement, et l'univers qui t'appartenait t'a échappé. Puis, après les jeunes gens sont venus à tes pieds des vieillards, des impuissants qui t'ont rendue hideuse. Cependant quelques hommes au coup d'œil d'aigle te disaient d'un regard : — Tu périras sans gloire, parce que tu as trompé, parce que tu as manqué à tes promesses de jeune fille. Au lieu d'être un ange au front de paix et de semer la lumière et le bonheur sur ton passage, tu as été une Messaline aimant le cirque et les débauches, abusant de ton pouvoir. Tu ne peux plus redevenir vierge, il te faudrait un maître. Ton temps arrive. Tu sens déjà la mort. Tes héritiers te croient riche, ils te tueront et ne recueilleront rien. Essaie au moins de jeter tes hardes qui ne sont plus de mode, redeviens ce que tu étais jadis. Mais non! tu t'es suicidée! N'est-ce pas là ton histoire? lui dis-je en finissant, vieille caduque, édentée, froide, maintenant oubliée, et qui passes sans obtenir un regard. Pourquoi vis-tu? Que fais-tu de ta robe de plaideuse qui n'excite le désir de personne? où est ta fortune? pourquoi l'as-tu dissipée? où sont tes trésors? Qu'as-tu fait de beau?

A cette demande, la petite vieille se redressa sur ses os, rejeta ses guenilles, grandit, s'éclaira, sourit, sortit de sa chrysalide noire. Puis, comme un papillon nouveau-né, cette création indienne sortit de ses palmes, m'apparut blanche et jeune, vêtue d'une robe de lin. Ses cheveux d'or flottèrent sur ses épaules, ses yeux scintillèrent, un nuage lumineux l'environna, un cercle d'or voltigea sur sa tête, elle fit un geste vers l'espace en agitant une longue épée de feu.

— Vois et crois! dit-elle.

Tout à coup, je vis dans le lointain des milliers de cathédrales, semblables à celle que je venais de quitter, mais ornées de tableaux et de fresques; j'y entendis de ravissants concerts. Autour de ces monuments, des milliers d'hommes se pressaient, comme des fourmis dans leurs fourmilières. Les uns empressés de sauver des livres et de copier des manuscrits, les autres servant les pauvres, presque tous étudiant. Du sein de ces foules innombrables surgissaient des statues colossales, élevées par eux. A la lueur fantastique, projetée par un luminaire aussi grand que le soleil, je lus sur le socle de ces statues : SCIENCES. HISTOIRE. LITTÉRATURES.

La lumière s'éteignit ; je me retrouvai devant la jeune fille, qui, graduellement, rentra dans sa froide enveloppe, dans ses guenilles mortuaires, et redevint vieille. Son familier lui apporta un peu de poussier, afin qu'elle renouvelât les cendres de sa chaufferette, car le temps était rude ; puis, il lui alluma, à elle qui avait eu des milliers de bougies dans ses palais, une petite veilleuse afin qu'elle pût lire ses prières pendant la nuit.

— On ne croit plus !... dit-elle.

Telle était la situation critique dans laquelle je vis la plus belle, la plus vaste, la plus vraie, la plus féconde de toutes les puissances [84].

— Réveillez-vous, monsieur, l'on va fermer les portes, me dit une voix rauque.

En me retournant, j'aperçus l'horrible figure du donneur d'eau bénite, il m'avait secoué le bras. Je trouvai la cathédrale ensevelie dans l'ombre, comme un homme enveloppé d'un manteau.

— Croire ! me dis-je, c'est vivre ! Je viens de voir passer le convoi d'une Monarchie, il faut défendre l'ÉGLISE !

Paris, février 1831 [85].

DOSSIER

VIE DE BALZAC
1799-1850

La biographie de Balzac est tellement chargée d'événements si divers, et tout s'y trouve si bien emmêlé, qu'un exposé purement chronologique des faits serait d'une confusion extrême.

Dans l'ordre chronologique, nous nous sommes donc contenté de distinguer, d'une manière aussi peu arbitraire que possible, cinq grandes époques de la vie de Balzac : des origines à 1814, 1815-1828, 1828-1833, 1833-1840, 1841-1850.

A l'intérieur des périodes principales, nous avons préféré, quand il y avait lieu, classer les faits selon leur nature : l'œuvre, les autres activités touchant la littérature, la vie sentimentale, les voyages, etc. (mais en reprenant, à l'intérieur de chaque paragraphe, l'ordre chronologique).

Famille, enfance ; des origines à 1814.

En juillet 1746 naît dans le Rouergue, d'une lignée paysanne, Bernard-François Balssa, qui sera le père du romancier et mourra en 1829 ; trente ans plus tard nous retrouvons le nom orthographié « Balzac ».

Janvier 1797 : Bernard-François, directeur des vivres de la division militaire de Tours, épouse à cinquante ans Laure Sallambier, qui en a dix-huit, et qui vivra jusqu'en 1854.

1799, 20 mai : naissance à Tours d'Honoré Balzac (le nom ne comporte pas encore la particule). Un premier fils, né jour pour jour un an plus tôt, n'avait pas vécu.

Après Honoré, trois autres enfants naîtront : 1° Laure (1800-1871), qui épousera en 1820 Eugène Surville, ingénieur des Ponts et Chaussées ; 2° Laurence (1802-1825), devenue en 1821 Mme de Montzaigle : c'est sur son acte de baptême que la particule « de » apparaît pour la première fois devant le nom des Balzac. Elle mourra dans la misère, honnie par sa mère, sans raison ; 3° Henry (1807-1858), fils adultérin dont le père était Jean de Margonne (1780-1858), châtelain de Saché.

L'enfance et l'adolescence d'Honoré seront affectées par la préférence de la mère pour Henry, lequel, dépourvu de dons et de caractère, traînera une existence assez misérable ; les ternes séjours qu'il fera dans les îles de l'océan Indien avant de mourir à Mayotte contrastent absolument avec les aventures des romanesques coureurs de mers balzaciens. Balzac gardera des liens étroits avec Margonne et séjournera souvent à Saché, où l'on montre encore sa chambre et sa table de travail.

Dès sa naissance, Honoré est mis en nourrice chez la femme d'un gendarme à Saint-Cyr-sur-Loire, aujourd'hui faubourg de Tours (rive droite). De 1804 à 1807 il est externe dans un établissement scolaire de Tours, de 1807 à 1813 il est pensionnaire au collège de Vendôme. Puis, pendant quelques mois, en 1813, atteint de troubles et d'une espèce d'hébétude qu'on attribue à un abus de lecture, il demeure dans sa famille, au repos. De l'été 1813 à juin 1814, il est pensionnaire dans une institution du Marais. De juillet à septembre 1814, il reprend ses études au collège de Tours, comme externe.

Son père, alors administrateur de l'Hospice général de Tours, est nommé directeur des vivres dans une entreprise parisienne de fournitures aux armées. Toute la famille quitte Tours pour Paris en novembre 1814.

Apprentissage, 1815-1828.

1815-1819. Honoré poursuit ses études à Paris. Il entreprend son droit, suit des cours à la Sorbonne et au Muséum. Il travaille comme clerc dans l'étude de Me Guillonnet-Merville, avoué, puis dans celle de Me Passez, notaire ; ces deux stages laisseront sur lui une empreinte profonde.

Son père ayant pris sa retraite, la famille, dont les ressources sont désormais réduites, quitte Paris et s'installe pendant l'été 1819 à Villeparisis. Le 16 août, le frère cadet de Bernard-François était guillotiné à Albi pour l'assassinat, dont il n'était peut-être pas coupable, d'une fille de ferme. Cependant Honoré, qu'on destinait au notariat, obtient de renoncer à cette carrière, et de demeurer seul à Paris, dans une mansarde, rue Lesdiguières, pour éprouver sa vocation en s'exerçant au métier des lettres. En septembre 1820, au tirage au sort, il a obtenu un « bon numéro » le dispensant du service militaire.

Dès 1817 il a rédigé des *Notes sur la philosophie et la religion*, suivies en 1818 de *Notes sur l'immortalité de l'âme*, premiers indices du goût prononcé qu'il gardera longtemps pour la spéculation philosophique; maintenant il s'attaque à une tragédie, *Cromwell*, cinq actes en vers, qu'il termine au printemps de 1820. Soumise à plusieurs juges successifs, l'œuvre est uniformément estimée détestable; Andrieux, aimable écrivain, professeur au Collège de France et académicien, conclut que l'auteur peut tenter sa chance dans n'importe quelle voie, hormis la littérature. Balzac continue sa recherche philosophique avec *Falthurne* (1820) et *Sténie* (1821), que suivront bientôt (1823) un *Traité de la prière* et un second *Falthurne* d'inspiration religieuse et mystique.

De 1822 à 1827, soit en collaboration, soit seul, sous les pseudonymes de lord R'hoone et Horace de Saint-Aubin, il publie une masse considérable de produits romanesques « de consommation courante », qu'il lui arrivera d'appeler « petites opérations de littérature marchande » ou même « cochonneries littéraires ». A leur sujet, les balzaciens se partagent; les uns y cherchent des ébauches de thèmes et les signes avant-coureurs du génie romanesque; les autres doutent que Balzac, soucieux seulement de satisfaire sa clientèle, y ait rien mis qui soit vraiment de lui-même.

En 1822 commence sa longue liaison (mais, de sa part, non exclusive) avec Antoinette de Berny, qu'il a rencontrée à Villeparisis l'année précédente. Née en 1777, elle a alors deux fois l'âge d'Honoré qui aura pour celle qu'il a rebaptisée Laure, et la *Dilecta*, un amour ambivalent, où il trouvera une compensation à son enfance frustré.

Fille d'un musicien de la Cour et d'une femme de chambre de

Marie-Antoinette, femme d'expérience, Laure initiera son jeune amant aux secrets de la vie. Elle restera pour lui un soutien, et le guide le plus sûr. Elle mourra en 1836.

En 1825, Balzac entre en relation avec la duchesse d'Abrantès (1784-1838); cette nouvelle maîtresse, qui d'ailleurs s'ajoute à la précédente et ne se substitue pas à elle, a encore quinze ans de plus que lui. Fort avertie de la grande et petite histoire de la Révolution et de l'Empire, elle complète l'éducation que lui a donnée Mme de Berny, et le présente aux nombreux amis qu'elle garde dans le monde; lui-même, plus tard, se fera son conseiller et peut-être son collaborateur lorsqu'elle écrira ses *Mémoires*.

Durant la fin de cette période, il se lance dans des affaires qui enrichissent d'une manière incomparable l'expérience du futur auteur de *La Comédie humaine,* mais qui, en attendant, se soldent par de pénibles et coûteux échecs.

Il se fait éditeur en 1825, imprimeur en 1826, fondeur de caractères en 1827, toujours en association, les fonds de ses propres apports étant constitués par sa famille et par Mme de Berny. En 1825 et 1826, il publie, entre autres, des éditions compactes de Molière et de La Fontaine, pour lesquelles il a composé des notices. En 1828, la société de fonderie est remaniée; il en est écarté au profit d'Alexandre de Berny, fils de son amie : l'entreprise deviendra une des plus belles réalisations françaises dans ce domaine. L'imprimerie est liquidée quelques mois plus tard, en août; elle laisse à Balzac 60 000 francs de dettes (dont 50 000 envers sa famille).

Nombreux voyages et séjours en province, notamment dans la région de L'Isle-Adam, en Normandie, et souvent en Touraine.

Les débuts, 1828-1833.

A la mi-septembre 1828, Balzac va s'établir pour six semaines à Fougères, en vue du roman qu'il prépare sur la chouannerie. *Le Dernier Chouan ou la Bretagne en 1800,* dont le titre deviendra finalement *Les Chouans,* paraît en mars 1829; c'est le premier roman dont il assume ouvertement la responsabilité en le signant de son véritable nom.

En décembre 1829, il publie sous l'anonymat *Physiologie du mariage,* un essai ou, comme il dira plus tard, une « étude analytique » qu'il avait ébauchée puis délaissée plusieurs années auparavant.

1830 : les *Scènes de la vie privée* réunissent en deux volumes six courts récits. Ce nombre sera porté à quinze dans une réédition du même titre en quatre tomes (1832). C'est dans le troisième tome que paraîtra pour la première fois *Le Curé de Tours.*

1831 : *La Peau de chagrin ;* ce roman est repris pour former la même année, avec douze autres récits, trois volumes de *Romans et contes philosophiques ;* l'ensemble est précédé d'une introduction de Philarète Chasles, certainement inspirée par l'auteur. 1832 : les *Nouveaux Contes philosophiques* augmentent cette collection de quatre récits (dont une première version de *Louis Lambert*).

Les *Contes drolatiques.* A l'imitation des *Cent Nouvelles nouvelles* (il avait un goût très vif pour la vieille littérature), il voulait en écrire cent, répartis en dix dizains. Le premier dizain paraît en 1832, le deuxième en 1833 ; le troisième ne sera publié qu'en 1837, et l'entreprise s'arrêtera là.

Septembre 1833 : *Le Médecin de campagne.* Pendant toute cette époque, Balzac donne une foule de textes divers à de nombreux périodiques. Il poursuivra ce genre de collaboration durant toute sa vie, mais à une cadence moindre.

Laure de Berny reste la *Dilecta,* Laure d'Abrantès devient une amie.

Passade avec Olympe Pélissier.

Entré en liaison d'abord épistolaire avec la duchesse de Castries en 1831, il séjourne auprès d'elle, à Aix-les-Bains et à Genève, en septembre et octobre 1832 ; elle se laisse chaudement courtiser, mais ne cède pas, ce dont il se « venge » par *La Duchesse de Langeais.*

Au début de 1832, il reçoit d'Odessa une lettre signée « L'Étrangère », et répond par une petite annonce insérée dans *La Gazette de France :* c'est le début de ses relations avec Mme Hanska (1805-1882), sa future femme, qu'il rencontre pour la première fois à Neuchâtel dans les derniers jours de septembre 1833.

Vers cette même époque il a une maîtresse discrète, Maria du Fresnay.

Voyages très nombreux. Outre ceux que nous avons signalés ci-dessus (Fougères, Aix, Genève, Neuchâtel), il faut mentionner plusieurs séjours à Saché, près de Nemours chez Mme de Berny, près d'Angoulême chez Zulma Carraud, etc.

Son travail acharné n'empêche pas qu'il ne soit très répandu dans les milieux littéraires et dans le monde; il mène une vie ostentatoire et dispendieuse.

En politique, il s'affiche légitimiste. Il envisage de se présenter aux élections législatives de 1831, et en 1832 à une élection partielle.

L'essor, 1833-1840.

Durant cette période, Balzac ne se contente pas d'assurer le développement de son œuvre : il se préoccupe de lui assurer une organisation d'ensemble, comme en témoignaient déjà les *Scènes de la vie privée* et les *Romans et contes philosophiques*. Maintenant il s'avance sur la voie qui le conduira à la conception globale de *La Comédie humaine*.

En octobre 1833, il signe un contrat pour la publication des *Études de mœurs au XIXe siècle*, qui doivent rassembler aussi bien les rééditions que des ouvrages nouveaux répartis en quatre tomes de *Scènes de la vie privée*, quatre de *Scènes de la vie de province* et quatre de *Scènes de la vie parisienne*. Les douze volumes paraissent en ordre dispersé de décembre 1833 à février 1837. Le tome 1 est précédé d'une importante *Introduction* de Félix Davin, prête-nom de Balzac. La classification a une valeur littérale et symbolique; elle se fonde à la fois sur le cadre de l'action et sur la signification du thème.

Parallèlement paraissent de 1834 à 1840 vingt volumes d'*Études philosophiques*, avec une nouvelle introduction de Félix Davin.

Principales créations en librairie de cette période : *Eugénie Grandet*, fin 1833; *La Recherche de l'absolu*, 1834; *Le Père Goriot, La Fleur des pois* (titre qui deviendra *Le Contrat de mariage*), *Séraphita*, 1835; *Histoire des Treize*, 1833-1835; *Le Lys dans la vallée*, 1836; *La Vieille Fille, Illusions perdues* (début), *César Birotteau*, 1837; *La Femme supérieure* (titre qui deviendra *Les Employés*), *La Maison Nucingen, La Torpille* (début de *Splendeurs et Misères des courtisanes*), 1838; *Le Cabinet des antiques, Une fille*

d'Ève, Béatrix, 1839; *Une princesse parisienne* (titre qui deviendra
Les Secrets de la princesse de Cadignan), *Pierrette, Pierre Grassou*,
1840.

En marge de cette activité essentielle, Balzac prend à la fin de
1835 une participation majoritaire dans la *Chronique de Paris*,
journal politique et littéraire; il y publie un bon nombre de
textes, jusqu'à ce que la société, irrémédiablement déficitaire, soit
dissoute six mois plus tard. Curieusement il réédite (et complète à
l'aide de « nègres »), en gardant un pseudonyme qui n'abuse
personne, une partie de ses romans de jeunesse les *Œuvres
complètes d'Horace de Saint-Aubin*, seize volumes, 1836-1840.

En 1838, il s'inscrit à la toute jeune Société des Gens de
Lettres, il la préside en 1839, et mène diverses campagnes pour la
protection de la propriété littéraire et des droits des auteurs.

Candidat à l'Académie française en 1839, il s'efface devant
Hugo, qui ne sera pas élu.

En 1840, il fonde la *Revue parisienne*, mensuelle et entièrement
rédigée par lui; elle disparaît après le troisième numéro, où il a
inséré son long et fameux article sur *La Chartreuse de Parme*.

Théâtre, vieille et durable préoccupation depuis le *Cromwell* de
ses vingt ans : en 1839, la Renaissance refuse *L'École des ménages*,
pièce dont il donne chez Custine une lecture à laquelle assistent
Stendhal et Théophile Gautier. En 1840, la censure, après
plusieurs refus, finit par autoriser *Vautrin*, qui sera interdit dès le
lendemain de la première.

Il séjourne à Genève auprès de Mme Hanska du 24 décembre
1833 au 8 février 1834; il la retrouve à Vienne (Autriche) en mai-
juin 1835; alors commence une séparation qui durera huit ans.

Le 4 juin 1834, naît Marie du Fresnay, présumée être sa fille,
et qu'il regarde comme telle; elle mourra en 1930.

Mme de Berny malade depuis 1834, accablée de malheurs
familiaux, cesse de le voir à la fin de 1835; elle va mourir le
27 juillet 1836.

Le 29 mai 1836, naissance de Lionel-Richard, fils présumé de
Balzac et de la comtesse Guidoboni-Visconti.

Juillet-août 1836 : Mme Marbouty, déguisée en homme, l'ac-
compagne à Turin où il doit régler une affaire de succession pour

le compte et avec la procuration du mari de Frances Sarah, le comte Guidoboni-Visconti. Ils rentrent par la Suisse.

Autres voyages toujours nombreux, et nombreuses rencontres.

Au cours de l'excursion autrichienne de 1835, il est reçu par Metternich, et visite le champ de bataille de Wagram en vue d'un roman qu'il ne parviendra jamais à écrire. En 1836, séjournant en Touraine, il se voit accueilli par Talleyrand et la duchesse de Dino. L'année suivante, c'est George Sand qui l'héberge à Nohant; elle lui suggère le sujet de *Béatrix*.

Durant un second voyage italien en 1837, il a appris à Gênes qu'on pouvait exploiter fructueusement en Sardaigne les scories d'anciennes mines de plomb argentifère; en 1838, en passant par la Corse, il se rend sur place pour y constater que l'idée était si bonne qu'une société marseillaise l'a devancé; retour par Gênes, Turin, et Milan où il s'attarde.

On signale en 1834 un dîner réunissant Balzac, Vidocq et les bourreaux Sanson père et fils.

Démêlés avec la Garde nationale, où il se refuse obstinément à assurer ses tours de garde : en 1835, à Chaillot sous le nom de « madame veuve Durand », il se cache autant de ses créanciers que de la garde qui l'incarcérera, en 1836, pendant une semaine dans sa prison surnommée « Hôtel des Haricots »; nouvel emprisonnement en 1839, pour la même raison.

En 1837, près de Paris à Sèvres, au lieu-dit les Jardies, il achète les premiers éléments de ce dont il voudra constituer tout un domaine. Sa légende commençant, on prétendra qu'il aurait rêvé d'y faire fortune en y acclimatant la culture de l'ananas. Ses projets assez grandioses lui coûteront fort cher et ne lui amèneront que des déboires. Liquidation onéreuse et longue : à la mort de Balzac, l'affaire n'était pas entièrement liquidée.

C'est en octobre 1840 que, quittant les Jardies, il s'installe à Passy dans l'actuelle rue Raynouard, où sa maison est redevenue aujourd'hui « La Maison de Balzac ».

Suite et fin, 1841-1850.

Le fait marquant qui inaugure cette période est l'acte de naissance officiel de *La Comédie humaine* considérée comme un ensemble organique. Cet acte, c'est le contrat passé le 2 octobre 1841 avec un groupe d'éditeurs pour la publication, sous ce « titre général », des « œuvres complètes » de Balzac, celui-ci se réservant « l'ordre et la distribution des matières, la tomaison et l'ordre des volumes ».

Nous avons vu le romancier, dès ses véritables débuts ou presque, montrer le souci d'un ordre et d'un classement. Une lettre à Mme Hanska du 26 octobre 1834 en faisait déjà état. Une lettre de décembre 1839 ou janvier 1840, adressée à un éditeur non identifié, et restée sans suite, mentionnait pour la première fois le « titre général », avec un plan assez détaillé. Cette fois le grand projet va enfin se réaliser (sous réserve de quelques changements de détail ultérieurs dans le plan, de plusieurs ouvrages annoncés qui ne seront jamais composés et, enfin, de quelques autres composés et non annoncés).

Réunissant rééditions et nouveautés, l'ensemble désormais intitulé *La Comédie humaine* paraît de 1842 à 1848 en dix-sept volumes, complétés en 1855 par un tome XVIII, et suivis, en 1855 encore, d'un tome XIX (*Théâtre*) et d'un tome XX (*Contes drolatiques*). Trois parties : *Études de mœurs*, *Études philosophiques*, *Études analytiques*, — la première partie étant elle-même divisée en *Scènes de la vie privée*, *Scènes de la vie de province*, *Scènes de la vie parisienne*, *Scènes de la vie politique*, *Scènes de la vie militaire* et *Scènes de la vie de campagne*.

L'*Avant-propos* est un texte doctrinal capital. Avant de se résoudre à l'écrire lui-même, Balzac avait demandé vainement une préface à Nodier, à George Sand, ou envisagé de reproduire les introductions de Davin aux anciennes *Études de mœurs* et *Études philosophiques*.

Premières publications en librairie : *Le Curé de village*, 1841 ; *Mémoires de deux jeunes mariées*, *Ursule Mirouët*, *Albert Savarus*, *La Femme de trente ans* (sous sa forme et son titre définitifs après beaucoup d'avatars), *Les Deux Frères* (titre qui deviendra *La Rabouilleuse*), 1842 ; *Une ténébreuse affaire*, *La Muse du département*, *Illusions perdues* (au complet), 1843 ; *Honorine*, *Modeste Mignon*, 1844 ; *Petites misères de la vie conjugale*, 1846 ; *La Dernière Incarnation de Vautrin* (achevant *Splendeurs et Misères des courtisanes*), 1847 ; *Les Parents pauvres* (*Le Cousin Pons* et *La Cousine Bette*), 1847-1848.

Romans posthumes : *Le Député d'Arcis* et *Les Petits Bourgeois*, restés inachevés, et terminés, avec une désinvolture confondante, par Charles Rabou agréé par la veuve, paraissent respectivement en 1854 et 1856. La veuve assure elle-même, avec beaucoup plus de tact, la mise au point des *Paysans* qu'elle publie en 1855.

Théâtre. Représentation et échec des *Ressources de Quinola*, 1842; de *Paméla Giraud*, 1843. Succès sans lendemain de *La Marâtre*, pièce créée à une date peu favorable (25 mai 1848); trois mois plus tard la Comédie-Française reçoit *Mercadet ou le Faiseur*, mais la pièce ne sera pas représentée.

Chevalier de la Légion d'honneur depuis avril 1845, Balzac, encore candidat à l'Académie française, obtient 4 voix le 11 janvier 1849, dont celles de Hugo et de Lamartine (on lui préfère le duc de Noailles), et, aux trois scrutins du 18 janvier, 2 voix (Vigny et Hugo), 1 voix (Hugo) et 0 voix, le comte de Saint-Priest étant élu.

Amours et voyages, durant toute cette période, portent pratiquement un seul et même nom : Mme Hanska. Le comte Hanski était mort le 10 novembre 1841, en Ukraine; mais Balzac sera informé le 5 janvier 1842 seulement de l'événement. Son amie, libre désormais de l'épouser, va néanmoins le faire attendre près de dix ans encore, soit qu'elle manque d'empressement, soit que réellement le régime tsariste se dispose à confisquer ses biens, qui sont considérables, si elle s'unit à un étranger.

En 1843, après huit ans de séparation, Balzac va la retrouver pour deux mois à Saint-Pétersbourg; il rentre par Berlin, les pays rhénans, la Belgique. En 1845, voyages communs en Allemagne, en France, en Hollande, en Belgique, en Italie. En 1846, ils se rencontrent à Rome et voyagent en Italie, en Suisse, en Allemagne.

Mme Hanska est enceinte; Balzac en est profondément heureux, et, de surcroît, voit dans cette circonstance une occasion de hâter son mariage; il se désespère lorsqu'elle accouche en novembre 1846 d'un enfant mort-né.

En 1847, elle passe quelques mois à Paris; lui-même, peu après, rédige un testament en sa faveur. A l'automne, il va la retrouver en Ukraine, où il séjourne près de cinq mois. Il rentre à Paris, assiste à la révolution de février 1848 et envisage une candidature aux élections législatives, puis il repart dès la fin de septembre pour l'Ukraine, où il séjourne jusqu'à la fin d'avril 1850. Malade, il ne travaille plus : depuis plusieurs années sa santé n'a pas cessé de se dégrader.

Il épouse Mme Hanska, le 14 mars 1850, à Berditcheff.

Rentrés à Paris vers le 20 mai, les deux époux, le 4 juin, se font donation mutuelle de tous leurs biens en cas de décès.

Balzac est rentré à Paris pour mourir. Affaibli, presque aveugle, il ne peut bientôt plus écrire ; sa dernière lettre connue, de sa main, date du 1er juin 1850. Le 18 août, il reçoit l'extrême-onction, et Hugo, venu en visite, le trouve inconscient : il meurt à onze heures et demie du soir. On l'enterre au Père-Lachaise trois jours plus tard ; les cordons du poêle sont tenus par Hugo et Dumas, mais aussi par le navrant Sainte-Beuve, qui lui vouait la haine des impuissants, et par le ministre de l'Intérieur ; devant sa tombe, superbe discours de Hugo : ni Hugo ni Baudelaire ne se sont trompés sur le génie de Balzac.

La femme de Balzac, après avoir trouvé quelques consolations à son veuvage, mourra ruinée de sa propre main et par sa fille en 1882.

NOTICE

Avant d'en venir aux notions particulières concernant les trois
textes rassemblés dans ce volume, nous devons expliquer pourquoi ils se trouvent ainsi réunis, et, au préalable, pourquoi ils le
sont dans un ordre qui ne correspond ni à la chronologie de la
rédaction ni à quelque progression idéologique.

Comme on le verra plus loin en détail, les étapes de la
composition, pour *Jésus-Christ en Flandre*, s'échelonnent de 1830 à
1846; et pour *Louis Lambert*, à nous en tenir au plus strict, de
1832 à 1835, — avec des dépassements probables avant 1832,
certains au-delà de 1835. Le cas des *Proscrits* est moins complexe,
certes : mais quelle place au juste assigner à ce récit dans un
ensemble aussi flottant?

Logiquement nous aurions pu le présenter en tête de notre
recueil, puisque Balzac lui-même a déclaré voir en lui le
« péristyle » de l'édifice qu'il élevait pour illustrer la philosophie
mystique (préface de 1835 au *Livre mystique*). Cependant ne
trouverait-on pas dans les *Études philosophiques* beaucoup d'autres
« péristyles », comme *La Peau de chagrin*, comme *La Recherche de
l'absolu*?

Parmi ces indéterminations, nous avons préféré considérer que,
de nos trois textes, *Louis Lambert*, le plus amplement étoffé, est
aussi le plus proche du ton général de *La Comédie humaine*. C'est
un roman : le roman d'une aventure intellectuelle, mais, vraiment, un roman; et dont l'époque et le cadre évoquent

directement l'expérience personnelle du romancier. Tandis que le récit des *Proscrits* a les apparences d'une reconstitution historique, c'est-à-dire, en fait, la valeur intemporelle d'une allégorie : ce qui, du point de vue de la technique romanesque, l'apparente plutôt à *Jésus-Christ en Flandre*. Bref, nous nous croyons fondés à regarder ces deux dernières œuvres comme des commentaires, en quelque sorte, de la première, dans la mesure où celle-ci, non sans quelque austérité, nous livre certains secrets structuraux de *La Comédie humaine*.

Dès son adolescence précocement mûre, et comme son héros Louis Lambert, Balzac avait commencé à ébaucher sa philosophie mystique. Il en étoffa les idées, les approfondit, les développa jusqu'aux approches de sa quarantième année ; et si plus tard il paraît s'en détacher, c'est simplement qu'alors il a le sentiment de les avoir portées au plus haut point d'élucidation dont il est capable : cependant que l'œuvre exerce sur l'ouvrier des pressions toujours plus fortes, beaucoup de pages et d'articulations de sa dernière décennie ne s'expliquent bien que si on continue à en tenir compte.

Lorsqu'il se préoccupa d'organiser son œuvre, c'est-à-dire pratiquement au début même de son installation définitive dans la vraie vie littéraire, et donc bien avant de songer au regroupement général de *La Comédie humaine*, il réserva une section spéciale pour ceux de ses ouvrages qu'il appelait « philosophiques ». Ce mot comportait d'ailleurs, de sa part même, diverses incertitudes d'interprétation. Quoi qu'il en soit, la plus forte densité proprement philosophique — cette philosophie débouchant sur la mystique pour s'y épanouir — se trouve sous trois titres, *Les Proscrits*, *Louis Lambert* et *Séraphîta*, qu'il prit soin plusieurs fois de rapprocher étroitement, en particulier dans *Le Livre mystique* de 1835 et 1836.

Pour éclairer le parti ainsi pris par Balzac, nous reproduisons, à titre documentaire, de larges extraits de deux commentaires datant de 1834-1835, l'introduction aux *Études philosophiques* signée par Félix Davin mais inspirée et contrôlée par le romancier, et la préface de celui-ci à l'édition du *Livre mystique*.

On trouvera ici *Louis Lambert* et *Les Proscrits*. Nous y joignons *Jésus-Christ en Flandre* : non pas seulement parce que ce titre, sinon son texte définitif, a voisiné avec les deux autres dans les recueils philosophiques aussi souvent qu'il était possible ; mais aussi parce qu'il nous donne l'occasion de mieux apercevoir comment le swédenborgisme de Balzac pouvait ou ne pouvait pas s'accorder avec les enseignements du catholicisme traditionnel. (Remarquons au passage que si Rome l'a mis à l'*Index* en 1841 et l'y a long-temps maintenu, ce n'est pas pour sa philosophie mais pour tous ses romans d'amour, « *omnes fabulae amatoriae* ».)

Le romancier se déclarait fermement attaché à Rome. « J'écris à la lueur de deux Vérités éternelles, affirme-t-il dans l'Avant-propos de 1842 : la Religion, la Monarchie, deux nécessités que les événements contemporains proclament, et vers lesquelles tout écrivain de bon sens doit essayer de ramener notre pays. » Déjà ces références à la « nécessité » et au « bon sens » nous mettent en alerte : elles apparaissent comme des considérations d'opportunité, en marge de la foi proprement dite. Nous songeons à un mot que Gobineau écrivait à Tocqueville le 16 octobre 1843, donc vers le même temps : « ... Vous êtes beaucoup moins préoccupé, dans l'admiration que vous inspire le christianisme, de sa vérité absolue, que de son utilité politique. »

Dans le même Avant-propos nous lisons encore : « ... En quoi les phénomènes cérébraux et nerveux qui démontrent l'existence d'un nouveau monde moral dérangent-ils les rapports certains et nécessaires entre les mondes et Dieu? en quoi les dogmes catholiques en seraient-ils ébranlés? Si, par des faits incontestables, la pensée est rangée un jour parmi les fluides qui ne se révèlent que par leurs effets et dont la substance échappe à nos sens même agrandis par tant de moyens mécaniques, il en sera de ceci comme de la sphéricité de la terre observée par Christophe Colomb, comme de sa rotation démontrée par Galilée. Notre avenir restera le même. Le magnétisme animal, aux miracles duquel je me suis familiarisé depuis 1820; les belles recherches de Gall, le continuateur de Lavater; tous ceux qui, depuis cinquante ans, ont travaillé la pensée comme les opticiens ont travaillé la lumière, deux choses quasi semblables, concluent et pour les mystiques, ces disciples de l'apôtre saint Jean, et pour tous les grands penseurs qui ont établi le monde spirituel, cette sphère où se révèlent les rapports entre l'homme et Dieu. »

Il reste dans cette déclaration quelque chose d'équivoque. Et l'équivoque n'est pas fortuite.

Louis Lambert « n'admettait pas les minutieuses pratiques de l'Église romaine », les offices le laissaient « impassible », il préférait prier au rythme des élévations de son âme « qui n'avaient aucun mode régulier. » Les antinomies dont lui-même et Séraphîta dressent le tableau dénient à l'intelligence humaine la faculté de prouver Dieu. La transcendance du christianisme est niée. Comme toutes les religions orientales, le mysticisme chrétien n'est aux yeux de Lambert qu'un aspect particulier d'une seule et même religion universelle. Et c'est évidemment contester la divinité du Christ que de le placer sur le même plan que Zoroastre, Moïse, Bouddha, Confucius, que Swedenborg enfin, dont la religion est la synthèse de toutes les religions et réunit en une seule les vérités de toutes.

Avec un vocabulaire différent, Séraphîta parle le même langage.

Les commentaires et confidences des *Lettres à l'Étrangère* sont plus catégoriques encore.

En 1836, à propos de *Séraphîta* : « Quant à l'orthodoxie du livre, écrit Balzac à Mme Hanska, Swedenborg est diamétralement opposé à la cour de Rome; mais qui osera prononcer entre saint Jean et saint Pierre? La religion mystique de saint Jean est logique; elle sera celle des êtres supérieurs. Celle de Rome sera celle de la foule... *Le chemin pour aller à Dieu* » (titre primitif du chapitre VI de *Séraphîta*, les mots « à Dieu » devant être ensuite remplacés par « au Ciel ») « est une religion bien plus élevée que celle de Bossuet; c'est la religion de sainte Thérèse et de Fénelon, de Swedenborg, de Jacob Bœhm et de M. Saint-Martin. »

L'année suivante : « Je ne suis point orthodoxe et ne crois pas à l'Église romaine. Je trouve que s'il y a quelque plan digne du sien, ce sont les transformations humaines faisant marcher l'être vers des zones inconnues. C'est la loi des créations qui nous sont inférieures : ce doit être la loi des créations supérieures. Le *swedenborgisme*, qui n'est qu'une répétition, dans le sens chrétien, d'anciennes idées, est ma religion, avec l'augmentation que j'y fais de l'incompréhensibilité de Dieu. »

En 1842 enfin, après la rédaction de l'Avant-propos de *La Comédie humaine* — et cette fois se dissipe l'équivoque dont nous parlions tout à l'heure : « *Politiquement*, je suis de la religion catholique; je suis du côté de Bossuet et de Bonald, et ne dévierai jamais. *Devant Dieu*, je suis de la religion de saint Jean, de l'Église mystique, la seule qui ait conservé la vraie doctrine. Ceci est le fond de mon cœur. »

De tous les romans de Balzac, *Louis Lambert* est celui qui le préoccupa le plus longtemps et le plus intensément : l'analyse érudite n'a pas identifié moins de quatorze états du texte, pour s'en tenir à ceux que l'on connaît et sans compter les épreuves partielles.

Pour les lecteurs désireux d'approfondir l'étude de cet ouvrage hors série, renvoyons notamment au livre de M. Henri Evans, « *Louis Lambert* » *et la philosophie de Balzac* (1951), et à l'édition critique procurée par Marcel Bouteron, Jean Pommier et Mme Robert Siohan (1954), — sans omettre, bien sûr, le *Balzac et la religion* de M. Philippe Bertault (1942).

Ici, nous en tenant aux propres publications de Balzac, nous nous bornerons à signaler trois versions.

La première, écrite à Saché en un mois (juin-juillet 1832), parut au mois d'octobre suivant dans les *Nouveaux Contes philosophiques*, sous le titre *Notice biographique sur Louis Lambert*, avec déjà la dédicace à Mme de Berny. La deuxième version, très remaniée, en particulier dans l'analyse du *Traité de la volonté* de Lambert, parut à la fin de janvier 1833 en un volume séparé ; celui-ci portait une épigraphe nouvelle : « Au Génie, les Nuées du sanctuaire, à Dieu seul, la Clarté » ; le titre était devenu *Histoire intellectuelle de Louis Lambert*. L'ouvrage s'augmenta enfin de pensées du héros, dont les premières apparaissent dès l'édition originale, et de la lettre-journal adressée par celui-ci à son oncle, pour former la troisième version, insérée dans *Le Livre mystique* de la fin de 1835 avec *Les Proscrits* et *Séraphîta*, l'ensemble étant précédé d'une longue et importante préface (appelée à disparaître par la suite, et que nous reproduisons p. 280).

Voici maintenant quelques précisions complémentaires. La lettre à l'oncle « a coûté vingt jours et dix à douze épreuves », écrit Balzac à Mme Hanska le 17 juillet 1835 ; elle fit l'objet d'une prépublication dans la *Revue de Paris* en août 1835. *Le Livre mystique* fut réimprimé dès le début de 1836. A la fin de la même année l'*Histoire intellectuelle de Louis Lambert* fut reprise dans les tomes XXIII et XXIV des *Études philosophiques*, séparée cette fois de *Séraphîta* et des *Proscrits*. L'année 1842 vit reparaître *Louis Lambert*, de nouveau réuni à *Séraphîta* dans un même volume, chez l'éditeur Charpentier. Enfin les trois mêmes titres figurent ensemble en 1846 dans le tome XVI de *La Comédie*

humaine, au troisième volume de la subdivision *Études philoso-*
phiques. Par rapport à la troisième version signalée ci-dessus, ces
dernières éditions n'apportaient guère que des aménagements ou
corrections de détail.

De 1832 à 1835, Balzac passa à l'égard de son œuvre par de
constantes alternances de découragement et d'enthousiasme. Elles
se traduisent dans sa correspondance.

A sa mère, 23 juin 1832 : « ... Je travaille jour et nuit... Aussi je
suis bien fatigué d'écrire. Il a fallu répondre glorieusement aux
gens qui disent que je suis fou. » A la même, 19 juillet 1832 :
« L'œuvre que je lui ai envoyée » (à son éditeur Gosselin) « m'a
coûté 30 jours et 15 nuits. » Moins sèchement, à sa sœur Laure
Surville, 20 juillet 1832 : c'est « une œuvre où j'ai voulu lutter
avec Gœthe et Byron, avec *Faust* et *Manfred,* et c'est une joute
qui n'est pas encore finie, car les épreuves ne sont pas encore
corrigées »; ce « doit être une dernière réponse à mes ennemis et
doit faire pressentir une incontestable supériorité ».

L'éditeur tarde à communiquer les épreuves; à sa mère,
29 juillet 1832 : « Dieu! que Gosselin ne sait pas ce qu'il me
cause de perte de temps en ne m'envoyant pas d'un coup tout
Lambert composé. Il ne sait donc pas que je suis dans une veine
de travail et capable de faire des merveilles; maintenant je
réponds de ma *Notice...* » A Laure Surville, août (?) 1832 : « *Louis
Lambert* m'a coûté tant de travaux! que d'ouvrages il m'a fallu
relire pour écrire ce livre! Il jettera peut-être, un jour ou l'autre,
la science dans des voies nouvelles. » (Sur ce point nous
reviendrons tout à l'heure.) « Je crois *Louis Lambert* un beau
livre... Il s'agit de toute ma réputation et de mon avenir. » A sa
mère, le 21 août : « *Lambert* est une bien belle chose. » Le travail
sur épreuves, énorme, épuise le romancier.

Dès la publication il déchante. L'ouvrage, écrit-il à Zulma
Carraud à la fin de novembre, « est incomplet. Je me suis encore
trop pressé. Il y manque des développements et bien des choses
que je suis en train de faire, et, dans la prochaine édition, il sera
bien changé, bien corrigé ». Le 26 novembre, il propose à
Gosselin de réaliser une édition séparée — qui paraîtra deux mois
plus tard —, précisant qu'il a passé « quinze jours et autant de
demi-nuits » à refondre son texte. Le 16 décembre, à Zulma
Carraud : « Ah! vous serez fière de *Lambert!* Il y a bien des
heures, des jours, des nuits passées à cet ouvrage depuis le jour où

je vous l'ai lu. » A la même, 25 janvier 1833 : « Maintenant, l'œuvre est bien plus complète, plus étoffée, mieux écrite ; puissé-je en faire un jour un monument de gloire ! »

Mais vers la même date, et dans une de ses premières lettres à Mme Hanska, il déclare déjà ne plus voir dans cette deuxième version que « le plus triste de tous les avortons », et il annonce pour l'avenir un nouveau *Louis Lambert* « moins incomplet ». Mêmes aveux, mêmes promesses à George Sand, le 8 février ; à Zulma Carraud, vers le 10 mars : « Il y a bien des fautes encore dans ce *Louis Lambert*-là ; le moins imparfait sera dans la première édition qui se fera. Que de peines cette œuvre m'aura coûtées ! c'est à effrayer. » Six semaines plus tard encore, il en parle à un autre correspondant comme d'une « œuvre de prédilection que je voudrais faire approcher le plus possible de la perfection »...

Dès lors la correspondance n'évoque plus guère à ce sujet que des questions de contrats ou de relations avec les éditeurs. A ceci près qu'en 1842, au moment où se prépare l'édition Charpentier, il se plaint auprès de Mme Hanska du travail que lui impose à nouveau la correction des épreuves. « Ainsi, dit-il, vont reparaître ces deux œuvres chéries » (*Louis Lambert* et *Séraphita*), « tant caressées, devenues parfaites, dont l'une sous la protection de l'ange qui est au ciel » (Mme de Berny ; voir notre note 1, p. 286) « et l'autre sous celle de l'ange qui est encore avec moi, qui lutte, qui souffre, qui aime avec moi, comme l'autre a lutté, souffert, aimé, et qui, de plus, a ce que l'autre n'eut jamais, à son éternel regret, la jeunesse et la beauté ! » Ne nous laissons pas déconcerter par la rudesse de ces dernières lignes : sans doute Balzac les jugeait-il nécessaires pour faire accepter par l'étrangère sa fidélité posthume à la Dilecta.

Les traits d'autobiographie, dans *La Comédie humaine*, sans être fréquents, ne sont pas rares : mais aucun roman n'y est plus autobiographique que *Louis Lambert* ; aucun n'y présente, pour ainsi dire, un éventail d'autobiographie plus amplement ouvert, — depuis les souvenirs d'une enfance et d'une adolescence douloureuses jusqu'aux développements extrêmes d'une pensée philosophique et mystique. Ici comme toujours, il est vrai, Balzac transpose, en ce sens que le roman demeure un roman — celui d'une aventure de l'esprit — et non pas un fragment déguisé de Mémoires ; mais c'est un roman qu'il invente en se remémorant une certaine ligne de son expérience personnelle, et en contemplant le sentiment qu'il a, au moment où il écrit, de la signification de cette ligne d'expérience.

Était-ce par forfanterie qu'en 1832 il avait prédit à Laure Surville que *Louis Lambert* jetterait la science « dans des voies nouvelles »? Non : quelques années plus tard l'événement devait confirmer ce pronostic apparemment complaisant.

Il s'agit des lettres que Balzac reçut en 1835 de Geoffroy Saint-Hilaire (Étienne) et de son fils Isidore. Elles se lisent à la fin du tome II de l'édition Roger Pierrot de la *Correspondance*. On sait par l'Avant-propos de 1842 de *La Comédie humaine* et par la dédicace de 1843 du *Père Goriot* combien Balzac admirait l'illustre naturaliste et le mettait au-dessus de son adversaire Cuvier (que pourtant il cite beaucoup plus souvent). On sait moins que Geoffroy Saint-Hilaire, de vingt-sept ans l'aîné du romancier, fit à celui-ci, après avoir lu *Le Livre mystique*, l'hommage d'une admiration en quelque sorte délirante. Il alla jusqu'à lui emprunter, pour ses *Notions synthétiques, historiques et physiologiques de philosophie naturelle*, deux épigraphes tirées l'une de *Séraphîta* (« La Science est une... »), l'autre de *Louis Lambert* (« La Science est une et vous l'avez partagée »).

C'est là une relation dont l'étude approfondie jetterait certainement sur *La Comédie humaine* des éclairages nouveaux. Elle a été tentée plusieurs fois (*Revue des cours et conférences*, 30 mars et 15 avril 1929; *Revue d'histoire de la philosophie et d'histoire générale de la civilisation*, par Hélène d'Alsö, 15 octobre 1934; *Mercure de France*, juin et juillet 1948 puis novembre et décembre 1950). Mais aucun de ces travaux ne paraît présenter un caractère exhaustif; pour les mener à bien, leurs auteurs auraient dû se montrer à la fois balzaciens confirmés, experts en philosophie mystique et particulièrement en swédenborgisme, et connaisseurs non seulement en histoire naturelle mais aussi en histoire de l'histoire naturelle : spécialisations qui se trouveraient malaisément réunies en une seule personne.

Le 5 octobre 1831, Balzac écrit à la marquise de Castries, qui, comme tant d'autres, lui avait reproché l'immoralité corrosive de ses romans : « ... Si parfois je détruis, parfois j'essaie à reconstruire. » Et, à l'appui, il cite quelques titres, dont *Les Proscrits* (ainsi d'ailleurs que *Jésus-Christ en Flandre*, — on se rappelle que

Louis Lambert n'existait pas encore) : ils « vous prouveront peut-être, ajoute-t-il, que je ne manque ni de foi, ni de conviction, ni de douceur. Je tâche d'être l'homme de mon sujet, de l'accomplir, je trace mon sillon consciencieusement, voilà tout ».

Le récit *Les Proscrits* avait paru pour la première fois le 1er mai 1831 dans la *Revue de Paris,* puis reparu au mois de septembre suivant dans le tome III des *Romans et contes philosophiques.* Il est repris en décembre 1835 en tête du *Livre mystique,* puis en 1840 dans le tome XX des *Études philosophiques,* enfin en 1846 dans le tome XVI de *La Comédie humaine* (troisième volume de la section *Études philosophiques*).

Jusqu'à cette dernière édition exclusivement, il était divisé en trois chapitres, intitulés « Le Sergent de ville », « Le Docteur en théologie mystique » et « Le Poëte ». Balzac souvent a commencé par couper en chapitres ses récits et ses nouvelles, soit pour se conformer à l'usage, soit pour obéir à l'idée que les éditeurs se faisaient du goût du public, soit encore (il faut tout envisager) pour gonfler ses honoraires en faisant décompter ses « blancs » au même tarif que des lignes de texte. Tous ces « blancs » disparaissent dans l'édition générale de *La Comédie humaine.* Pour gagner des pages, a-t-on prétendu, et réaliser des volumes plus compacts. Nous croirions plutôt, quant à nous, qu'il a voulu ainsi marquer d'un trait plus accusé le caractère inexorablement fatal que présente chez lui l'art de la narration.

On trouvera dans nos Notes quelques indications sur la valeur extrêmement approximative des références historiques et topographiques alléguées par Balzac. Aussi bien ne se proposait-il nullement d'offrir à ses lecteurs une œuvre documentaire : c'est une introduction à l'exposé de sa doctrine mystique, — « le péristyle de l'édifice », déclare-t-il, répétons-le, dans la préface du *Livre mystique* de 1835. « Au XIIe siècle (voyez *Les Proscrits*), y affirme-t-il encore, le docteur Sigier professe, comme la science des sciences, la Théologie mystique dans cette Université, la reine du monde intellectuel, à laquelle les Quatre Nations catholiques faisaient la cour. Vous y voyez Dante venant faire éclairer sa *Divine Comédie* par l'illustre docteur qui serait oublié, sans les vers où le Florentin a consacré sa reconnaissance envers son maître. Le Mysticisme que vous trouvez là dominant la société, sans que la cour de Rome s'en inquiétât, parce qu'alors la belle et sublime Rome du moyen âge était omnipotente, fut transmis à madame Guyon », etc. : il faut lire tout le passage en liaison avec ce qui a été dit au début de cette Notice.

Au chant X du *Paradis* (vers 133-138), Dante énumère les « douze lumières » qui font une « couronne » à saint Thomas d'Aquin. Sigier ferme la couronne : « Celui-ci d'où tes yeux à moi reviennent / fut un esprit de si graves pensées / qu'il lui sembla venir tard ou mourir : / c'est la lumière éterne de Sigier / qui fut lecteur dans la ruelle au Fouarre / et se fit tort à syllogiser droit » (trad. André Pézard, coll. de la Pléiade).

Comme le signalent nos Notes, la personne et l'enseignement de Sigier demeurent actuellement énigmatiques. Une suggestion de M. Henri Evans a retenu l'attention : « En 1831, il n'existait aucun ouvrage sur ce théologien, dont les œuvres n'étaient même pas imprimées. Que Balzac ait connu Swedenborg, par exemple, cela se conçoit, car Swedenborg avait beaucoup écrit, il était célèbre, et il y avait un *Abrégé* de son œuvre que tout le monde pouvait consulter. Mais qu'il connût Sigier pose un important problème d'érudition balzacienne qu'on ne saurait tenter de résoudre ici ; qui même, de par sa nature, ne sera sans doute jamais résolu. En effet, il semble que les recherches devraient s'orienter vers les sectes swédenborgiennes et martinistes que Balzac a fréquentées à partir de 1825, sectes occultes qui laissent peu de traces. Mais il ne serait pas étonnant qu'on eût parlé de Sigier dans les réunions de fidèles, et s'il en était ainsi, il faudrait admettre que Balzac y fut beaucoup plus assidu qu'on ne le croit généralement aujourd'hui. »

Pour nous, nous aurons la prudence de nous tenir en retrait de cette hypothèse, si excitante soit-elle. Tout nous semble se passer plutôt comme si Balzac n'avait connu sur Sigier que le chaleureux et elliptique jugement de Dante (qui lui-même, il est vrai, faisait de la part de ses lecteurs l'objet d'exégèses ininterrompues) : il gardait beaucoup de liberté pour attribuer au docteur médiéval, par une sorte d'anticipation anachronique, sa propre interprétation résumée de la doctrine de Swedenborg, — et pour relier cet illuminisme aventureux, selon l'expression de M. P.-G. Castex, à quelque orthodoxie feinte.

Le récit *Jésus-Christ en Flandre* ne prit sa forme définitive qu'en 1846, dans le tome XIV de *La Comédie humaine* (premier volume de la section *Études philosophiques*). Cette forme définitive résultait de la fusion ou plutôt de la juxtaposition de deux contes antérieurs et qui jusque-là étaient restés séparés.

Le premier d'entre eux portait déjà le titre que devait garder l'ensemble; en longueur il en représentait à peu près les deux tiers. Sur sa portée morale, on a lu plus haut, à propos des *Proscrits*, un passage de la lettre du 5 octobre 1831 à Mme de Castries.

Le second était intitulé *L'Église*, dénomination qui en soulignait la signification symbolique. Il résultait lui-même de la reprise et de la refonte de deux textes d'abord séparés, *Zéro* et *La Danse des pierres*, publiés respectivement en octobre et en décembre 1830 dans des périodiques, sous des pseudonymes.

Sur toute cette histoire du texte on trouvera quelques précisions complémentaires dans nos Notes; elle est complexe, mais sa complexité même a un sens qui importe.

En librairie *Jésus-Christ en Flandre*, premier état, jusqu'alors inédit, et *L'Église* parurent d'abord en septembre 1831, séparés mais simultanément, parmi les *Romans et contes philosophiques*, tome III. Ils furent réédités en 1832, 1833 et 1835, avant la mise en œuvre opérée dans l'édition de 1846.

En considérant les étapes historiquement préliminaires, et en interprétant, grossièrement sans doute, des analyses critiques au premier rang desquelles il faut citer celles de M. Philippe Bertault, de Bernard Guyon, de Jean Pommier, de Mme Madeleine Fargeaud, nous pouvons supposer que le *Jésus-Christ en Flandre* définitif représente non pas un compromis entre deux tendances opposées et successives de Balzac, mais la solution en quelque sorte dialectique d'une thèse et d'une antithèse.

La thèse exprime, ou continue à exprimer, un penchant déjà ancien au voltairianisme anticlérical. La religion n'est plus qu'un cadavre en sursis; l'Église, ayant rempli sa mission et accepté, par trop de compromissions, sa propre décrépitude, n'a plus qu'à disparaître. C'était déjà le sens du texte de 1830 intitulé *Zéro* (voir nos Notes); c'est aussi, dans la première partie de notre récit, celui des figures choisies pour représenter les Réprouvés.

Antithèse : quelle que soit la turpitude des Superbes auxquels l'Église a eu le tort de laisser croire qu'elle liait son sort, il y a parmi les Humbles des Justes qui seront sauvés, quelle que soit leur humilité, et à cause de cette humilité même. Et nonobstant toutes apparences contraires, le jugement évangélique garde sa pure vertu; de même que l'horrible vieille de *Zéro* garde la faculté de se transfigurer en l'éblouissante jeune fille qu'elle fut jadis.

Ainsi se confirme entre les deux parties du récit, apparemment si hétérogènes, une correspondance de thème à thème. L'Église peut se tromper, au hasard des époques; et même elle doit se tromper, dans la mesure où elle tient des choses humaines : néanmoins, malgré tout et toujours, elle reste capable de son divin rayonnement. Par ce rétablissement la véhémence pamphlétaire est à la fois conservée entière, associée à l'idée opposée et reprise avec celle-ci dans une vue supérieure qui les conserve l'une et l'autre en les dépassant.

La date de février 1831 figurant dans l'édition de 1846 à la fin de *Jésus-Christ en Flandre* n'a pas de valeur précise, puisque certaines pages du récit avaient paru dès 1830 et que la jonction des deux parties ne devait apparaître comme accomplie que seize ans plus tard. Cette date de février 1831 était celle qui portait *L'Église* dans l'édition de 1836 (tome XI des *Études philosophiques*), tandis que *Jésus-Christ en Flandre*, premier état, y était daté, d'une manière peu explicable, de novembre 1833.

On a supposé qu'une indication chronologique aussi factice pouvait s'éclairer par un rapprochement : le mois de février 1831 est aussi celui où l'émeute parisienne saccagea Saint-Germain-l'Auxerrois et l'Archevêché. Bouleversé par le déchaînement de la violence, Balzac aurait alors précipité l'évolution spirituelle qui déjà se préparait en lui. Et rétrospectivement il aurait tenu à établir ainsi un lien direct entre des événements terrifiants et le parti qu'il avait fini par prendre sans retour.

A l'appui de cette présomption il nous faut reconnaître (renvoyons encore à nos Notes) que les deux passages du récit qui forment l'essentiel de « l'antithèse » peuvent fort bien avoir été écrits, en 1831, entre les troubles de février et la publication de septembre où ils apparaissent pour la première fois. La scène où nous voyons se transfigurer la vieille Église doit être postérieure à la publication de *Zéro* (octobre 1830). Et d'autre part la légende flamande n'aurait-elle pas été insérée, en prépublication, dans quelque périodique, si Balzac avait eu le temps d'en disposer? Le 24 août l'éditeur se plaignait de n'avoir pas encore reçu le manuscrit.

Nous croirions plutôt à une autre hypothèse, qui d'ailleurs

n'est pas incompatible avec celle-ci. La date fictive, et en quelque sorte rétrospective, de février 1831 peut se lire en fonction des dernières lignes du texte, si catégoriques, si ostensibles, — et elles-mêmes ajoutées tardivement. Balzac aurait voulu donner à entendre que sa décision de s'instituer défenseur de l'Église était antérieure à des écrits mystiques apparemment peu compatibles avec l'orthodoxie romaine : dès lors, comment eût-on osé suspecter d'hérésie un défenseur aussi résolu, et aussi précieux, de l'Autel? Moyen naïf sans doute mais peut-être efficace de désarmer la sourcilleuse critique ecclésiastique, en continuant à jouer la carte de l'équivoque.

DOCUMENTS

. . . .

Ce fut aux jours d'une misère infligée par la volonté paternelle, alors opposée à la vocation du poète, et qui nous ont valu le beau récit de Raphaël dans *La Peau de chagrin,* ce fut pendant les années 1818, 1819 et 1820 que M. de Balzac, réfugié dans un grenier près de la bibliothèque de l'Arsenal, travailla sans relâche à comparer, analyser, résumer les œuvres que les philosophes et les médecins de l'antiquité, du moyen âge et des deux siècles précédents, avaient laissé sur le cerveau de l'homme. Cette pente de son esprit est une prédilection. Si Louis Lambert est mort, il lui reste de Vendôme un autre camarade, également adonné aux études philosophiques, M. Barchou de Penhoën [85], auquel nous devons déjà de beaux travaux sur Fichte, sur M. Ballanche, et qui pourrait attester au besoin combien fut précoce chez M. de Balzac le germe du système physiologique autour duquel voltige encore sa pensée, mais où viennent se rattacher par essaims les conceptions qui peuvent paraître isolées.

. . . .

Après avoir accusé dans ses *Études de mœurs au dix-neuvième siècle* toutes les plaies sociales, dépeint toutes les professions, parcouru toutes les localités, exploré tous les âges, montré l'homme et la femme dans toutes leurs transformations civiles ou naturelles, physiques ou morales, après nous avoir enfin dépeint les effets sociaux, ici l'auteur tend à remonter aux causes de ces effets. Dans les premières assises de cette construction sont pressées et foulées les individualités typisées ; dans la seconde se dressent des types individualisés. Ce peu de mots révèle la loi littéraire au moyen de laquelle M. de Balzac a su jeter le sentiment et la vie dans ce monde écrit.

. . . .

Pour nous, il est évident que M. de Balzac considère la pensée comme la cause la plus vive de la désorganisation de l'homme, conséquemment de la société. Il croit que toutes les idées, conséquemment tous les sentiments, sont des dissolvants plus ou moins actifs. Les instincts, violemment surexcités par les combinaisons factices que créent les idées sociales, peuvent, selon lui, produire en l'homme des foudroiements brusques ou le faire tomber dans un affaissement successif et pareil à la mort ; il croit que la pensée, augmentée de la force passagère que lui prête la passion, et telle que la société la fait, devient nécessairement pour l'homme un poison, un poignard. En d'autres termes et suivant l'axiome de Jean-Jacques, *l'homme qui pense est un animal dépravé* [17].

. . . .

Nous avons à dessein cité l'histoire de *Louis Lambert*. Là se trouve, en germe informe, cette science tenue secrète, science cruellement positive, dit-on, et qui terminerait bien des discussions philosophiques. Pour *Louis Lambert*, y dit-il, *la Volonté, la Pensée étaient des forces vives*. Soit prouvée cette proposition, voyez où elle mène ? Avant de publier *Louis Lambert*, l'auteur avait dit dans *La Peau de chagrin* : « Elle parut s'amuser beaucoup (Foedora) en apprenant que la volonté humaine était une force matérielle semblable à la vapeur. » Étudiez l'épigraphe mise en tête de l'*Adieu* [18], où l'auteur nous a peint une femme naissant tout à coup à la vie en retrouvant sa raison ; enfant par la faiblesse, femme pour sentir un bonheur complet ? La vie et l'amour tombent sur elle comme la foudre, elle n'en soutient pas l'assaut, elle meurt ! « Les plus hardis physiologistes, dit la terrible épigraphe, sont effrayés par les résultats physiques de ce phénomène moral qui n'est cependant qu'un foudroiement opéré à l'intérieur, et, comme tous les effets électriques, bizarre et capricieux dans ses modes. » Voyez, dans *Le Médecin de campagne*, la discussion sur le suicide ? « Aussi, dit Benassis, est-ce la pensée qui tue et non le pistolet. » Enfin, dans la nouvelle édition de *Louis Lambert,* déjà imprimée pour ces *Études philosophiques,* et dont le libraire nous a confié les épreuves, se trouvent ces mots*⁽ᵐ⁾* : « Notre cervelle est le matras où nous transportons ce que nos diverses organisations peuvent absorber de matière éthérée, base commune de plusieurs substances connues sous les noms impropres d'électricité, chaleur, lumière, fluide galvanique, magnétique, etc., et d'où elle sort sous forme de pensée. » Rapprochez ces fragments épars dans l'œuvre des belles pages où Balthazar Claës *⁽ⁿ⁾* explique l'absolu chimique et dit à sa femme : « Nos sentiments sont l'effet d'un gaz qui se dégage? » n'apercevez-vous pas les éléments d'une œuvre scientifique dont les éclairs jaillissent, malgré l'auteur? Ici nous sommes loin de *l'homme qui pense est un animal dépravé.* La question est indécise! Quelle est la fin de l'homme du moment où celui qui ne désire rien, qui vit sous la forme d'une plante, existe cent ans, tandis que l'artiste créateur doit mourir jeune? « Où est le soleil, là est la pensée; où est le froid, là est le crétinisme, là est la longévité, est-il dit dans *Louis Lambert.* Ce fait est toute une science. » Ces paroles, et beaucoup d'autres qui les étendent ou les confirment, semées dans cent pages de M. de Balzac, expliquent ses *Études philosophiques.*

. . . .

Jésus-Christ en Flandre est la démonstration de la puissance de la foi, considérée aussi comme idée. Ici, la conclusion habituelle de M. de Balzac eût pu être facilement appliquée, car à combien de martyrs cette idée n'a-t-elle pas été funeste? mais il a mieux aimé se reposer un instant de son affligeant système et faire luire un rayon du ciel à travers les masses de ténèbres dont il nous montre environnés. Dans ce conte, suivant l'expression du critique déjà cité *⁽ᵒ⁾*, « les parias de la société, ceux qu'elle bannit de ses universités et de ses collèges, restent fidèles à leurs croyances, et conservent, avec leur pureté morale, la force de cette foi qui les sauve, tandis que les gens supérieurs, fiers de leur haute capacité, voient s'accroître leurs maux avec leur orgueil, et leurs douleurs avec leurs lumières ». Le rêve fantastique intitulé *L'Église*⁽ᵖ⁾ est une saisissante vision des idées religieuses se dévorant elles-mêmes, et croulant tour à tour les unes sur les autres, ruinées par l'incrédulité, qui est aussi une idée. *Louis Lambert* est la plus pénétrante et la plus admirable démonstration de l'axiome fondamental des *Études philosophiques*. N'est-ce pas la *pensée tuant le penseur?* fait cruellement vrai que M. de Balzac a suivi pas à pas dans le cerveau, et dont *Manfred* est la poésie. comme *Faust* en est le drame.

. . . .

En rassemblant dans la pensée ces cinq grandes poésies : *L'Enfant maudit*, *Les Proscrits*, *Louis Lambert*, *Jésus-Christ en Flandre* et *Séraphita;* en leur supposant quelques anneaux, quelques compositions intermédiaires, nous avons aimé à penser qu'à travers nos sentiments foudroyés par l'analyse, l'auteur faisait courir un radieux rayon de foi, une mélodieuse métempsycose chrétienne qui commençait dans les douleurs terrestres et aboutissait au ciel. Nous l'avons demandé, non sans émotion, à l'auteur, et il nous a confirmé dans cette croyance par un de ces mots qui viennent de l'âme, qui révèlent un beau cœur. Donc, lorsque cet architecte aura fini d'agiter sa baguette magique, des lueurs divines éclaireront sa cathédrale, dont la destination sera double, comme l'est celle de ces beaux monuments du moyen âge en dehors desquels se pressent les passions humaines sous de fantastiques figures d'hommes ou d'animaux, tandis qu'à l'intérieur rayonnent les beautés pures de l'autel.

PRÉFACE DE BALZAC
AU « LIVRE MYSTIQUE » (1835-1836)

Composé de trois œuvres éparses dans les trente volumes in-12 des *Études philosophiques,* ce livre est destiné à offrir l'expression nette de la pensée religieuse, jetée comme une âme en ce long ouvrage.

. . . .

Ici nous ne sommes pas dans les *Études de mœurs,* la première partie de l'œuvre où l'auteur peint les choses sociales comme elles le sont; mais dans les *Études philosophiques,* dans la deuxième partie, où les sentiments et les systèmes humains se personnifient. Donc, SÉRAPHÎTA, blanche et pure expression du Mysticisme, ne saurait avoir sur les Mathématiques les opinions qu'en a l'Académie des sciences; elle pouvait être tout, excepté membre de l'Institut; si elle connaît l'infini, les mesures du fini doivent alors lui paraître mesquines. Malgré cette naïve observation du sculpteur venant vous dire que quand il a taillé dans son marbre une sirène, il a été forcé de la finir en poisson, parce que la sirène une fois admise, elle ne saurait porter les socques de la grisette, vous rencontrerez beaucoup de gens qui tiendront l'auteur pour fou, assez fou pour avoir voulu prouver que deux et deux ne font pas quatre; d'autres l'accuseront d'athéisme, ceux-ci prétendront qu'il ne croit à rien de ce qu'il a écrit et qu'il s'amuse aux dépens du public, ceux-là diront que l'œuvre est incompréhensible. L'auteur proteste ici de son respect pour les grands génies occupés à étendre les limites de la science humaine[1]; il adore la ligne droite, il aime encore malheureusement un peu trop la courbe; mais il s'agenouille devant les gloires des mathématiques et devant les miracles de la chimie; il croit, si l'on admet l'existence des Mondes Spirituels, que les plus beaux théorèmes n'y sont d'aucune utilité, que tous les calculs du fini sont caducs dans l'infini, que l'infini devant être comme Dieu, semblable à lui-même en toutes ses parties, la question de l'égalité du rond et du carré doit s'y trouver résolue, et que cette possibilité devrait donner l'amour du ciel aux géomètres. Remarquez bien encore qu'il n'a pas l'impiété de contester l'influence des mathématiques sur le bonheur de l'humanité prise en masse; thèse soutenue par Swedenborg et Saint-Martin. Mais trop de gens s'avanceront à la défense des Saintes Sciences de l'homme, trop peu prendront intérêt aux lointaines clartés du Mysticisme, pour que l'auteur ne soit pas ici du parti le plus faible, au risque de se voir l'objet de ces plaisanteries, souvent calomnieuses[2], espèce de timbre que la presse périodique met en France à toute idée nouvelle, et qui, heureusement, rencontrent en lui la plus dure de toutes les cuirasses humaines, le mépris.

Donc le doute travaille en ce moment la France.

Après avoir perdu le gouvernement politique du monde, le catholicisme en perd le gouvernement moral. Rome catholique mettra néanmoins tout autant de temps à tomber qu'en a mis Rome panthéiste. Quelle forme revêtira le sentiment religieux, quelle en sera l'expression nouvelle? la réponse est un secret de l'avenir. Les Saint-Simoniens ont cru que la cotte de mailles sociale avait dernièrement offert son plus grand défaut; à un siècle industriel, ils ont présenté leur religion positive, nette comme un axiome, mystérieuse comme un Compte-fait, un mode de civilisation napoléonienne où les esprits devaient s'enrégimenter, comme les hommes s'échelonnaient dans la garde impériale. Pour eux, la partie semble moins perdue qu'ajournée. Luther fut plus habile observateur de la nature humaine que ne l'a été le Collège Saint-Simonien; il comprit que vouloir fonder une religion dans un temps d'examen, c'était se donner un second Jésus, que Jésus ne se recommençait pas, et que, pour se glisser entre tous les amours-propres sans les froisser, il fallait une religion toute faite. Il voulut donc ramener la cour de Rome à la simplicité de la primitive Église. Les froides négations du protestantisme, croyance de coffres-forts, dogme économique excellent pour les disciples de Barême, religion pesée, examinée, sans poésie possible parce qu'elle est sans mystères, triompha sous les armes de l'évangile.

Le Mysticisme est précisément le Christianisme dans son principe pur. Ici l'auteur n'a rien inventé, il ne propose rien de neuf; il a mis en œuvre des richesses enfouies, il a plongé dans la mer et y a pris des perles vierges pour le collier de sa Madone. Doctrine des Premiers Chrétiens, religion des Anachorètes du Désert, le Mysticisme ne comporte ni gouvernement, ni sacerdoce; aussi fut-il toujours l'objet des plus grandes persécutions de l'Église Romaine. Là est le secret de la condamnation de Fénelon; là est le mot de sa querelle avec Bossuet. Comme religion, le Mysticisme procède en droite ligne du Christ par saint Jean, l'auteur de l'Apocalypse; car l'Apocalypse est une arche jetée entre le Mysticisme chrétien et le Mysticisme indien, tour à tour égyptien et grec, venu de l'Asie, conservé dans Memphis, formulé au profit de son Pentateuque par Moïse, gardé à Eleusis, à Delphes, et compris par Pythagore, renouvelé par l'aigle des apôtres, transmis nébuleusement à l'Université de Paris. Au XIIe siècle (voyez *Les Proscrits*), le docteur Sigier professe, comme la science des sciences, la Théologie Mystique dans cette Université, la reine du monde intellectuel, à laquelle les Quatre Nations catholiques faisaient la cour. Vous y voyez Dante venant faire éclairer sa *Divine Comédie* par l'illustre docteur qui serait oublié, sans les vers où le Florentin a consacré sa reconnaissance envers son maître. Le Mysticisme que vous trouvez là dominant la société, sans que la cour de Rome s'en inquiétât, parce qu'alors

la belle et sublime Rome du moyen âge était omnipotente, fut
transmis à madame Guyon, à Fénelon et à mademoiselle
Bourignon par des auteurs allemands, entre lesquels le plus
illustre est Jacob Boehm. Puis au XVIIIe siècle, il a eu dans
Swedenborg un évangéliste et un prophète dont la figure s'élève
aussi colossale peut-être que celles de saint Jean, de Pythagore et
de Moïse. M. Saint-Martin, mort dernièrement, est le dernier
grand écrivain mystique. Il a donné partout la palme à Jacob
Boehm sur Swedenborg; mais l'auteur de *Séraphita* accorde à
Swedenborg une supériorité sans contestation possible sur Jacob
Boehm aux œuvres duquel il avoue n'avoir rien pu comprendre
encore.

L'auteur n'a pas cru qu'il fût honorable pour la littérature
française de rester muette sur une poésie aussi grandiose que l'est
celle des Mystiques. La France littéraire porte depuis cinq siècles
une couronne à laquelle manquerait un fleuron, si cette lacune
n'était remplie même imparfaitement comme elle le sera par ce
livre. Après de longs et de patients travaux, l'auteur s'est donc
hasardé dans la plus difficile des entreprises, celle de peindre
l'être parfait dans les conditions exigées par les lois de Swedenborg sévèrement appliquées. Malheureusement, il a peu de juges.
Les inextricables difficultés de son œuvre, le danger même que
courait son esprit en se plongeant dans les gouffres infinis ouverts
par les Mystiques, aperçus et sondés par eux, qui les appréciera?
Combien peut-on énumérer en France de personnes instruites des
sciences mystiques, ou qui connaissent seulement les titres
d'œuvres qui comptent en Allemagne des milliers de lecteurs? Il a
fallu s'être passionné dès l'enfance pour ce magnifique système
religieux, avoir fait à l'âge de dix-neuf ans une Séraphita, avoir
rêvé l'être aux deux natures, avoir ébauché la statue, bégayé le
poème qui devait occuper toute la vie, pour pouvoir en donner
aujourd'hui le squelette.

Ce que l'auteur doit dire pour cette œuvre offre heureusement
un intérêt général. La barrière épineuse qui, jusqu'à présent, a
fait du Mysticisme un pays inabordable, est l'obscurité, défaut
mortel en France où personne ne veut faire crédit de son
attention à l'auteur le plus sublime, où Dante n'aurait peut-être
jamais vu sa gloire. Comprend-on que ceux qui proclament la
lumière ne présentent en eux que ténèbres? Les livres tenus pour
sacrés dans cette sphère intellectuelle, sont écrits sans méthode,

sans éloquence, et leur phraséologie est si bizarre, qu'on peut lire mille pages de madame Guyon, de Swedenborg et surtout de Jacob Boehm, sans y rien saisir [95]. Vous allez savoir pourquoi. Aux yeux de ces Croyants, tout est démontré : ce ne sont alors que cris de conviction, psaumes d'amour entonnés pour célébrer des jouissances continues, exclamations arrachées par la beauté du spectacle! Vous diriez les clameurs d'un peuple entier voyant un feu d'artifice au milieu d'une nuit. Malgré ces torrents de phrases échevelées, l'ensemble est sublime et les arguments sont foudroyants, quand l'esprit les a pêchés dans ce grand bruissement de vagues célestes. Imaginez la mer embrassée d'un coup d'œil; elle vous ravit, vous transporte, vous enchante! mais vous êtes sur un cap, vous la dominez, le soleil lui prête une physionomie qui vous parle de l'infini. Mettez-vous à y nager, tout y est confus; vous la voyez partout semblable à elle-même, les lignes de l'horizon vous échappent, partout des flots, partout le vert sombre, et la monotonie de sa voix vous lasse; ainsi, pour avoir une intuition de l'infini démontré dans ces livres étourdissants, vous devez monter sur un cap; l'esprit de Dieu vous apparaît alors sur les eaux, vous voyez un soleil moral qui les illumine. Ce qui jusqu'à présent manquait au mysticisme était la forme, la poésie. Quand saint Pierre a montré les clefs du Paradis et l'enfant Jésus dans les bras d'une Vierge, la foule a compris! Et la religion catholique a existé. Le rusé saint Pierre, homme de haute politique et de gouvernement, a eu raison sur saint Paul, ce lion des Mystiques, comme saint Jean en est l'aigle.

Si vous pouvez imaginer des milliers de propositions naissant dans Swedenborg les unes des autres, comme des flots; si vous pouvez vous figurer les landes sans fin que présentent tous ces auteurs; si vous voulez comparer l'esprit essayant de faire rentrer dans les bornes de la logique cette mer de phrases furieuses, à l'œil essayant de percevoir une lumière dans les ténèbres; vous apprécierez les travaux de l'auteur, la peine qu'il a prise pour donner un corps à cette doctrine et la mettre à la portée de l'étourderie française qui veut deviner ce qu'elle ne sait pas, et savoir ce qu'elle ne peut pas deviner. Mais, de bonne heure, il avait pressenti là comme une nouvelle divine comédie. Hélas! le rythme voulait toute une vie, et sa vie a exigé d'autres travaux; le sceptre du rythme lui a donc échappé. La poésie sans la mesure est peut-être une impuissance? peut-être n'a-t-il fait qu'indiquer le sujet à quelque grand poète, humble prosateur qu'il est! Peut-être le Mysticisme y gagnera-t-il en se trouvant dans la langue si positive de notre pays, obligé de courir droit, comme un wagon sur le rail de son chemin de fer.

Les Proscrits sont le péristyle de l'édifice; là, l'idée apparaît au moyen âge dans son naïf triomphe. *Louis Lambert* est le mysticisme pris sur le fait, le Voyant marchant à sa vision, conduit au Ciel par les faits, par ses idées, par son tempérament; là est l'histoire des Voyants; *Séraphita* est le mysticisme tenu pour vrai, personnifié, montré dans toutes ses conséquences.

Dans ce *livre*, la plus incompréhensible doctrine a donc une tête, un cœur et des os, le Verbe des mystiques s'y est incarné; enfin, l'auteur a tâché de la rendre attrayante comme un roman moderne. Il est dans la nature des substances qui, prises à nu, peuvent foudroyer le malade; la science médicale les approprie à la faiblesse humaine; ainsi de l'auteur, du lecteur et de son sujet. Aussi espère-t-il que les Croyants et les Voyants lui pardonneront d'avoir mis les pieds de *Séraphita* dans la boue du globe, en faveur de la popularité qu'elle peut donner à cette sublime religion; il espère que les gens du monde, affriolés par la forme, comprendront l'avenir que montre la main de Swedenborg levée vers le ciel; que si les savants admettent un univers spirituel et divin, ils reconnaîtront que les sciences de l'univers matériel n'y sont d'aucune utilité. Aux yeux des poètes, l'auteur a-t-il besoin d'excuse pour avoir poétisé une doctrine, pour en avoir tenté le mythe et lui avoir donné des ailes? Quoi qu'il puisse arriver d'un écrivain essayant une œuvre de foi dans une époque incrédule, il ne saurait être blâmé par ceux qui ne sont ni savants, ni poètes, ni voyants, pour avoir corporisé un système enseveli dans les ténèbres.

NOTES

Page 24.

1. « Dédié à celle qui est, maintenant et toujours, la bien-aimée », — c'est-à-dire à Laure de Berny (1777-1836). La devise « *Et nunc et semper* » reparaît plus loin dans le roman (lettre IV de Lambert à Pauline de Villenoix).

Fille d'un harpiste de la cour, filleule du roi et de la reine, Laure épousa en 1793 un homme de neuf ans son aîné et qui devait lui survivre quinze ans. L'union ne fut pas heureuse, et néanmoins produisit neuf enfants. Ajoutons ici quelques précisions à ce qu'on a lu plus haut dans la Vie de Balzac.

Laure de Berny était imprégnée des habitudes morales du dix-huitième siècle. Avant de rencontrer Balzac, elle avait déjà connu l'aventure extra-conjugale. Elle sut d'autant mieux ignorer les écarts de son jeune amant que son âge, et sans doute les traces de ses maternités multiples, lui conseillaient de se montrer tolérante (voir, à ce propos, dans notre Notice, une allusion assez cruelle d'une lettre de 1842 à Mme Hanska). Nous ne pouvons pas douter qu'elle ne lui ait enseigné la joie de la sensualité. Elle l'initia aussi à bien d'autres choses : le train du monde en général (et particulièrement sous l'Ancien Régime, la Révolution, l'Empire, comme fera à son tour Mme d'Abrantès); à l'esprit voltairien dont elle était animée; à l'illuminisme mystique aussi, lequel à l'époque, comme l'a malicieusement observé Anatole France, s'accordait sans trop de peine avec l'incroyance.

En 1836, quelques semaines après l'avoir perdue, Balzac écrivait à une certaine Louise dont l'identité demeure énigmatique : « La personne que j'ai perdue était plus qu'une mère, plus qu'une amie, plus que toute créature peut être pour une autre. Elle ne s'explique que par la divinité. Elle m'avait soutenu de parole, d'action, de dévouement, pendant les grands orages. Si je vis, c'est par elle, elle était tout pour moi; quoique, depuis deux ans, la maladie, le temps, nous eussent séparés, nous étions visibles à distance, l'un pour l'autre; elle réagissait sur moi, elle était un soleil moral. Mme de Mortsauf, du *Lys*, est une pâle expression des moindres qualités de cette personne; il y a un lointain reflet d'elle, car j'ai horreur de prostituer mes propres émotions au public, et jamais rien de ce qui m'arrive ne sera connu. Eh bien, au milieu des nouveaux revers qui m'accablaient, la mort de cette femme est venue. »

Vers la même époque il confiait à Mme Hanska : « Mme de Berny est morte, je ne vous en dirai pas davantage. Ma douleur n'est pas d'un jour, elle réagira sur toute ma vie... Un mot, une observation de la céleste créature dont Mme de Mortsauf est une pâle épreuve, me faisait plus d'impression que tout un public, car elle était vraie, elle ne voulait que mon bien et ma perfection. » On a lu dans notre Notice d'autres mots de la lettre à Mme Hanska de 1842, concernant « l'ange qui est au ciel ».

Page 26.

2. La conscription se faisait par voie de tirage au sort. Balzac avait lui-même, en 1820, tiré un « bon numéro », qui le dispensait du service militaire. Les jeunes gens qui tiraient un « mauvais numéro », c'est-à-dire qui devaient être incorporés, gardaient la faculté de se faire remplacer; ils versaient à leur remplaçant une somme d'argent : c'est ce qu'on appelait « acheter un homme ». Il existait des « marchands d'hommes », maquignons qui avaient pour profession de servir d'intermédiaires dans ce genre de transactions dont ils contrôlaient le marché.

Page 27.

3. *Louis Lambert* est un des rares romans de *La Comédie humaine* où il arrive au narrateur de parler à la première personne; en se présentant ici comme un témoin, Balzac, à la fois, déguise et avoue la part d'autobiographie qu'il a mise dans le livre. — On se rappelle qu'en 1813 et 1814 il avait souffert de troubles qu'on attribuait à un abus de lectures ; voir ci-dessous la note 28. Un médecin pourrait nous dire si de tels troubles, à cet âge, n'avaient pas une autre origine.

Page 29.

4. De chaque mot.

Page 32.

5. « *Abyssus abyssum invocat*, l'abîme appelle l'abîme » (Psaume de David XLI 8).

6. « Esprit plus proche du divin » : Horace (*Satires*, I, 4) applique l'expression à l'inspiration poétique.

Page 33.

7. Du mystique suédois Swedenborg (1688-1772). Sur l'influence de Swedenborg sur Balzac, voir un article de M. Pierre Laubriet dans *Les Études balzaciennes*, nᵒ 5-6, décembre 1958.

Page 34.

8. Balzac lui-même avait été élève, de 1807 à 1813, dans ce collège d'Oratoriens.

Page 37.

9. On trouvera plus loin des détails sur cet instrument de châtiment corporel : voir le passage correspondant à la note 17.

Page 42.

10. Littéralement « Oh honte! »

Page 43.

11. Nous conservons à ce mot l'orthographe suivie par Balzac, et d'où nous est venu le féminin « copine ». Originairement, le copain (« compaing » ou « compain » en ancien français) est celui avec qui on partage le pain ; en langage scolaire, c'est le camarade privilégié qu'on fait bénéficier des petites douceurs qui parfois viennent égayer l'ordinaire d'un interne.

Page 44.

12. Le baron Barchou de Penhoën, né en 1799 (1801 ?), mort

en 1855, est nommé dans l'introduction de Félix Davin aux *Études philosophiques;* c'est à lui qu'est dédié *Gobseck* en 1842 dans le tome II de *La Comédie humaine,* et en ces termes : « Parmi tous les élèves de Vendôme, nous sommes, je crois, les seuls qui se sont retrouvés au milieu de la carrière des lettres, nous qui cultivions déjà la philosophie à l'âge où nous ne devions cultiver que le *De viris!...* » Cet ancien camarade de Balzac, après une carrière militaire, quitta l'armée en 1830; disciple de Ballanche, il publia en 1836 une *Histoire de la philosophie allemande depuis Leibnitz jusqu'à Hegel;* membre de l'Assemblée législative en 1849, il entra en 1850 à l'Académie des Inscriptions et Belles-Lettres.

Page 51.

13. Baraque : « Petite armoire dans laquelle les écoliers serrent leurs livres et leurs cahiers » (Littré).

Page 52.

14. Pour le pluriel de ce mot, Littré donne la forme francisée « pensums »; c'est aussi celle que Balzac utilise parfois, mais avec irrégularité, dans les pages suivantes; nous unifions désormais cette orthographe.

Page 54.

15. Chiffons.

Page 55.

16. Pièce ajustée à un soulier.

Page 57.

17. Louis XIV avait fait inscrire sur ses canons la devise « *Ultima ratio regum*, dernier argument des rois ». « Dernier argument des Pères », dit Balzac par parodie en parlant de la férule de ses maîtres, telle qu'il la décrit dans les lignes qui suivent.

Page 61.

18. De Xavier de Maistre; publié en 1811 à Saint-Pétersbourg, et seulement en 1817 à Paris.

Page 62.

19. Fantasmagoriques, produites par la seule imagination.

Page 65.

20. Ce verbe insolite semble signifier ici non pas « sustenter », mais, en quelque sorte, « constituer en substance ».

Page 66.

21. D'un emploi rare, cet adjectif est visiblement attiré ici par l'image — elle-même fort imprécise — de la sphère. Citons Littré : « Usité seulement dans *sphère armillaire,* instrument de cosmographie, représentant le monde tel que les anciens le concevaient : savoir la terre au centre et, autour d'elle, avec le soleil et la lune, les principaux cercles » (ou armilles) « de la sphère céleste, les colures, l'équateur, les tropiques, les cercles polaires et le zodiaque; l'horizon sert de support à cette sphère. Quand la sphère armillaire représente le monde selon les modernes, le soleil est au centre, et autour de lui tournent toutes les planètes... »

Page 70.

22. C'est-à-dire, suivant l'usage de l'époque, le repas que nous appelons aujourd'hui déjeuner.

Page 71.

23. Tronc ébranché, ou plutôt étêté; le mot s'emploie dans l'Ouest, et surtout à propos de saules ou d'ormes.

Page 74.

24. Voir ci-après la note 40.

25. Le médecin allemand Mesmer (1734-1815), après avoir acquis à Vienne un grand renom de guérisseur, vint en 1778 s'installer à Paris, où il demeura quelques années. Il y fut l'objet d'un vif engouement, suscité soit par des guérisons réelles, soit par le snobisme, soit par ces deux causes ensemble. Il professait une doctrine du « magnétisme animal », « moyen, selon lui, d'une influence mutuelle entre les corps célestes, la terre et les corps animés ».

Lavater (1741-1801), pasteur et théologien suisse, spiritualiste et extatique, étudiait dans ses *Fragments physiognomoniques* (1774) les rapports qu'il disait exister entre la structure du visage et la personnalité.

Gall (1758-1828), médecin allemand venu triompher à Paris en 1807, prétendait, par une science nouvelle qu'il appelait phréno-logie, établir une relation directe entre les formes extérieures du crâne et les facultés déterminées par la disposition du cerveau.

Balzac attachait une importance extrême à ces trois doctrines, dont il attendait qu'en révélant le point de jonction de l'homme physique et de l'homme moral, elles permissent d'en réduire le dualisme à l'unité : ambition qui est au cœur de sa recherche philosophique, et forme le sujet même de *Louis Lambert*.

Page 76.

26. *La Peau de chagrin*, roman qui ouvre les *Romans et contes philosophiques* en 1831, les *Études philosophiques* en 1835, la section *Études philosophiques* de *La Comédie humaine*. Le prénom féminin en question est celui de Pauline.

Page 92.

27. Sorciers.

Page 95.

28. Voir plus haut la Vie de Balzac, année 1813, et ci-dessus la note 3.

Page 98.

29. « Et le verbe s'est fait chair. »

Page 104.

30. Vraisemblablement Mme de Berny, dédicataire de *Louis Lambert*. Elle est également appelée « ange » dans la lettre de 1842 à Mme Hanska dont un passage est reproduit dans notre Notice, — mais cette qualification semble alors avoir une signification plus banale. Voir ci-dessus la note 1.

Page 110.

31. Rétribuer par une solde, un traitement, un salaire.

Page 116.

32. Il s'appelait en réalité Meyranx et non Meyraux; on ne sait si cette déformation de son nom est voulue, par déguisement, ou si elle ne fait que résulter d'une coquille typographique. Pierre-Stanislas Meyranx (1790-1832), médecin et naturaliste, se trouva être celui dont les travaux provoquèrent en 1830 la grande querelle méthodologique et idéologique de Cuvier et de Geoffroy Saint-Hilaire. Il figure dans *Illusions perdues,* toujours sous le nom de Meyraux, parmi les familiers de Daniel d'Arthez.

Page 119.

33. La zone torride, ainsi désignée usuellement à l'époque.

Page 123.

34. *Une passion dans le désert* se termine sur ce mot : le désert, « c'est Dieu sans les hommes ».

Page 124.

35. Balzac a souvent varié sur l'orthographe du mot « whist »; nous respectons celle qu'il lui donne ici. — On appelait « savonnette à vilain » (14 lignes plus bas) l'achat d'une charge ou d'une terre aptes à « décrasser » un roturier en sanctionnant sa promotion sociale.

Page 128.

36. Archéologue ou paléographe.

Page 142.

37. Voir plus haut les notes 1 et 30.

Page 149.

38. Entre Orléans et Blois.

Page 154.

39. Célèbre médecin aliéniste.

Page 163.

40. Vase de verre à long col employé dans les laboratoires. « Nous serons tous deux les chimistes de la volonté », avait

déclaré Lambert à son ami, comme on a lu plus haut dans le roman. Sur ce que Balzac attendait de la chimie pour confirmer ses intuitions philosophiques, voir *La Recherche de l'absolu* dans l'édition Folio, et notamment les notes 41 et 44 de cette édition, dont les commentaires éclairent parfois *Louis Lambert* et *Séraphita*.

Page 166.

41. Littré : « Cohober. Terme de pharmacie. Distiller plusieurs fois de suite une liqueur sur son résidu, ou mieux sur de nouvelles substances, pour qu'elle se charge davantage des principes volatils. »

Page 167.

42. Ce mot, pris dans un sens également « spécial », est expliqué un peu plus loin, au nᵒ XVI.

Page 175.

43. Une telle interprétation « plus ou moins poétique » s'accomplira dans *Séraphita*.

Page 176.

44. Cette date n'est exacte que pour la première version de *Louis Lambert* ; voir notre Notice.

LES PROSCRITS

Page 178.

45. Laure Balzac, sœur cadette d'Honoré, née en 1800, fut, de tous les membres de la famille, celui dont le romancier se sentit le plus proche. Il l'appelle *alma*, « nourricière » (de la même manière que les poètes latins appelaient *alma mater* la patrie, et qu'on a quelquefois appelé de la même manière l'Université) : elle le soutint et l'encouragea constamment (sauf un refroidissement de leur affection dans les dernières années du frère). Mariée en 1820 à l'ingénieur des Ponts et Chaussées Surville, elle semble avoir collaboré quelque peu, en 1822, au *Vicaire des Ardennes*. Elle écrivait elle-même, sous un pseudonyme, dans le *Journal des enfants* : une de ses nouvelles, *Un voyage en coucou*, fournit à

Balzac le thème de *Un début dans la vie* (1842). Elle mourut en 1871.

Page 179.

46. Le Terrain ou Terrail était situé à peu près sur l'emplacement actuel du square Notre-Dame. Les indications topographiques des *Proscrits* sont exactes dans l'ensemble, si elles ne le sont pas toujours dans le détail ; le lecteur curieux de précisions se reportera aux notes de Gaston Prinet, dans le tome XXXI de l'édition Bouteron-Longnon de *La Comédie humaine.* Les recherches de « couleur locale », si manifestes dans ce récit (et parfois, quant au langage tout au moins, un peu élémentaires), ne sont pas sans faire songer, sur un tout autre registre, à celles des *Contes drolatiques.* Malgré son parti pris de modernité, Balzac gardait une attirance pour l'ancienne France, — et pour le projet qu'il avait formé, plus jeune, d'écrire une histoire romanesque de son pays.

47. Cette ancienne mesure de surface avait une valeur variable. Celle de la « perche de Paris » est estimée à 34 mètres carrés environ.

Page 180.

48. Traditionnellement le mot était du genre féminin ; l'usage de l'employer au masculin commençait seulement à se généraliser au temps de Balzac. — « Bannerets » (au bas de la même page) : les seigneurs « bannerets » étaient ceux qui avaient le droit de lever parmi leurs vassaux une compagnie ou « bannière ».

Page 181.

49. Devenue notre quai Henri-IV, après avoir été en 1843 intégrée à la rive droite du fleuve.

50. Est-ce une allusion, peu bienveillante, à *Notre-Dame de Paris,* roman que Hugo avait publié en mars 1831 ?

Page 182.

51. Hoqueton : casaque. Camelot : tissu rustique à base de laine, mêlée généralement de poil de chèvre ; on retrouvera le mot dans *Jésus-Christ en Flandre.*

52. L'expression surprend, puisque les solives supportent le plancher, lequel doit donc les cacher. Littré cite la locution

« compter les solives » dans le sens de « passer à ne rien faire le temps dans une chambre ».

Page 184.

53. C'était à peu près l'équivalent de notre Hôtel de Ville.

54. Emboiser : engager quelqu'un par des promesses, par des cajoleries, à faire ce qu'on souhaite de lui (de l'ancien français « boise », tromperie). Terme populaire et vieilli, ajoute Littré après avoir donné cette définition.

Page 185.

55. Dante, dont le nom ne nous est révélé qu'à la dernière page, était né en 1265 : ce prétendu vieillard avait donc dépassé de peu la quarantaine en 1308. Selon les uns, il aurait réellement séjourné à Paris où il aurait suivi les cours de Sigier. D'autres le contestent. Un vers du *Paradis*, cité dans notre Notice, loue l'« éternelle lumière » de Sigier en précisant que celui-ci enseignait « dans la ruelle au Fouarre » : allusion à une expérience personnelle ou simple information ? Quoi qu'il en soit, c'est bien, semble-t-il, ce passage du *Paradis* qui donna à Balzac l'idée des *Proscrits*.

56. Sorte de pain en forme de galette, cuit sous la cendre. Talmellier : boulanger.

Page 188.

57. Non pas « mis sur le gril », mais décapité.

Page 190.

58. Balzac préférait systématiquement cette forme (que Littré a relevée dans Bernardin de Saint-Pierre) à « s'harmoniser ».

Page 192.

59. Construction audacieuse, pour « il semblait que l'on vît », ou « on croyait voir ».

60. La fin du récit donnera à ce mot toute la valeur swédenborgienne amplement exposée dans *Louis Lambert*.

Page 194.

61. Joyeuse fille.

Page 196.

62. Sur Sigier, ou Siger, les renseignements que nous commu-
niquent les commentateurs sont contradictoires. Selon certains,
Balzac aurait eu le tort de confondre Siger de Brabant avec Siger
de Courtrai, mort en 1351. D'autres admettent l'identification des
deux personnages en celui que Balzac définit dans la préface de
1835 du *Livre mystique*. A en croire les uns, il serait né vers 1226,
ou vers 1235; il aurait contribué en 1250 à fonder la Sorbonne :
n'était-il pas bien jeune? Attaché à une théologie mystique,
adversaire du thomisme et de l'aristotélisme, partisan de l'aver-
roïsme et du plotinisme, il aurait été en butte aux poursuites de
l'Inquisition, aurait été condamné, soit à la détention perpétuelle,
soit à une sorte de résidence forcée; il serait mort assassiné par un
secrétaire, dans des circonstances suspectes, à Orvieto (Ombrie)
entre 1281 et 1284, — un quart de siècle avant la date où
l'épisode des *Proscrits* est censé se passer... Malgré les publications et travaux relativement récents de F. Van Steenbergen
(Louvain, 1931-1932; Bruxelles, 1938), sa doctrine demeure mal
connue; à plus forte raison l'était-elle au temps de Balzac. On a
pu supposer que celui-ci y avait été initié dans les cercles
illuministes et martinistes qu'il fréquentait depuis 1825; on
pourrait supposer aussi que le terme d'initiation est un bien grand
mot, si l'on admet que Balzac ait simplement profité des
incertitudes régnantes pour prêter à Sigier avec commodité ses
propres vues, inspirées plutôt de Swedenborg que d'un personnage historique.

Page 197.

63. Manière d'ergoter.

Page 198.

64. Cette longue énumération (l'énumération étant, comme on
sait, une des figures favorites de la rhétorique balzacienne) nous
paraît confirmer ce que nous suggérions plus haut : le personnage
de Sigier représente dans *Les Proscrits* moins une personne
historique que l'incarnation d'une certaine mystique.

Page 201.

65. Toutes les notions qui suivent sont amplement développées
dans *Louis Lambert* d'une part, dans *Séraphîta* d'autre part. Ce

qui concourt à expliquer le mot de la préface de 1835 au *Livre mystique*, que « *Les Proscrits* sont le péristyle de l'édifice ».

Page 208.

66. Le mot surprend : il paraît difficile de parler des « rameaux » du glaïeul. Peut-être Balzac n'a-t-il choisi le nom de cette iridacée que pour sa résonance poétique. A moins qu'il n'ait voulu évoquer, d'une manière également poétique mais non plus botanique, le lys rouge, emblème de Florence.

Page 211.

67. Cette phrase retentit dans l'âme du lecteur d'une manière prodigieuse : c'est qu'elle exprime évidemment l'atmosphère même dans laquelle s'accomplissait le mystérieux miracle de la création balzacienne.

Page 212.

68. Cette phrase-ci, en revanche, serait propre à déconcerter un lecteur qui n'eût pas pris, une fois pour toutes, le parti d'accepter Balzac entier tel qu'il est. Car le « cadavre » ne tarde pas à ouvrir les yeux. Quant à la notation « ... un corps lourd que l'oreille expérimentée du banni reconnut pour être un cadavre », elle relève d'un des procédés les plus subtils, les plus déroutants et les plus envoûtants de la technique descriptive balzacienne : elle consiste à supposer un lien logique, voire métaphysique parfois, de cause à effet entre deux faits simplement concomitants mais dont la seule concomitance suffit aux yeux du romancier à prendre une signification symbolique.

Page 220.

69. Au sens propre : devenir douloureux. Balzac donne au mot une valeur poétique de transposition.

Page 222.

70. Cette acception néologique de l'adjectif n'a pas été retenue par la langue française, qui pratiquement continue à lui donner le sens retenu par Littré : « Qui tient de la nature du fer à l'état d'oxyde », ou par le *Grand Larousse encyclopédique* : « Qui renferme du fer à l'état métallique ou à l'état de composé. »

Page 223.

71. Sur cette date, qui paraît incertaine, voir notre Notice.

JÉSUS-CHRIST EN FLANDRE

Page 226.

72. Cette dédicace n'apparaît que dans l'édition de 1845. Balzac connaissait la tendre, délicate et touchante Marceline (1786-1859) depuis 1833. Née à Douai, elle peut avoir été pour quelque chose — soit directement, soit par l'intermédiaire de Latouche — dans l'élaboration de *La Recherche de l'absolu,* dont le cadre est cette ville que Balzac ne connaissait pas; mais les dates ne semblent pas permettre qu'elle lui ait fait connaître la légende flamande ici reprise, — sinon par personne interposée. Une amitié et une admiration mutuelles l'attachaient au romancier, qui lui écrivait à la fin d'avril 1834 (date probable, selon M. Roger Pierrot), en lui parlant d'elle-même : «... Elle a donc conservé souvenir d'un cœur dans lequel elle a pleinement retenti, elle et ses paroles, elle et ses poésies de tout genre, car nous sommes du même pays, Madame, du pays des larmes et de la misère. Nous sommes aussi voisins que peuvent l'être en France la prose et la poésie, mais je me rapproche de vous par le sentiment avec lequel je vous admire... »

Page 227.

73. L'île de Cadzant, aujourd'hui disparue, existait encore au XVIIIe siècle. On trouve une ville de Middelburg dans l'île de Walcheren aux Pays-Bas.

74. Gibet formé de plusieurs piliers réunis par des traverses auxquelles on pendait les condamnés.

Page 230.

75. Voir ci-dessus la note 51.

Page 232.

76. Employé au féminin, le mot est un terme de liturgie, et désigne une prière en strophes latines chantée à l'église.

Page 233.

77. « Figure » ou « image » en termes de rhétorique, le trope, d'après Condillac cité par Littré, entre autres avantages, a celui « de donner du corps et des couleurs » aux choses « qui ne tombent pas sous le sens ».

Page 238.

78. Tortionnaires et coupables d'exactions dans la perception de l'impôt. « Lombard » (un peu plus bas) : au Moyen Age, les usuriers étaient couramment appelés de ce nom, en raison de la sévérité en affaires des financiers lombards, lesquels monopolisaient en fait le commerce du crédit.

« Anspessade » : soldat d'élite, passé dans l'infanterie avec un petit grade.

Page 240.

79. Poisson qui avait la réputation de pouvoir freiner ou même arrêter les bateaux, grâce à la force d'adhésion que lui donne sur les coques une sorte de disque dont sa tête est pourvue.

Page 242.

80. Voir notre Notice : ici s'arrêtait la première version de *Jésus-Christ en Flandre*. Dès la ligne suivante commençaient *L'Église* et, antérieurement à *L'Église,* le texte de 1830 *La Danse des pierres*. Sur ce dernier texte nous donnerons ci-dessous d'autres indications. Il situait la vision fantastique expressément à la cathédrale Saint-Gatien de Tours, ville qui restait encore le cadre de *L'Église*.

Page 245.

81. Instrument de musique (et, à l'origine, de musique militaire) formé essentiellement de grelots attachés à un bâton qu'on secouait.

82. Le texte de 1830 *La Danse des pierres* est interrompu ici pour faire place à quelques lignes de jonction puis à un passage de l'autre texte de 1830, *Zéro ;* il reprendra plus loin.

Page 247.

83. Ici commence le passage conservé de *Zéro ;* le cadre était alors à Paris.

Page 250.

84. Fin du même passage. Il faut noter toutefois que la scène de la transfiguration et le développement sur le « mécénat » de l'Église datent seulement de 1831. La conclusion du récit est reprise de *La Danse des pierres*, à l'exception de la dernière réplique qui, ajoutée en 1846, suffit à donner à l'ensemble du récit la nouvelle signification signalée par notre Notice. Dans le même sens, une variante est intéressante : au lieu de « ... la plus féconde de toutes les puissances », les versions antérieures donnaient « ... la plus féconde de toutes les idées humaines ».

85. Sur le caractère factice de cette date, voir notre Notice.

DOCUMENTS

Page 277.

86. Cité nommément dans *Louis Lambert ;* voir ci-dessus la note 12

Page 278.

87. Le mot avait déjà été reproduit par Philarète Chasles dans son introduction de 1831 aux *Romans et contes philosophiques*.

88. Cette épigraphe, dont le texte figure quelques lignes plus bas, ne devait plus figurer dans l'édition définitive.

Page 279.

89. Rédaction antérieure à la version définitive.

90. Pour toutes les allusions à *La Recherche de l'absolu,* voir ci-dessus la note 40.

91. Philarète Chasles, que Félix Davin a déjà cité, en effet, mais dans un passage non reproduit ici.

92. Voir dans notre Notice le passage concernant particulièrement *Jésus-Christ en Flandre*.

Page 281.

93. Dans l'édition de 1835, Balzac avait écrit : « les plus grands génies dont s'honore la science humaine ».

94. Les deux mots « souvent calomnieuses » sont une addition de l'édition de 1836.

Page 284.

95. Cette observation ne convient-elle pas aussi, dans une certaine mesure tout au moins, à *Séraphita?*

INDICATIONS BIBLIOGRAPHIQUES

Éditions critiques

Balzac, *Louis Lambert,* édition critique établie par Marcel Bou-
teron et Jean Pommier avec la collaboration de Mme R. Siohan,
Corti, 1954.
Balzac, *Louis Lambert,* texte présenté, établi et annoté par Michel
Lichtlé, dans *La Comédie humaine,* édition publiée sous la
direction de Pierre-Georges Castex, Bibliothèque de la Pléiade,
t. XI, Gallimard, 1980.
Balzac, *Jésus-Christ en Flandre,* texte présenté, établi et annoté
par Madeleine Fargeaud, Bibliothèque de la Pléiade, t. X,
Gallimard, 1979.
Balzac, *L'Église,* édition critique établie par Jean Pommier, Droz,
1947.
Balzac, *Les Proscrits,* texte présenté, établi et annoté par René
Guise, Pléiade, t. XI, Gallimard, 1980.

Ouvrages et articles

Barbéris (Pierre) : *Balzac et le mal du siècle,* Gallimard, 1970.
Bardèche (Maurice) : *Une lecture de Balzac,* Les Sept couleurs,
1964.
Bérard (Suzanne) : « Une énigme balzacienne : la " spécialité " »,
L'Année balzacienne 1965, p. 61 sq.
Bertault (Philippe) : *Balzac et la religion,* Boivin, 1942.
Borel (Jacques) : *Médecine et psychiatrie balzaciennes,* Corti, 1971.

Castex (Pierre-Georges) : *Le Conte fantastique en France de Nodier à Maupassant*, Corti, 1951.

Evans (Henri) : *Louis Lambert et la philosophie de Balzac*, Corti, 1951.

Fargeaud (Madeleine) : *Balzac et la Recherche de l'Absolu*, Hachette, 1968.

Gauthier (Henri), *L'Homme intérieur dans la vision de Balzac*, Service de reproduction des thèses de l'université de Lille III, 1973.

Guise (René) : « Balzac et Dante », *L'Année balzacienne 1963*.

Guyon (Bernard) : *La pensée politique et sociale de Balzac*, Armand Colin, 1947.

Le Yaouanc (Moïse) : *Nosographie de l'humanité balzacienne*, Maloine, 1959.

Le Yaouanc (Moïse) : « Louis Lambert à Saché », *L'Année balzacienne 1963*, p. 83 sq.

Le Yaouanc (Moïse) : « De Cassin de Kainlis à Louis Lambert », *L'Année balzacienne 1965*, p. 83 sq.

Lichtlé (Michel) : « L'Aventure de Louis Lambert », *L'Année balzacienne 1971*, p. 127 sq.

Michel (Arlette) : *Le Mariage et l'amour dans l'œuvre romanesque d'Honoré de Balzac*, Champion, 1976.

Michel (Arlette) : *Le Mariage chez Honoré de Balzac. Amour et féminisme*, Les Belles Lettres, 1978.

Nathan (Michel) : « Les Narrateurs du *Livre mystique* », *L'Année balzacienne 1976*, p. 163 sq.

Pommier (Jean) : « La Genèse du premier *Louis Lambert* », *Revue d'histoire littéraire de la France*, 1953.

Pommier (Jean) : « Deux moments dans la genèse de *Louis Lambert* », *L'Année balzacienne 1960*, p. 87 sq.

Todorov (Tzvetan) : *Introduction à la littérature fantastique*, Le Seuil, coll. « Poétique », 1970.

Vandegans (André) : « *Jésus-Christ en Flandre*, Érasme et Ghelderode », *L'Année balzacienne 1978*.

DU MÊME AUTEUR

Dans la même collection

Dernières parutions

3489. Ludmila Oulitskaïa   *De joyeuses funérailles.*
3490. Pierre Pelot   *La piste du Dakota.*
3491. Nathalie Rheims   *L'un pour l'autre.*
3492 Jean-Christophe Rufin   *Asmara et les causes perdues.*
3493. Anne Radcliffe   *Les Mystères d'Udolphe.*
3494. Ian McEwan   *Délire d'amour.*
3495. Joseph Mitchell   *Le secret de Joe Gould.*
3496. Robert Bober   *Berg et Beck.*
3497. Michel Braudeau   *Loin des forêts.*
3498. Michel Braudeau   *Le livre de John.*
3499. Philippe Caubère   *Les carnets d'un jeune homme.*
3500. Jerome Charyn   *Frog.*
3501. Catherine Cusset   *Le problème avec Jane.*
3502. Catherine Cusset   *En toute innocence.*
3503. Marguerite Duras   *Yann Andréa Steiner.*
3504. Leslie Kaplan   *Le Psychanalyste.*
3505. Gabriel Matzneff   *Les lèvres menteuses.*
3506. Richard Millet   *La chambre d'ivoire...*
3507. Boualem Sansal   *Le serment des barbares.*
3508. Martin Amis   *Train de nuit.*
3509. Andersen   *Contes choisis.*
3510. Defoe   *Robinson Crusoé.*
3511. Dumas   *Les Trois Mousquetaires.*
3512. Flaubert   *Madame Bovary.*
3513. Hugo   *Quatrevingt-treize.*
3514. Prévost   *Manon Lescaut.*
3515. Shakespeare   *Roméo et Juliette.*
3516. Zola   *La Bête humaine.*
3517. Zola   *Thérèse Raquin.*
3518. Frédéric Beigbeder   *L'amour dure trois ans.*
3519. Jacques Bellefroid   *Fille de joie.*
3520. Emmanuel Carrère   *L'Adversaire.*
3521. Réjean Ducharme   *Gros Mots.*
3522. Timothy Findley   *La fille de l'Homme au Piano.*

Impression Bussière Camedan Imprimeries
à Saint-Amand (Cher), le 10 juin 2002.
Dépôt légal : juin 2002.
1ᵉʳ dépôt légal dans la collection : décembre 1979.
Numéro d'imprimeur : 022797/1.
ISBN 2-07-037161-1./Imprimé en France.